熊猫骑士

钟声礼 著

上海文化出版社

图书在版编目（CIP）数据

熊猫骑士/钟声礼著. —上海：上海文化出版社，2024.
5

ISBN 978 - 7 - 5535 - 2979 - 0

Ⅰ．①熊… Ⅱ．①钟… Ⅲ．①推理小说－中国－
当代 Ⅳ．①I247.5

中国国家版本馆 CIP 数据核字（2024）第 087415 号

出　版　人：姜逸青
责任编辑：王皎娇
封面设计：一亩幻想

书　　　名：熊猫骑士
作　　　者：钟声礼
出　　　版：上海世纪出版集团　上海文化出版社
地　　　址：上海市闵行区号景路 159 弄 A 座 3 楼　201101
发　　　行：上海文艺出版社发行中心
　　　　　　上海市闵行区号景路 159 弄 A 座 2 楼　201101　www.ewen.co
印　　　刷：苏州市越洋印刷有限公司
开　　　本：889×1194　1/32
印　　　张：9.875
版　　　次：2024 年 6 月第 1 版　2024 年 6 月第 1 次印刷
书　　　号：ISBN 978 - 7 - 5535 - 2979 - 0/I·1153
定　　　价：55.00 元

告　读　者：如发现本书有质量问题请与印刷厂质量科联系 T：0512 - 68180628

人物
关系表

酒吧

Panbar 老板：女，三四十岁。

林白兔：女，二十来岁。Panbar 酒保。王冉康的青梅竹马。

王冉康：男，二十来岁。Panbar 酒保。林白兔的青梅竹马。

警察

李承航：男，四五十岁。片警。凌瞳晓的师傅。

凌瞳晓：女，二十岁出头。交警。李承航的徒弟。

外卖

向大庆：男，二十岁出头。兼职打工人，蛋糕配送员。

莫夏桐：女，二十岁左右。视频博主。

人物
关系表

讨债人

韩一应：男，二十来岁。外号"应哥"，讨债团负责人。

禚戤毓：男，二十来岁。外号"猴子"，讨债团一员。

金虎：男，二十来岁。外号"虎子"，讨债团一员。

开发商

王毅朗：男，四五十岁。"波湖地产"董事长。

傅绅义：男，三十来岁。王毅朗的保镖。

其他

李笑：男，不到二十岁。债务缠身，混迹于网吧。

孟焦沓：男，二十岁出头。债务缠身。

任思记：男，四十来岁。出租车司机。

森琦：男，三四十岁。记者。

1

车窗外的鸣笛声夹着不停敲击手机的"哒哒哒"声，惹得任思记心烦。他看了一眼后视镜，后座的年轻女孩穿着白色蓬松的羽绒服，靠在座椅上像是陷进了一块柔软的面包之中。女孩一边念念有词一边敲击着手机上的键盘，任思记听不清她在念叨些什么。

"还是算了吧。"女孩的表情显得有些犹豫。

前方黑色电动汽车的尾灯亮了挺久，任思记挂着 P 挡，恨不得连引擎都熄灭。

如果是多年前刚开上出租车时，他会骂着脏话，按下喇叭，但现在的他不这么做。抱怨和按喇叭不会对现状起到任何作用，毕竟从五点半开始，这路——这座城市的所有大路，就都不可能清净。他更喜欢夜里上班，客人不多但跑得畅快，时价也高些，还能问客人讨点额外费用，美其名曰"燃油费"。

虽说跨年夜是高峰中的高峰，但是这堵车的时间未免有些太长了，他不禁从窗子里探出头，却只看见前方的道路爬满一动不动的车龙。他又悄悄瞟了一眼后座的乘客，女孩似乎没有从网络中抽身的想法，一个劲地敲着手机屏幕。如果她能注意到此刻的计价表正在飞快跳动，应该就不会如此沉默了吧。任思记看不惯这些总是捧着手机的年轻人，他觉得他们已经迷失在虚拟的网络世界，而忽略了现实中的沟通。前些年拉的乘客，自己还能和对方聊上两句，如今的乘客大都是默不作声地坐在角落里玩手机，就算搭话也得不到什么回应。比起拉年轻乘客，他还是喜欢拉那些中年人，中年人不会坐在后排，他们愿意坐在副驾驶座和司机聊上两句。

任思记百无聊赖地打开电台。

"二更是夜朦胧，他乡的酒你喝不够……"

某支乐队演奏着。

他换了台，刚才的电台似乎在循环播放那支乐队的歌。任思记并没有听音乐的心情，更何况这种莫名其妙的音乐也不是他的喜好。

"滋……感谢这位司机朋友的分享，请广大司机朋友注意，目前南滨路因为电力故障导致多起交通事故，陷入了拥堵。请广大司机朋友绕行……"

怪不得丝毫不动呢，任思记心想。高峰期又遇上电力故障导致的事故，雪上加霜，看来短时间内是动不了了。

后排的女孩深深地叹了一口气，摘下一只耳机。

"师傅能掉头回去么？"

她似乎没有听见刚刚的广播。

"不行哦，你看现在是一步都动不了。"

女孩这才四处张望，搞清了拥堵的现状。

"怎么搞的？"

"前面发生了交通事故。"

"为什么没走两步计价表还在跳啊？好贵啊！"

女孩终于注意到了"刺客"计价表。

"就是这个样子的。"

他刚想着怎么和女孩解释出租车不动也要计费，女孩就抢先说道："算了，我要下车！"

"现在不行。"

任思记看了看周围。目前处于中间车道，理应无法下客，但所有车子都停着，真要下也没什么危险。

女孩的话似乎不是商量而是通知，她不顾任思记的反应，迅速付了款打开车门。

"喂！注意安全！"不知这句话有没有完整抵达她的耳中。

见到女孩消失在视野里，他静静地把"空车"牌子又翻了起来。

坐在这么一个密不透风的小方盒子里，寸步难行，这怎么称得上自由呢？这完全违背了他的初衷——找一份自由的工作。他本想：出租车嘛，不就是开着车全城瞎溜，有客人就顺便载一程，赚得不多不少，多自在。

现在，只剩无聊与无奈。

耳边传来引擎声，是有人空挡轰油门吗？都不耐烦成了这样，也是可悲。但那引擎声在靠近。他看了眼车窗外的后视镜，一阵灯光闪得他眯起了眼。

有一辆摩托车飞驰于停滞的车潮之中，每一个动作似乎都紧贴汽车车门，骑士却毫不在意，不讲道理地穿梭，轮胎所及之处升起了些许烟尘，红色尾灯在黑夜中飘曳成线。

直白点说，就是一辆摩托车在堵住的车道上"钻车缝"。

任思记偶尔会觉得钻车缝的摩托令人厌恶，但此刻就像是笼中鸟看见了飞翔的鸟，他恍然间失了神，想到曾几何时自己也这般驰骋，虽然总是引得身后的车子疯狂鸣笛，但他总是一笑而过。在开出租的这几年，他再也没感受到当时的心情了。对出租车司机来说，最想听的话前三包括："帮我追上前面那辆车！"但是这些年任思记听过最紧急的话是："我快迟到了，麻烦快一点！"有什么差别呢？不都是让司机开得快一点吗？为什么自己完全体会不到当年肾上腺素狂飙的快感了呢？

任思记深吸一口气，回过神来，他觉得自己刚刚是眼花了。那个骑士戴着白色的全封闭式头盔，身着黑白相间的摩托骑行服，黑色裤子。车手的脖子处围了条红色的围巾，在快速行驶中，于空中扬起，显得飘逸。这个骑士有一种莫名的既视感，就像是某个动物。

他想起曾经在电台里听到过，主持人谈论着那个穿着黑白骑行服的人，他们好像叫他——熊猫骑士。

2

"今天是几号来着？"

"月底最后一天。"

"三十号，还是三十一号？十二月有没有三十一号？"

"王冉康，你能不能稍微骑快一点，我刚刚看到一辆二八大杠超了你的车。"

"欲速则不达。"

"不欲速则迟到。"

"几点了？"

"还有七分钟。"

于是，王冉康用力拧了一下油门，但显然这辆CC110已经达到了自身极限，他们眼看着前方的二八大杠渐行渐远。冉康想，这么慢，肯定是多带了一个人的缘故。

亮黄色的 CC110 上，王冉康载着林白兔全速前进。

冉康是在两个路口前看到慌慌张张小跑着的白兔的，那时白兔有些焦急地小跑着。冉康下意识地把车停在了路边，白兔看到停在路边的冉康也毫不客气，连招呼都不打就跨上了后座。

"走啊，停什么啊，快迟到了！"

这种情况下王冉康怎么也说不出"你上来干吗"这句话，乖乖地拧动油门。

可他记得今天并没有排白兔的班。

车子已经骑到了店门口，白兔一跃而下，灵活得像只兔子。

"你停车吧，我先进去了！"

白兔慌慌张张地跑向店里。王冉康看着面前座无虚席的停车位，不知所措。好不容易左移右挪勉强腾出一个空位停下自己的燃油车后，他也小跑着去向店里。

门上的铃铛"叮铃"地响了，同时传入王冉康耳朵里的还有老板的那句："又迟到了。"显然重音是放在"又"上。

"不好意思，不好意思。"

冉康苍白的道歉只得到一声叹息作为回应。

"先去换衣服吧，今天会很忙。"

只要次日是休息日，那当天的夜里就是最忙的时候。

冉康灰溜溜地走过吧台，往准备室去，看见白兔正好从卫生间出来，他们简单地对视，白兔向他吐了吐舌头，以表示抱歉。冉康把视线移开，忍住想要叹气的心情，把那口无奈的气从鼻子呼了出来。

冉康走进更衣室，把厚重的外套挂在衣架上，换上了工作时穿的黑色马甲配白衬衫。至于领结，是当时为了应付工作要求随手买的——那些看起来有些活泼的波点元素和如今身上色彩单调的衣服搭配在一起显得有些违和。

新的一年了，正好也是新的一岁，不如买个新领结吧，他想。

冉康快步走进吧台。

"冉康把冰凿了吧，白兔去把柠檬榨了。"老板吩咐道。

两个人都应了声，去往相应的工位。已经不知道凿了多少块冰了，虽然戴着手套，但只要拿着冰块，就能够感受到冰块的冰冷，这是不管多久都无法适应的痛苦。相较之下榨汁就稍微轻松一点。

一滴柠檬汁滴到了白兔的手背上，她舔了舔。

"老板，你尝尝这个。"

老板拿起吧勺，从已经榨好的柠檬汁里取了一滴，滴在手背上尝了一口，露出吃惊的表情。

"完全不酸！"

"对吧，所以我早就说了，比起手榨柠檬汁，不如直接买现成的柠檬汁。"

"柠檬不酸，到底是好事还是坏事呢？"

"对调酒来说，肯定是坏事。"

三人一边这样闲聊，一边做着简单的准备工作。很快准备工作就完成得差不多了，老板抬头看了眼时钟。

"差不多了，把灯打开吧。"

冉康蹲下身子，在收银台的下方找到了门口招牌的电源按键，随着按键被按下，门口的招牌"Panbar"亮起。

店里放起轻盈的爵士乐，等待着本日最初的客人光临。

冉康抬起眼，看向白兔。

两人已经认识很多年了，具体多少年冉康没有细算过，一开始只是普通的同学，到后来偶尔会一起回家，再到当下的奇妙状态——要说从什么时候感到异样，还是最近他在和母亲讲电话时，对方问到自己是否有对象，冉康回答没有。母亲疑惑地问，之前不是一直在和白兔交往么？冉康急忙反驳说，那是你弄错了，我们只是普通朋友。母亲反问，什么样的普通男女朋友会保持亲密的联系十年以上呢？

冉康恍然大悟，这样的关系确实有一点奇怪。

老板不知道什么时候站到了白兔身后。

"白兔，今晚的特调就交给你了。"

老板所说的特调指的是元旦这三天上新的限定特调酒，不论是名字还是成品都可以用四个字概括——花里胡哨。不过节日里的顾客都喜欢这种看起来很漂亮的东西，拍张照发到社交平台上，大概率能收获许多点赞。

"啊？我可以吗？"

"之前不是练习了很多次吗？"

"可是……"

"没关系的，反正都是我自创的特调酒，又不是经典酒，外面做不了。没有对比就没有人觉得难喝。况且我对自己的配方有信心，没问题的，相信自己吧！"

"没得对比就没得伤害吗？"白兔喃喃道。

旁听的冉康想，老板鼓励人的方式并不值得学习。

老板一边看着墙上的时钟，一边说："这个点，我看应该是要有客人来了。"

门上的铃铛响了。

"晚上好。"

"晚上好！"

女子笑嘻嘻地脱下外套，里面穿着一件绿色的毛衣，她熟练地把外套挂在店内的衣架上。

"是 Madam 啊。"白兔礼貌地微笑。

女子轻车熟路地挪身到吧台最中间的位置："哈哈，你从哪里学会这种讨人喜欢的称呼的？"

"老板教的呗。"

"我是让白兔等你回刑警队的时候再这样称呼你的。"老板微笑着递上了一杯水。

"不不，现在就应该叫我 Madam。"

"听你的 Madam。"

女子又露齿而笑。

冉康为女子递上了两份酒单，第一份是一直以来的经典酒单，第二份是元旦特别酒单。女子颇有兴趣地打开了第二份酒单。

"我来看看有什么新鲜玩意儿。这个'喜庆儿'是什么啊？"

"这个里面有番茄汁、青柠汁，还有蛋黄酒。"

"听起来好怪啊！为什么叫'喜庆儿'？"

"想知道的话点上一杯不就好了。"

"我才不要点这种一听配料就好难喝的东西。我知道了，一定是因为番茄汁是红色的，所以叫'喜庆儿'吧？"

老板哑口无言。

"不愧是瞳晓姐，一眼就看穿了老板起名的思路。"冉康擦着手边的杯子。

"好土。"

"我也觉得很土。"

"我也是。"

"既然如此，这款酒我会保留到春节后。"

"真执着。"

老板不置可否地笑了笑，其实"喜庆儿"是酒吧之前某个打工仔的网名，她很喜欢，就拿来作为特调的名字。

"咦？'烟花'，这个名字好听。"

"这款比较烈。"

"那么就要它了。"

"好的。"

瞳晓把酒单交还给冉康，随后趴在吧台上。

"好累啊……但是说到烟花，今晚江北街会有烟花秀哦。"

"烟花秀？好想去看。"

"那你去看就是，今天本来就没有排你的班。"老板说。

"我有别的事……"白兔压低声音说着。

"那样的话市中心交通压力不会很大么？"冉康问道。

"是啊，很大。"

"瞳晓姐不用去么？"

"哈哈！本来今天可是我的班，但上回找我换班的同事这回得还债了！这种节假日的交通管制可辛苦了，突发情况特别多。有些司机啊，就是你明明摆好了'禁止通行'的牌子，他也会往里面钻，特别是摩托车，都不守规矩。"

"抓不到么？"

"倒也不是抓不到，但总不能放下还要驻守的路口不管而去追人吧？那样路口肯定会混进更多车的。"

"听起来情况很复杂。"

"比我描述的要复杂得多，我总是忍不住向那些不守规矩的司机发火，有时候还要被质疑态度不好。又不是服务行业，要什么态度啊？"

老板把挂在吧台右上角的电视机打开，目前客人还不多，所以声音稍微开大了一些。等一会儿人多了她就会把声音关掉，到时候也没人要看电视。

电视里正在播放跨年晚会，老板随手换了台。

换到的是地方电视台的民生新闻。它的受众向来是本地居民，所以更为下沉的民生新闻是地方电视台的收视率保证。

"……有关烂尾楼烧焦尸体案件的调查还在持续进行中……"

有时候不了解本地情况的人会觉得有些新闻没头没尾，实际上每个新闻都有对应的记者进行跟进，只是无法像电视连续剧一样每天看到新进展。

"好可怕。"白兔搓了搓手臂。

"是啊。这种事还是少见，希望刑警能尽快破案吧。"

瞳晓看着电视，一言不发。

似乎是察觉到自己说了不该说的话，冉康立马转换了话题。

"这则新闻是最近很火的'熊猫骑士'。"

电视上话筒对着年轻女性，记者问道："请问你听说过熊猫骑士么？"

女性看着摄像头，用流利的普通话说道："是的！我见过熊猫骑士！上周末我在九街玩，被一群小混混纠缠，是熊猫骑士及时出现救了我！"

"瞳晓姐怎么看熊猫骑士？"

"我只能说作为摩托车骑士，希望熊猫骑士平时不要违章超速、违法改装，特别是别改排气。"

"把都市传说说得这么具体可就一点神秘感都没有了……"

"你觉得熊猫骑士只是一个都市传说？"

"我不知道，但我可不希望今后看到有人采访熊猫骑士：'平时骑车闯不闯红灯？'"

"这种采访都是作秀罢了，刚刚接受采访的那个女孩，也是在说谎。"瞳晓眯了眯眼。

"怎么看出来的？"冉康惊讶地问道。

"有很多迹象表明她在'表演'。"

"表演？"

"是啊，记者刚刚问的是'你听说过熊猫骑士么'？女孩的回答却是'我见过熊猫骑士'。如果这是一段真实的采访，难道不应该针对对方的问题做回答么？明明提问'是否听过'，回答却是'是否见过'。女孩的回应已经不仅仅像是知道问题是什么了，而是知道答案是什么。她只是机械地背着答案而已。甚至不等记者再次提问，她就自己把台词背完了，什么被骚扰啊，什么被救了啊，人家根本都没有问，她自己全说了，只能说是很拙劣的演技。当然，还有别的迹象，比如她一直盯着摄像头。明明是采访，一般来说视线看着采访者才比较正常吧？还有，她普通话那么标准，这个城市到底有几个人能够将那么一大段话毫无口音地说出来……女孩大概率是播音专业的吧？总之，她的演技相当拙劣。"

"好厉害！"白兔眼睛放光，"不愧是瞳晓姐！"

瞳晓装作若无其事地喝了一口水，面无表情地将杯子放下，其实心里很开心。

"没有啦，都是和师傅学的。"

"说起来，李 S.r 好久没来了。下回见到他麻烦和他说我很想念他，以及别忘了欠我的酒钱。"老板说。

"收到。"

"不过，那个什么熊猫骑士也不一定是什么英雄。似乎有传言说熊猫骑士也做了不少坏事。"老板说。

"那肯定是假的熊猫骑士吧，最近挺多人冒充熊猫骑士的。"白兔说。

瞳晓笑了笑："好事是熊猫骑士做的，坏事就是假冒熊猫骑士的人做的？"

白兔一时回不上话，继续调酒。

"这是您的烟花。"

白兔将调好的烟花放在杯垫上，缓缓推到瞳晓的面前。

"烟花"装在一个老式杯中，透明的圆冰球是冉康刚刚砸出来的，微微高出酒面，酒体上层呈现暗黄色，随着向下延伸，色彩逐渐变淡直到微微发黄的白，一片小小的枫叶附在冰块上方，在昏暗的灯光下，这杯酒显得动人极了。幽幽的清新气味沿着杯壁飘到了瞳晓的面前。

"好漂亮。"

白兔有些紧张地看着瞳晓，她不确定自己调的酒是否能得到瞳晓的青睐。瞳晓没有第一时间喝上一口，而是拿出手机准备拍照。

于是，作为这个倒霉之夜的开端，凌瞳晓为自己先拍照而不是先喝一口的行为付出了惨痛的代价——她永远失去了喝到这杯酒的机会。

3

比起刺眼的灯光，更先感知到的是香烟的味道。像是黏糊糊的臭泥巴糊在了整个呼吸道里。小笑已经习惯了这股味道，他揉了揉眼睛，被眼屎和眼泪粘住的睫毛让他难以睁开双眼，他忍着痛用手指搓揉睫毛，看见的是第四十次重复看到的景象——刺目而黄灿灿的灯，直射在他的面门。

勉强坐起身，把盖在身上的黑色羽绒服披到肩上，挠了挠头发，小笑感到手指甲间抠下了一块头皮屑，放在鼻子下方闻了闻，随后面露苦涩。他的头皮很容易出油，一天一洗也没用。

今天是跨年夜。

"新年了，去搓个澡吧。"

小笑想起以前父亲总是会说类似的话，前置条件可以随意替换，结论总是去搓个澡吧。目前他不打算去搓澡，因为想省点钱。

小笑起身，从随身携带的巨大包裹中拿出一块发黄的毛巾，晃着身子慢悠悠地走到网吧的厕所，在洗手台用双手接了点水，擦了擦脸，然后脱下衣服擦起了身子。此时，几个通宵包夜的青年从他身边走过，他一脸无所谓的样子，但是男青年皱了皱眉，露出了厌恶的神情。一个男青年上完厕所，从小笑身边走过时故意用肩膀撞了他一下，瘦弱的小笑被撞到墙上，冰冷而坚硬的墙壁撞得小笑生疼。

"抱歉。"那个男青年讪笑着拿出了一个奇怪的打火机点燃香烟。

"没事。"

不是第一次发生这种事了，最开始小笑还试图摆出态度强硬的姿态，直到挨过揍他才明白还是少惹是生非得好。

"臭乞丐，别在网吧洗澡！赶紧滚蛋，别打扰老子上网。"

男青年们顿时哄笑成一团。

"好的知道了，我马上走。"

哄笑的青年们逐渐停下了笑容，觉得面前这个诚恳的消瘦男子实在是无趣，于是临走时每个人都撞了他一下。

小笑查看刚刚撞到墙的地方，手臂好像有一处泛着红，他用手轻轻按了按，有一点疼。简单把身体擦干之后，小笑穿上衣服，遮住了受伤的部位。

一出厕所，一个胖子、一个染着黄毛的人，堵住了小笑的去路。

"李笑。"带头的黄毛操着浓郁方言腔调说道。

小笑不敢说话，下意识往回退了两步，撞到了胖子的肚子。

"晓得我们找你干啥子不？"

小笑点点头，他知道，他们是来讨债的。

小笑回想起自己做的一个后悔至今的决定——一口气借了一年份的房租，全部交给中介后，小笑终于住到了自己心心念念的房子。他自以为一个月还一次款很容易，却不知道网络贷款的利率很高，城市里消费更高，小笑渐渐入不敷出，偶尔还会还不上贷款，可一旦逾期代表着利息再次增加，小笑的生活质量逐渐下滑，终于，压垮他的最后一根稻草也找上门来。

他先是接到房东的电话，问他最近有没有联系过中介。他老实回答说没有。房东表示自己联系不上中介了。再后来，房东要求小笑支付房租，小笑觉得不可理喻，自己明明已经交了一年份的房租。房东说，那些钱没有交到自己手上，就是没交。然后小笑拼命寻找中介，可电话不通、营业地址也早已人去楼空。最后，房东和他都明白了：中介跑路了。

本市近年来最大的中介诈骗案拉开了帷幕，最终中介公司的负责人被抓，依法判刑。但令人失望的是，租客们交的钱早就已经如入水的棉花糖，不见了踪影。负责人怎么也拿不出钱，房东只能向租户索要。但租户也觉得没有道理，自己明明已经交过钱了。就这样，房东与租客的矛盾持续增加，最终到达不可调解的地步。

小笑就是受害者之一。某天买完东西回家的他发现自己的钥匙无法打开房门，他以为是锁坏了，请开锁工上门。谁知道人家说这锁没坏，不仅没坏，还是新换的。小笑明白了，是房东捣的鬼。之后他给锁匠多塞了二百块，人家才答应给他换锁。再之后，矛盾逐渐上升成暴力事件。那天白天，小笑睡得正香，却被一阵一阵的碰撞声吵醒，他一睁眼，一张油腻的大饼脸正对着自己，他吓得一哆嗦，跳下了床，看见三四个穿着深色衣服的精壮男子从衣柜里把他的衣服一堆一堆地扔到一个麻袋里。

"你们是谁？你们在干吗？"惊慌失措的小笑质问道。

大饼脸满脸麻子，头发稀疏，表情凝重，他没解释自己是谁，只是单方面向小笑下达了驱逐令。双方发生口角，最终大打出手。

经警方协调，由于是小笑动的手，所以并不占理。警方说，对方虽然是房东，但也属于私闯民宅。大饼脸伤得不重，本打算向小笑索赔十万，但由于自己也有过错所以并不想把事情闹大。最终小笑自愿搬出房子，大饼脸房东也不向小笑索赔。

小笑开始露宿街头，偶尔去麦当劳或者网吧凑合一夜，然后睡醒了就在网吧打会儿游戏。他暂时没有钱再去租房，只能慢慢打工赚钱。他不止一次接到催债电话，后来感觉厌烦，就换了手机号。他无亲无故，以为再也不会被找到，直到碰到眼前这两个人。

胖子一掌按在小笑头上，他一时没站稳脚，踉跄两步。

"你还晓得你欠钱啊?!"

"你是不打算还了?"黄毛靠近小笑。

"没有。"

"没有你换啥子手机号?"

"手机丢了。"

"你说这个骗鬼哦!"

黄毛摸了摸蓝色腰包，里面发出叮叮咚咚的响声，不知道装着什么危险的器械。

"不跟你废话咯，快还钱!"

"我没钱!"

胖子这次打出了重重的一掌，击中小笑后脑勺，他捂住后脑。

"你耍老子?"

小笑使劲揉着后脑："我真的没钱!"

胖子想要继续伸手打小笑时，冲出来一个瘦子。

瘦子举起手中的几张百元大钞，气喘吁吁："就搜到这么多!"

小笑意识到自己的行李刚刚被这个瘦子搜了。他的包破破烂烂的，就算丢在大街上也未必会被捡走，所以他随手把包丢在了座位上——即使里面放着他的大部分家当。

黄发男走上前，拿着钞票数了数。

"不够!"他又把视线转向了小笑。

"真的没有了……那个包里装的就是我的全部家当了!"

黄发男看向瘦子，瘦子点点头："我就看到一个包，而且看他好像也没住处的样子。"

黄发男又走到小笑身边。

"你晓得骗老子会有什么下场吧?"他拍了拍腰上的包。

"晓得……"虽然不是本地人,但是小笑也模仿着黄毛的语气说道。

黄毛男子虽然面露不满,但也不过多纠缠,用一个眼神示意胖子和瘦子跟着自己离开。小笑听到他们离开时好像说着什么:下一个,叫孟焦沓。

等到三人彻底走远,小笑才终于挪动双脚,回到了网吧的座位上。包被翻得乱七八糟,所有东西都被倒在了地上。收拾完,他又坐在网吧的沙发椅上,仰头看着天花板,发了好一阵子呆。

他用手摸了摸袜子,脚后跟的位置还藏着一百块钱。还好藏了点,小笑有些庆幸。拿着这一百块,他来到柜台开了一个小时的机子后,回到电脑边,登录账号,随手打开论坛网页,这是本地交流论坛,一般会有一些兼职或者城市的新闻发布在上面。帖子的点击量高的话就不会沉底,否则很快就会被刷掉,消失在无边的互联网中。因此帖子的标题至关重要,如果不是什么引人注目的标题,就不会获得高点击量。

小笑懂得网络上的人们喜欢夸张,喜欢以他人的苦难作为下饭的小菜,因此他擅长发一些点击量高的帖子。帖子点击量高,他个人账号的声望就会增长。渐渐地,有人专门找到他让他发帖,给他佣金。他并非全盘接受,会做一些筛选,否则如果帖子出现问题也会影响到他的声望。其中,他接的相对较多的是本地兼职的帖子。这种帖子虽然没有什么娱乐成分,但由于是实用的帖子,总能获得不错的点击量。小笑自认为这也算在做好事——让缺人的职位找到人,让缺职位的人找到职位，让缺钱的自己赚到钱，三赢。

　　他点开了一个帖子，这个帖子的标题是"重磅！熊猫骑士将会在今晚回到案发现场"。

　　这是今天最热门的帖子，发帖者匿名，但是热度非凡。有人质疑有人相信，有人说等到晚上不就知道了。更有人开始了自己对烂尾楼事件的推理——捕风捉影，却又分析得头头是道，最终得出结论：熊猫骑士就是娱乐圈的某个明星。

　　浏览完后，小笑满意地关掉这个帖子，又随手点开一个兼职相关的帖子，这个帖子是他发布的，浏览量还可以，好像已经有人约上了这份兼职。内容是穿着玩偶服进行揽客和配送的服务，原本这种兼职其实并不会很好招人，一是因为穿玩偶服工作是一件非常累的事情，二是因为工资给的并不多。不过今天除外——跨年夜是三倍工资。

　　"好像差不多了。"

　　小笑准备将帖子删除。主要是因为这种兼职工作很多都是短期缺人，如果在招到人后依旧把帖子挂着，可能会让商家在不需要员工的时候还接到求职者的电话，而对求职者来说也只是浪费时间而已。如果商家已经招到人，或者招工时间已过，小笑需要及时删除相关帖子。

　　他往下翻了翻，确认了有一个叫做"喜庆儿"的用户已经接到了这份兼职。

　　用户"喜庆儿"：感谢发帖者！已经接到兼职！

　　用户"Pandacream"：合作愉快！

　　还挺和谐，小笑想。

　　他又往下翻了翻。

用户"喜庆儿"发布了一个链接。

用户"喜庆儿"回复：公益项目，麻烦大家帮忙点一点、助助力！

用户"喜庆儿"回复：感谢大家！

小笑随手点开这个陌生的链接。

网页弹出，加载画面是可爱的熊猫骑着摩托车在疾驰。

加载了很久。小笑想，这个网页的动画虽然可爱，但是加载的时间过于久了，他懒得等下去，决定关掉网页。但正当他移动鼠标的时候却发现显示器上的光标没有跟着移动。

"嗯?"他感觉不妙，刚要伸手去按重启按键，网吧里突然响起一片哀嚎，随后就是各种不堪入耳的脏话。

全网吧所有人的显示器上都显示着那个正骑着摩托车的熊猫。

一个显而易见的事实：全网吧的电脑都因为小笑的操作而中了某种病毒。

骂声此起彼伏，小笑慌张地四处张望，希望没有人看到自己是罪魁祸首。他按下重启键却并没有用，随后连着按了好几次，还是没有反应。有些焦急的他终于忍无可忍，用手敲打锁着机箱的柜子，在他的手敲打到机箱柜子的那一刻，全网吧的灯光都黑了。

断电了。

黑暗中的骂声比刚刚更为强烈、恶劣。

小笑擦了擦头上的汗水，默默地起身。

"要新年了，去搓个澡吧。"

小笑又想起父亲的话，摸了摸脚后跟处的九十块钱。

4

　　小女孩仰着头，看着面前的巨大熊猫。

　　熊猫低着头，圆圆的黑眼圈里清晰可见的大眼珠子也在看着女孩。

　　小女孩伸出自己的右手，熊猫也伸出自己的右手。她的手轻轻地放在了熊猫的手上。在熊猫巨大的毛茸茸的手上，女孩的手显得格外小。她努力地撑大手掌，想尽可能地用手掌包裹住熊猫的手，但那无法实现。

　　"好了！走了！"女孩的妈妈拉住女孩的左手，将她往一边拽。

　　小女孩想反抗，她想抓住熊猫手上的毛发，但是毛发太短无从下手，她无法抵御被拽走的力量。

　　熊猫面向小女孩离开的方向，将手抬起，挥了挥手。

　　小女孩也对着熊猫挥了挥手。

　　抬起熊猫的手臂挥手，对于身体健壮的向大庆来说，也不算轻松的事。光是穿着熊猫的玩偶服站在这里来回扭动身体，大庆就已经大汗淋漓，更不要说抬起那么粗大的手臂。

　　但他还是把手抬起来了，为了和小女孩告别。

　　"哇哇哇！大熊猫！大熊猫！"又有孩子围了上来，抱住了熊猫的腿。

　　孩子的母亲举起手机，要给孩子拍照。见状，大庆看向手机的方向——准确地说，大庆让熊猫玩偶的头对准了手机摄像头的方向。照完相，孩子还是不罢休，抱着熊猫的腿。拍照的母亲劝诫了两句，孩子并不搭理，她只能硬拉着孩子走。但是这个男孩明显和刚刚的女孩不一样，他更高，身体也更加有力，他紧紧地抓着熊猫的腿，以至于在玩偶服里的大庆也感到了明显的拉力。

玩偶服的平衡很难控制，如果以蛮力对抗，很可能因此倒地，摔伤事小，可如果摔坏了玩偶服或者压到了小朋友，那可就事大了。大庆顺着男孩用力的方向靠了靠，熊猫挪着小碎步。

最终男孩还是拗不过母亲，被母亲抓着手臂带走。男孩没有向熊猫道别，熊猫也没有挥手。

以上情景就是向大庆一整天的经历。无数次孩童和他互动、拍照，最后再被不舍地带走，有些撒泼、有些默默哭泣。当然，除了孩子还有年轻的女性。

此时，一名年轻的女性站在了熊猫面前。

熊猫与其对视。

女孩一动不动。

大庆很想说话，想问她是不是要合照，但是他没有开口。

虽然这是人尽皆知的事情，但是如果玩偶服里的汗臭大叔真的开口说话了，一定会令人感到不快。对小朋友来说幻想破灭；对少女们来说感到恶心。

女孩眯着眼，若有所思地看着眼前的这个熊猫，从她的表情看不出在想什么，也没有掏出手机来拍照。

"好像能用！"

能用？什么能用？大庆对女孩的话感到不解。

女孩从包里掏出一个相机和自拍杆，光是看着这个组合都感觉很重。

　　终于要拍照了么？大庆打算摆出上镜的姿势，至少对得起那个看起来很重的相机。

　　女孩将机器调整好之后，举了起来。相机的屏幕旋转向自己，这样可以看见拍摄的画面。

　　"我现在在江南路上的一家蛋糕店——'熊猫奶油'！你们看我身后的是——"女孩的语气突然变得开朗许多，和刚刚有些闷的状态完全不同。

　　"锵锵！"女孩把画面对向熊猫。

　　"哈喽哈喽！"女孩从斜下方进入画面，对着熊猫挥了挥手后又把画面对准了熊猫。

　　是让我打招呼么？大庆这么理解。

　　如果对方不是小朋友，大庆是懒得费力气抬手打招呼的，但是面前这个女孩在镜头前这么热情，镜头又正好对准了他，他决定还是卖点力气。

　　可爱的熊猫对着镜头挥了挥手。

　　"哇！好可爱啊。"女孩爽朗地说道。

　　随后女孩切断了录像，她的笑容瞬间消失了。

　　"还需要再拍几个画面。"

　　这次她拿出手机，将镜头对着熊猫，上上下下拍了一遍，随后选了几张图编辑了一条动态，发布在社交平台。

　　大庆有点不自在，明明穿着熊猫服，却像是自己被拍一样。

　　"好了，谢谢你，熊猫。"

　　她把双肩包放到自己的面前，从里面掏出一个熊猫玩偶。这个熊猫玩偶看起来和普通的熊猫有些不同——普通的熊猫一般是白色的身体，黑色的四肢，而这个熊猫身体是黑白相间，像是穿着囚犯的衣服一样。熊猫有些掉色，原本黑色的部分微微发灰，并不像是新的玩偶，看起来有些年头了。

他把熊猫玩偶对着镜头。

"熊猫先生也和你说谢谢！"

女孩向着大庆，摆动玩偶的手。

难道还要向着玩偶挥手？

大庆通过玩偶服的通风口看着那只熊猫玩偶，它挂着桀骜不驯的微笑。

大熊猫玩偶对着小熊猫玩偶挥了挥手。

"谢谢你！"女孩对着大庆鞠躬。

等女孩离开后，大庆的手臂已经累得无法再挥动了。他拖着沉重的手臂走到蛋糕店后门。熊猫的身体太大，他没办法进到准备室休息，也没办法自己脱下玩偶服，只能站在门口，等着蛋糕店的工作人员出来。

蛋糕店由于刚刚的那场大停电有些忙不过来。虽然很快就来了电，但制作和保存蛋糕可不是什么能够暂停的事情。等到来电时，原本制作中的蛋糕几乎都不能使用了，然而订单接踵而来。蛋糕订单排着队向师傅袭来，他们一时间乱了阵脚，几乎所有的工作人员都忘记了准备室门口还站着一只孤独的熊猫。

"早知道这么辛苦，就不奔着三倍工资接这个活了。"

熊猫不知道等了多久——也许和熊猫存在至今一样久的时间，终于有一个戴着眼镜的女员工发现了他。

女员工一边抱怨手机中了毒，一边打开准备室的门，在发现熊猫的那一瞬间，大庆明显看到女员工的脸上有一丝诧异，但是很快就转为不好意思的愧疚。

"哎呀,不好意思,把你忘了。"

员工一边尴尬地笑着,一边帮大庆脱下玩偶服。

大庆从玩偶服里出来,感觉这辈子没有呼吸过如此清新的空气,尽管他所在的后门小巷是放垃圾的地方,但是也好过在玩偶服里闻自己的汗臭味。

员工和大庆一起把玩偶服搬进准备室旁边的仓库。

"对了。"

"怎么了?"

"有没有兴趣再接个活?"

大庆没什么钱,也没有什么特别的技能,所以一直在论坛上找兼职工作。接到这份工作时他有些开心,因为三倍工资是平时不多见的。他还特地在论坛上和商家亲密互动,希望以后也能接到类似的工作。另外,他还将一个公益链接附在了帖子里——他自己还没来得及点开那个链接,想着等自己挣了这笔打工费再点进去捐点钱。

这会儿如果再接新活,应该也是三倍工资,平时这种兼职实在难找,如今竟然有两个摆在面前,是个难得的机会。他抬了抬自己的右臂,有些酸痛,但并不是不能忍受,如果是强度大的工作就另当别论了。

"是什么工作?"

"送外卖。"

"送蛋糕的外卖?"

"对。本来有人负责配送,但是到交班的时候,此前已经约好的临时工却一直不来。不管是迟到还是放鸽子,我们都等不起了。"

"有几个蛋糕要送?"

"三个。"

"你们配车么？"

"有一辆踏板摩托，你有摩托车驾驶证吧？"

"有。"

"怎么样，要接么？"

大庆想了想，虽然是三倍报酬，可今天其实已经非常劳累了。他本想着靠今天扮熊猫的打工费去酒吧喝上一杯，度过一个还算不错的跨年夜。

"我看还是……"

"对了，店长刚刚说了，因为是临时招工，所以酬劳是平时的四倍。这三个蛋糕都有规定的送达时间，不能过早送到。虽然会多耗点时间，但是工资可是这个数！"说完，店员比了个数字。

"我接了。"

向大庆见钱眼开，欣然接受了这份兼职，但是他不知道，店员有一些附加条件还没有告诉他。

"你要穿着这个配送。"店员递上一套衣服。

向大庆看着眼前的奇装异服和头盔，视线逐渐模糊，耳朵像是溺水一样，逐渐听不见店员的话，最后差点摔倒在地。店员亲切地重复了一遍自己的要求。

五分钟后，一只人们从来没见过的崭新熊猫扶着黑白相间的踏板摩托车站在路边。

这只熊猫没有常见熊猫那般浑圆的身体，而是和人类身材类似——那是当然，因为这是一套偏紧身的熊猫连体服，四肢黑色，身体白色，全身是和玩偶差不多的毛茸茸手感，只是有着人类身材而已。头盔则是摩托车的全盔被伪装而成的熊猫头。头盔涂装酷似熊猫头，眼睛就是全盔的黑色镜片，头盔还装上了熊猫的兽耳。

虽似熊猫，却非熊猫。

摩托车更是布满了熊猫元素，到处都是熊猫贴纸。这么丑的摩托车，大庆是第一次见到，但他觉得这个摩托车未必有自己丑。

店员将蛋糕全部装到摩托车的后箱里，勉强能够装下。

"穿成这样真的能够骑车么？"大庆为自己的安全以及驾照上所剩无几的分数感到担心。

"没问题的，迄今为止基本上没人出过事。"

"基本上？"

"要迟到了，你快出发吧！"

说完，店员就回到店里，不知道是有意还是无意回避了大庆的提问。

向大庆启动了摩托车，正要跨上去，刚刚对自己进行各种拍摄的女孩又出现了。她从刚刚过去的方向回来，站在骑上摩托车的大庆面前，盯着他。

大庆透过头盔镜片看着女孩，比透过巨大玩偶服的缝隙看得清楚些。女孩相貌有些幼态，看起来是中学生的年纪，但是妆容又不像是未成年人。她穿着面包似的羽绒服，手上拿着相机，好像在边走边拍。

人来人往，他们就这样对视着。

难道连这种样子的熊猫都要合影么，大庆想，女孩未免有些太不挑了！

得出发了，大庆无意持续对视，他现在又不是站街熊猫，为什么非得装可爱不成？他正要扪动油门，女孩却发了话。

"熊猫……摩的？"

她下意识地按下相机拍摄按键，闪光灯闪烁了一下。

5

"好后悔！"

瞳晓穿着交警制服，骑着警用650TR往目的地奔去。

如果当时喝下那口"烟花"，自己便能以喝了酒为理由拒绝这次突然的出勤。到头来不仅付了酒钱，也没喝上酒，结局还是加班！这样的日子真是一天也过不下去了！

瞳晓并不是百分百地排斥加班，而是对"交警加班"百分百排斥。她想，如果像之前一样在刑事组，遇到大案子不论加多久班，她都不觉得劳累。那时候，她常常住在办公室，和其他男同事并无差别。

如今倒也和男同事没有什么差别。

到了目的地路口，她将车横在路的一侧，示意这段路暂时不能双向通行。即便如此还是有几辆车趁着瞳晓刚停车还没有放下路障而钻了进去。比起无用的怒吼，瞳晓选择加快速度用路障和告示牌挡住路。

"同志，这条路不通么？"

明明告示非常清楚，但总有人要停车问这一句。

"不通。"

"那不让进去车停哪里？"

"你往前走，问一下下个路口能不能进。"

这一段路都封上了，没有能够进到市中心那条步行街的路，这点瞳晓比谁都清楚。但是如果就这样告诉面前这位司机，他大概率会赖着不走影响后面车辆的通行，于是只能设法让他继续前进，至于到了下个路口，就交给下一位同事吧。

虽然这样想有些想当然，但是瞳晓总觉得生活在这座城市的人们应该知道这条路在节假日和周末都会交通管制，更不要说有什么跨年活动时，想开车进入这些支路无异于痴人说梦。

"不要在节假日的傍晚往市中心的方向开车。"这是她担任交通警察以来，给身边每个人的忠告。

路口被凌瞳晓堵住后，从步行街支路里间歇性地开出一些车辆，基本都是从停车场驶出。所以每隔一段时间，瞳晓就会放一些主路的车拐进支路。总体而言今天的工作就是平衡主干道以及支路的停车数量。这是一项非常无趣、又重要的工作。

路上的车群还在缓慢地移动着，这条路段有鸣笛拍照，所以并没有鸣笛声。即使是拥堵的时候，道路的右侧还是会自然而然地空出两人左右肩宽的身位，以便电动车、摩托车、自行车通过。

或许是白天已经工作了一天，如今又一直指挥交通，瞳晓感觉累出了幻觉，她好像看见一只熊猫骑着另一只熊猫带着一名少女从车流之中疾驰而过。等她眨了眨眼，那辆车早就消失在车流之中。

最近这样的模仿者似乎多了起来，这对交警的工作有不小的阻碍。虽然没有明文规定，但是按照常理来说，交警的处罚是有缓冲期的。如果有一辆摩托车涉嫌非法改装被交警处罚，那么至少在一天内，交警不能反复处罚该车，否则就会出现这边刚刚被处罚，在骑车回家的途中又被拦停处罚的情况。交警一般会在一个范围内巡逻，被处罚过的车自然也会记得,若在下个路口再次碰到,就不会再次处罚。由于最近模仿"熊猫骑士"的摩托车车主越来越多,许多车主将车改成黑白色——大多数车主懒得为了改色这种事去备案,因此也会被列入非法改装之列,这种改色的车一抓一个准。但是当许许多多的车主都改成类似的颜色,交警就无法通过最醒目的颜色特征来辨别车辆,在车辆高速行驶时,又不可能识别出车牌号。当然,在一整天的工作中不可能记下所有已经处罚过的车牌并将其排除在外,综上,交警的工作因为"熊猫骑士"出现了一些阻碍。

又有一辆摩托从车缝之间钻出。

瞳晓没有管,继续指挥着交通。

不知道过了多久,密密麻麻的车流逐渐变得稀疏,原先难以通行的道路逐渐畅通起来,瞳晓确认了一下自己堵住的道路,比想象中空一些,原本停在路边停车位的一些车也已经离开。她决定撤除路障。

交通工作就是这样,一会儿需要堵上一些道路,一会儿又需要让这些道路畅通。

接下来的工作就交给执勤的同事吧,自己本来就是被叫来救急的。她通过对讲机和其他路口的同事汇报了自己负责路口的情况,随后开始撤除路障与标识牌。

非常高昂的发动机鸣叫声穿过车流与街道传到了瞳晓的耳朵里。她抬起头,将路障收拾好,视线所及还未出现声音的主人。很快,一辆黑白相间的摩托车出现在了她的视野里,车主不必说也是黑白相间的骑行服,他扭动着机车画着 S 字前进,不断地穿梭在车流中,使得几辆轿车不得不踩下急刹车。他无视路口刚刚变红的信号灯,从瞳晓的眼皮子底溜走。

非法改装、超速、钻车缝、闯红灯——任何单独一项违章都不足以让刚刚加班完的瞳晓为其再加会儿班。但是这些因素堆叠到了一起，毫无疑问是赤裸裸的挑衅。对方应该是看见了正在收拾路障的自己，判断现在是交警的下班时间才故意这样挑衅的。

凌瞳晓咂了下嘴，戴上手套与头盔，跨上了那辆警用650TR，将头盔的面罩拍下，又深深地吸了口气。

"搞什么！"

她深深地拧动油门，警用650TR如箭一般射出。

6

虎子拍了下猴子的头，猴子捂着头吃惊地回过头。

"你妈妈的，打我干吗？"

"应哥问你还没好么？"

"好什么好？你看！"

猴子让出身位，虎子看到猴子指着的门，门看起来和普通的防盗门没有什么不同，只是门锁和其他的锁有着些许不同。

"咋嘛！"

"睁开你的狗眼好好看看！这根本就没有锁孔！"

"还真是！那这家人到底要怎么进去？"

"你蠢嘛！这是密码锁。"

"密码锁是个啥子？"

"就是用密码上的锁。电子锁，要用密码才能打开。"

"那你开嘛!"

"我只有这个我怎么开?"

猴子把弯曲的铁丝举了起来。

黄毛韩一应快步走到两人身边。

"你们两个在干啥子? 来人了。"

韩一应微微转了转头,示意后方。本来半蹲在门前动作十分可疑的虎子和猴子一同直起身,不自然地装成自然的样子。

"啊,虎哥,晚上去吃个火锅吗?"

"要得要得。"

"鸳鸯吗?"

"鸳你个锤子鸯! 你看老子什么时候吃过鸳鸯?"

"不吃鸳鸯,不吃鸳鸯。"

后面的楼梯上来一位大妈,大妈手里拎着买好的菜,一上到这层就看到一个高个子黄毛、一个瘦子、一个胖子穿着不太得体的服装站在她邻居的门前,状态十分不自然。大妈半低着头,快步从三人身边走过,以最快的速度打开自己的门闪身进去,随后重重地关上门。

见到门关上,三人又松了口气。

胖子开口:"应哥,这门也打不开哦。"

瘦子附和道:"应哥,大过年的还要讨债是不是有点晦气?"

"废话真多,上面吩咐的我有什么办法?"

"不是,那会儿就不应该进这个什么贷款公司。"

年中时,韩一应叫来自己的两个跟班金虎和禚戬毓,前者因本名带"虎"自然被称为"虎子";后者名字实在太难念,鲜有人能够读出来,加上他本人身形瘦小,所以以"猴子"自称。韩一应对二人说,他希望结束这种整天混来混去的日子。二人以为是韩一应喝多了，见他状态清醒，又问他是不是惹了什么事。韩一应说，只是觉得人不能一辈子这样浑浑噩噩，至少也应该找个正经工作。那天晚上，他们三人喝了很多，最终抱头痛哭，对自己至今碌碌无为的人生大为愧疚，痛定思痛，决定听应哥的话找一份正经工作。

可是三个人学历最高高中，最低初中肄业，自然是没有正经公司愿意录用三人。在一番困苦的求职活动之后，韩一应找到了一家专门做贷款的公司。拒聘网站上写得十分清楚，不限学历，看重工作能力。但是实际面试时却与三人所想有所出入。三人想去做电话客服——也就是打电话推销贷款的工作，这种工作至少能够坐在办公室里，虽然吵闹但是比现在的"讨债"好一些。在面试后，只有韩一应一人通过，猴虎二人因为学历不达标能力不足只能做比较辛苦的讨债工。韩一应放弃了坐办公室的机会，选择和自己的两个出生入死的小弟一同讨债。

其实从那时起，三人就应该注意到，正经的贷款公司是没有需要上门讨债的职位的，最多是通过法律手段或者不断打电话骚扰贷款人亲属。如果真的到了要上门讨债的那一刻，自然不是用"寻常手段"能够解决的。那这份工作，必须不正经。

三人在工作了小半年后终于认识到，自己到头来只不过从无组织的街头混混，变成了有组织的讨债混混而已。但毕竟已经工作了这么些日子，也通过暴力、恐吓的手段成功讨债了几次，于是三人决定至少先干完这一个月，拿到应得的工资再跑路。

按照他们的预想，今天的这份讨债工作，就是最后一次了。

"最后一单了，干完洗手。"

"要我说，还不如之前的日子巴适。"

"还没有这么多硬性的规定，要求这要求那的，最后不还是要我们靠着'特别'的手段讨债？"

"什么特别手段？别乱说，我们是守法好公民，你看哪个被我们讨完债的不夸我们服务好？总是给予我们五星好评。"

借债人在打分时，三人一般会拿着一些不太安全的东西站在其身边，保护借债人的安全。

"到底咋个说？能不能开？"

"还不确定，但是你拿着这个玩意肯定开不了。"

"时代在进步，老手艺人没活路咯！"猴子把手上的铁丝扔到一边。

"那咋整？还有别的联系方式么？"

"准确地说我们没有任何联系方式，只知道这个地址。"

"每次都给这种不上不下的线索！老板是指望我们化身侦探追踪借债人么？"

"我觉得他就在里面！"

金虎上前，用力拍打着门。

"孟焦沓，你开门！老子晓得你在里面！"

韩一应上前阻止金虎的莽撞行动。

"你这样敲，不是打草惊蛇？"

"打草了又咋个嘛？这里是八楼，他还能从窗户跳出去不成？"

"那就算人在里面，你觉得你敲门他就乖乖给你开门了？如果真的这样，我和你还准备这些玩意儿干吗？"

韩一应将蓝色腰包摔在地上，包里发出各种金属碰撞的声音，

"那你说咋个办？"

"智取。"猴子的眼珠转了转。

"咋个智取法？"

猴子招了招手，三人围成一圈蹲了下来。

"我问你们，一般的机械锁，是个什么原理？"

"机械原理？"

"对咯！那电子锁是个什么原理？"

"我要是没猜错，你不会想说电子原理吧？"韩一应有些不耐烦了。

"电子原理是个什么原理？"金虎挠挠头。

"所谓电子原理——就是得有电，才有原理！"

"你的意思是……"

"断其根本！"

"啥意思？"金虎不解。

"就是断电。"韩一应说。

楼道里又传来脚步声，三人连忙起身，进行不自然的闲聊。等到来人走远了后，三人又将头碰在一起。

"但是，怎么断电呢？"

"我刚刚上楼的时候，看到电房就在这七八层楼之间，只要进到电房里切断电源，整栋楼都会暂时停电，我们趁机进入其中就行。"

"能行么？你试过么？"

"放心吧，我心里有数！"

在猴子的建议下，三人来到七八层之间的电房，但是站在电房前陷入了沉思。电房的门被锁着，而锁着电房的则是普通的锁。韩一应和金虎一同看向猴子，猴子尴尬地挠挠头，又回到了刚刚把铁丝丢掉的地方，弯下腰在地上摸索着，可并没有找到丢失的铁丝。猴子灰溜溜地回来了。

"我不是很懂，就这种随处可见的铁丝，竟然会没？"

"就是因为随处可见，所以也懒得准备备用的。"

"没有备用的你为什么随手扔掉呢？"

"因为随处可见，所以就随手扔掉了……"

"那你现在给我找一根随处可见的铁丝！"

"这里根本找不到随处可见的铁丝！"

金虎一拍脑袋："根本不需要什么铁丝，这破门是木头做的，破开它不就行了！"

金虎将刚刚韩一应的包拿在手上，里面有着一些诸如铁锤、扳手、锉刀之类的工具。

"用这些东西还破不开一个破木门？"

"也没有别的办法了。"

锤子、扳手、锉刀、螺丝刀等一系列工具连番上阵。

三人满头大汗，工作终归是见了成效，锁头被撬动。他们又在木门上用锤子尖锐的一头凿出一个洞口，随后将锉刀和螺丝刀伸进去作为撬棍，在锁的周围反复撬动，终于把锁撬开一半，木门产生了明显的晃动。

但金虎似乎有些耐不住了。

"让开！"

韩一应和猴子下意识地让开。

金虎往里面推木门，却不见木门有被推开的迹象。

"啊！怎么还没开！"金虎已经失去了耐心。

"虎子……我觉得……"

金虎伸出右手，示意不要说话，还没等两人反应过来，虎子就一脚端了上去，门直接往里面瘪进去。见到有成效，金虎又后退半步蓄力冲向木门，最后重重端了上去，这下木门明显变形，瘪了进去，而且力量已经穿过木门踢到了里面的东西，异响从里面传来。

几乎是同一时间，三人头上的灯失去了光芒。

停电了。

但和三人预想的不一样的是，不只是这一栋楼失去了光，黑暗像是以三人为中心，向四周迅速扩散。

区域性停电有多重因素。首先是市中心附近的商家为了在当天提升业绩非法加装了许多灯牌，又遇到冬日夜晚的用电高峰期，原本老旧失修的老城区电路早就不堪重负；其次在三人所在楼房的对街，有一个电网超负载的网吧——由于病毒侵蚀，几百台电脑瞬间超频，突破了电路承受的极限；最后是此处三个聪明的讨债人，又让整栋楼的电路短路。在多重因素的加持下，区域性停电发生。但是此刻，三人还不知道这些，他们只为了自己的计划成功感到庆幸。

"太好了！和预期一样！"

韩一应走到木门前："我刚刚想说，这个门有没有可能……"他将门向外拉开，"是向外开的？"

"我就问你停没停电吧！"

韩一应没有理他，三人回到孟焦沓家门口。

"嘿嘿，这下肯定没问题了。"

猴子将手伸向密码锁。

密码锁亮了。

"亮了……"

"你不是说停电了就能进去么？"

"为什么会亮啊……"

猴子的拳头落在了自己的另一个手掌上："如果有这么明显的漏洞，为什么还有那么多人用密码锁！原来密码锁是独立供电的啊！"

"独立供电?"

"也就是说,密码锁一般自己附带电源,不是连接家庭里的电路,所以在停电时,也能依靠自身的电源保持启动状态。"

"为什么你现在说得头头是道,刚刚却想出那种昏招?"

"哎呀这不是才反应过来么!"

"那现在怎么办?"金虎问。

"没得办法咯,打道回府吧!"

"等一下!"

"怎么?"虎子和猴子停下脚步。

"试试吧,随便输几个数字。"

"哥,六位数的密码,你随便就能输对?"

"这个锁,有几次容错?"

"应该是三次,错了三次就要等一个小时。"

"那就三次,我们一人试一次,进不去就算了。"

"好吧。"

金虎选择先上,他输入了123456,密码错误。

"你是白痴么?真的有人会把密码设置成123456?"

"不是随便试试么?那谁能说得定……"

猴子第二个上,输入了000000。

"你还说我,你自己那个密码看起来更不靠谱吧?"

"我是觉得怎么也不可能三次就猜对,所以随便输了,等应哥输完我们就走吧。"

韩一应站在密码锁前,对于孟焦沓这个人,他没有任何了解,既不知道他的生日也不知道他喜欢什么,只知道他叫孟焦沓。他把手伸到密码锁前,输入542682。

这组数字是"焦沓"的九宫格拼音输入法对应的数字。

密码正确。

在虎子和猴子的惊呼下，韩一应推开了门。

果不其然，孟焦沓并不在家中。韩一应打开手电，这个屋子看不出任何人气，要么是主人生活太过简朴，要么就是这里根本就不住人。不过还是有着一样看起来是人类会需要的东西。

客厅的桌子上摆着一个还没拆开的蛋糕。

韩一应走到那个蛋糕前。

蛋糕的包装盒上印着许多可爱的熊猫，在那些熊猫中间印着字体可爱的LOGO——"熊猫奶油"。

第一章　　　　总之，

夜幕悄然降临 完

1

戴着兜帽，浑身脏兮兮还瘸着腿的客人擅自打开了车门，直接窝在了车的后座。任思记有些担心地回过头，害怕这个古怪的男人把灰尘蹭到自己车上。

"你身上咋个了嘛！"他不满地抱怨道。

对方拿出二百元现金，丢到副驾驶座。

"洗车费。"

虽然这种有些侮辱的行为令人不爽，但实打实的钞票确实能够解决一些无伤大雅的小问题，任思记欣然接受了这二百元。

"我就是关心你一下，不必这样。"

即便如此，这二百元还是拿得让人有些不安心。

兜帽阴影下的男人露出微笑。

"我没事，我这身是从八楼爬下来的时候弄脏的。"

"八楼？你莫要胡说八道哦。"

兜帽男没有多解释，直接说出了目的地。

"那个地方我去过哦，有一个叫 Panbar 的酒吧，我认识他们店的老板。"

兜帽男耸了耸肩："我就是要去那儿。"

"送过去肯定没问题，但是现在很堵。"

任思记指向车窗外的拥堵长龙。

"没关系，"兜帽男从包里掏出一个笨重的笔记本电脑，"我不急。"

这个男人敲击键盘的声音比起白色面包服少女有过之而无不及。

任思记无奈地看着窗外，至少已经进入了鸣笛抓拍的区域，不用忍受喧嚣的鸣笛声了。他透过窗子，看到正在指挥交通的女交警，对她辛苦工作的模样心生共情。果然，挣钱不易。

2

距离最近的公共浴池约三公里，虽然有地铁直通，但小笑还是选择步行，他的背上只有破烂又沉重的背包。

一路上的车流十分拥堵，车鸣不绝。人行道上人也不少，小笑低着头，慢悠悠地往澡堂走着。

刮起了一阵冷风，小笑把脖子往衣领里塞了塞。他原本还慢悠悠地欣赏周边街景，渐渐失去了兴趣，一心只想着三公里外的澡堂。在快步下，后背开始出汗。油腻的头皮也因为汗水变痒，他挠了又挠，头屑随风飘扬，身后的男人打了个喷嚏。

手机在震动，他打开手机。

"说出来你可能不信，我刚刚看见熊猫骑士了。"

小笑敲击着手机屏幕。

"不可能。"

"我亲眼看见了。"

"哦？那熊猫骑士长什么样子？"

"很丑。"

对方发来一张照片，一个穿着黑白色熊猫紧身衣的男人骑着熊猫主题的摩托车，背后坐着一个少女。

"好丑。"

"确实很丑。"

和小笑聊天的人，他不知道是谁。准确地说，他不知道对方的真实姓名，只知道他的网络昵称是"有求无应"。他们相识的契机是一次论坛的骂战。当时论坛中出现了一个明显引战的帖子，帖子围绕着"熊猫骑士是否正义"的议题争论了数日。虽然如今小笑对熊猫骑士的看法偏向负面，但当时小笑对论坛中的所有议题都没有站边的想法，只是发现有一个人十分较真，将简单的议题升华到"法律的作用是什么"。这个叫"有求无应"的用户，反驳那些认为"熊猫骑士虽然惩恶扬善但实际上也触犯了法律"，他回复"法律惩戒的作用之一就是消去了受害者复仇的责任，而熊猫骑士复仇则更快消除了被害者复仇的责任，在一定意义上维护了法律"。此后又为这个论点寻找了各种案例。小笑觉得这个用户在诡辩，但是诡辩的逻辑非常清晰。

网络上的争吵以情绪发泄占多，但也不乏这种较真的人。小笑想，此人有点学识，却总跑来论坛上吵架，应该不是正儿八经的律师，最多是个学法律的学生。他对这个用户很感兴趣，便时不时和他闲聊两句。小笑喜欢这种有知识又较真的人，对方似乎也觉得小笑不错，以此为契机，他和"有求无应"逐渐成为无话不聊的网友。两人之间有一种莫名的惺惺相惜，在和对方的交流中，小笑逐渐发现自己并不如想的那样对于网络上的各种观点持无所谓的态度，此前他这么想，仅仅是站在上帝视角企图找到网络中的商机，但是只要身处泥潭，就不可能不被泥泞沾染。他发现在感性上，自己确实认可一些观点，但是理智又告诉自己不能陷入对这种信息的单面看法，就像熊猫骑士。他感情上厌恶之，但是理智上又逼迫自己不排斥熊猫骑士。这种看待事物一体两面的特性，是在与"有求无应"的日常交流中发现的。

小笑收回手机，这才注意到已经走到了澡堂。这个澡堂是他常来的，前些天因为捡了邻座遗落的入场券所以才来过一次。澡堂的门面看起来老旧破烂，实际上内部刚刚翻修，浴池的质量属于上乘。破烂的门面前停着一辆破旧的自行车，车架失去了本来的漆面，露出了银色底漆，并没有上锁。车主应该也有自知之明，认为这种破车不会被偷走吧。小笑径直走入了澡堂。

一进去就是非常热情的接待。虽然已经来了很多次，但小笑还是不擅长应付这样热情的人，半理不睬地走向了更衣间。他想着早些年和父亲一起来的时候，只有一个大妈坐在柜台前，就算你主动和大妈交谈，她也懒得搭理你，只会丢给你个挂着牌子的钥匙，让你自己去更衣室。澡堂翻新后，服务员变成热情的年轻女孩，小笑反而不适应。

进了更衣室，小笑先是检查了一侧花盆的下面，发现东西没有被拿走，就放心地走开。找到自己的柜子，小笑在柜子前脱光了衣服，把背包和衣服放入存放衣物的号码柜，拿了块毛巾，毛巾看起来崭新不已，比自己的破毛巾好多了，他自嘲地笑了笑，随后来到浴池。

按照习惯，应该先泡澡，再冲洗身体。主要是由于泡澡的池子并不干净，所以在泡完澡后一定要重新清洗身体。但是冬天的话，往往会先用热水冲洗一下身体，再进行泡澡，最后重新冲洗身体。这是因为冬天的气温太低，刚刚进入澡堂的人身体的温度很低，需要用热水调整一下体表的温度，也可以理解为适应热水，再进入热水中泡澡。小笑想确实身体太不干净了，就这么下池子搞不好能把池子染黑，于是决定先把身体和头洗干净了再进浴池。高端的洗浴中心不用自带洗发水和沐浴露，这些洗浴用品都在淋浴的架子上摆着。

清洗了身体，他想着该入池了。今晚的人有点多，他寻了个没人的池子，刚一伸脚就明白这个池子为什么没人了——过高的水温是为了泡澡爱好者所设置，像小笑这样的普通人显然受不了这样的水温。

也许是想着新年新气象，小笑硬着头皮，憋着一股劲，缓缓地进入了池子。随着水池慢慢浸没身体，他才长长舒了一口气。小笑不敢轻易乱动，他明白只要轻微晃动，体感温度就会急剧上升到他无法接受。

小笑就像入定了似的。

耳后传来赤脚踩在浴室地面的声音，从脚步声听这位选手正向着小笑的池子走来，那人慢慢接近着。小笑祈祷他不要进入，一旦有人进入水池，必定会引起一番腥风血雨，到时候惊起的波浪会反复拍打在自己身上。小笑想，那大概和跳入岩浆的感受类似。

那个声音终于停了，就停在小笑的身后。

不要进来啊！

男人进入了水池。

北斋笔下的无数波浪，冲击着小笑的身体，冲击着池子的边缘，溅起浪花，还有一部分溅到了小笑的脸上，让他痛不欲生。

"呼……"入池的男人发出爽快的声音。

小笑的意识有点模糊。

"哈哈！"男人发出莫名其妙的大笑，拍了拍小笑的肩膀。

因为拍击，水平面上下移动了一厘米，就是这浅浅的一厘米，似乎有火炭在身上滚了一圈。

"这么热的水，受得住吗？"他一边说着，一边将巴掌落在小笑的身上。

已经坚持不住了啊，大哥，不要再拍了。小笑无声哀嚎。

究竟什么样的人才会这样自来熟？小笑有些生气。在澡堂里，肉体接触往往都会带着些许尴尬，但这个声音听起来有些浑浊的男人根本不顾这些尴尬，自顾自地说着话。

小笑强忍着被热水灼烧的痛感回过头，准备以不耐烦的口气训斥一下那个男人，却在回头的一瞬间就失去了这份欲望。

那人虽然精瘦，但是隐约可见肌肉线条，年轻时应该是一个壮硕的男子。即使看起来有些老态，但眉目间依旧残留威严，彻底震慑住了小笑。

"啊……是啊，叔你也挺厉害啊。"他想着怎样才能不惹对方生气，所以拍了点马屁。

"哎呀，年轻的时候这池子根本就和游泳池没区别，现在不行了，感觉有点热，岁月催人老哦！"

"真厉害。"

"你也不错啊，耐得住这温度的水池！年轻就是好，我看这就叫长江后浪推前浪啊！下一句是什么来着？"

大概是池浪把我拍死在沙滩上吧！小笑想。

"是前浪在前引后浪。"小笑说。

"哈哈哈，说得好！"

小笑的话似乎说到了对方心里，他脸上洋溢着满意的笑容。

"这澡堂哪里都好，就一点不好。"

"哪里?"

"就是桑拿房太少了!"

"哦……"

"你蒸过这里的桑拿吗?"

"没有。"

"那我一会儿陪你蒸一下吧,这里桑拿虽然不多,但是很舒服!"

"好的……"

明明是邀请,为什么听起来像命令?

就这样,小笑在池子里待了五分钟,实在是忍不住了,借口去厕所便离开了。

"小兄弟,我等你啊!我好久没遇到对手了,感觉你是个狠角色。"

"没有,我不是……"

"别谦虚了!那池子就是一道门槛,能跨过门槛的都不会是弱者,等你!"说着,男子走向了桑拿房。

小笑回想起上次蒸桑拿,那是母亲还在世的时候,父亲带着母亲和自己进城泡澡,在桑拿房里他第一次感觉接近真实的父亲,他笑嘻嘻地忍受着热浪。父亲问他笑什么,他说没什么。

男子光着屁股往桑拿房走去,随后不知道从哪里拿来一条浴巾,围在了腰上。小笑一进去,就感到扑面而来的热浪,里面还坐着三个人,各个身有横肉臂有文身,小笑下意识地躲开了这些看起来像黑社会的人,找了个男子身边的空位坐下。

添水,热浪袭来。

随着蒸汽逐渐充满整个房间,热浪也缓缓侵蚀着每个人的身体,第一个出局的是一个胖子,小跑着出了桑拿房。小笑闻着桑拿房特有的气味，长吸气，长吐气，暖流流入心里，额头上渗出的汗水顺着鬓角流下。这种热量对他来说不算什么——夏天曾接过一份递传单的工作，差点在大街上被晒到脱水中暑，跑到商场里一吹空调又冷，最终还是乖乖跑回大太阳底下晒了一整天。夏天的风是黏糊糊的，比起桑拿房里的湿气更让人窒息。

过了一阵，除了男子和小笑，其他的人都已离开。小笑抬起头，看见男子大汗淋漓，他也张开了嘴巴呼吸，若不用力，便一点空气都吸不进肺里。

"你不出去吗？"男子缓缓地开了口。

"嗯……"

小笑只能发出这样的声音了。他感到头昏脑胀，听见缓缓起身的声音以及对方沉重的呼吸声，接着是脚步声，男子离开了桑拿房。

好像是赢了。他这样想，下一秒就要晕倒在桑拿房。

应该不会有其他人认为这是一场比试吧。莫名其妙和一个不认识的陌生人较劲，毫无意义、无聊透顶。于是他也起身离开。简单地把身体重新清洗干净后，小笑擦干身体穿上澡堂提供的浴袍，来到休息区坐下。小笑现在脸颊通红，呼吸不畅，他摸着胸口，顺了顺呼吸。

"小子，还没走呢！"

肩膀再次感到手掌的压力，小笑还没来得及回头，那人就自然地坐到了他的面前。

"又是您啊……"

小笑呆呆地打着招呼，中年男子拿起桌上的茶壶，倒上一杯茶递给小笑，然后给自己也倒上一杯，一口喝下。小笑刚喝就喷了出来，茶杯里水很烫，根本不是能入口的温度。

"噗……咳咳咳……"

"哈哈哈!"

小笑拿起桌上的餐巾纸擦拭着自己喷出来的茶水。

"不烫么?"

"哪里烫了?只能说你的舌头还嫩着呢!"

"叔你真厉害……"

"像你这么能熬桑拿的年轻人不多了,你叫啥子?"

"李笑。"

男子又大笑起来:"好巧哦,都是李家人!我叫李承航!"

小笑尴尬地笑着。

李承航似乎对面前的小伙子很中意,自来熟地和他唠起了家常。小笑有一搭没一搭地回应。这个年纪的男人总是喜欢喋喋不休地和陌生人交谈,内容无非是抱怨身边的亲戚、领导。

在交谈中,小笑没有怎么说自己的事,就已经把李承航的人生弄得一清二楚。

李承航原先是一个刑警,后来据说因为不怎么听上级命令而被调到地方派出所,逐步沦为一个片警。每天的任务除了驻守就是闲逛巡逻。虽然这种比较清闲的工作比原先当刑警时安全许多,但是李承航不满足于此,动不动就向刑警队的老同事套取刑事案件的情报,为他们出谋划策。李承航似乎天生就是当刑警的料,有着比其他人更为敏锐的嗅觉与思维,他的老同事们不但不排斥将情报泄露给他,后来还主动向他请教。仅仅通过同事的描述,他就能给予刑事案件搜查建议,偶尔还能直接判断出嫌疑人身份。

小笑听着就觉得无聊,渐渐走神打了个哈欠。

突然,李承航一拍桌子,巨大的声响惊醒了半梦半醒的小笑,吓得他一激灵,差点往后仰倒。

"你说那小子怎么就这么不识好歹！"

李承航怒其不争地拍着桌子。

"是啊。"

他说到哪里来着？睡着前好像说到李承航总是抓一个不良少年并且对其进行教育。

"李笑，你说说，这小娃这么不听管，我还有必要再管他么?!"

"我看就没有这个必要了吧。"

小笑也只是顺着他所理解的李承航的意思往下说。

听了小笑的话，李承航郁闷地嘟嘴，然后摸着自己胡子拉碴的下巴。

"那不得行，还得管！总不能让这娃真的废咯！"

既然你有自己的想法干吗还来问我？

"老子决定了！现在就去找他，再劝劝！"

说完李承航就起了身，临走不忘拉住李笑的手，以握手的姿态上下摇晃着。

"感谢你李笑！要不是你，我肯定想不得这么通透！那个娃，就和我的娃一样，我不能放弃他！"

"不客气……"

明明自己唯一说的话还是让李承航别管那个不良少年。

李承航快步离开，换好衣服出了澡堂，骑着那辆绝对不会被偷的破烂自行车，逐渐远去。

休息室内的小笑又倒了杯茶，这回水温已经下降了不少，虽然不太记得说了些什么，但看来那个叫李承航的男人在这里和他对话了许久。小笑一边喝着茶，一边自言自语："好想吃甜食。"

泡完澡后，就是会想吃甜食。

　　小笑缓缓起身，走到更衣室一侧的花盆下，从里面拿出一个浴池的洗浴手牌，上面沾满了泥土，他轻轻擦掉泥土，来到一个更衣柜前——花盆中的手牌并非服务员给他的，这个柜子也不是小笑之前脱下衣服的柜子。

　　他刷卡打开柜门，柜子里是一件黑白色的骑行服，还有一个黑白色的头盔。

　　上面，沾满了尘土的痕迹与黑红的血色。

3

　　白兔把洒在手上的味美思擦掉，颤抖的左手又一次拿起了量酒器。倒不是因为感到紧张或者害怕——原先她还嘲笑冉康倒酒时总是颤抖着撒出酒液，等自己学习倒酒时才发现一只手拿着七百毫升的沉重酒瓶，另一只手稳定量酒器怎么也说不上容易。

　　三十毫升的味美思注入量酒器，夹着量酒器的食指和中指轻轻地转动，量酒器顺势倒下，酒液被转移到搅拌壶中。对老板这种老手来说，有时会直接在老式杯中调酒，再将酒直接递给顾客，但白兔是新手，她需要在更大的搅拌壶中调酒，等完成后再倒入老式杯。对新人来说，冰块的化水量难以掌握，同时更大的容器口也能方便其倒入酒液。

　　跨年夜，酒吧内的座位几乎坐满了，甚至还有坐在门口等位的客人。可惜鸡尾酒吧不像餐厅，吃完一餐立马就会走人，大多数人点上一杯酒能坐半个晚上，聊天消遣。平时的调酒工作基本都由老板一人完成，只有在遇到比较简单的酒时才会交由冉康和白兔锻炼。今天实在是照看不过来了，老板不得不分配更多的任务给他们。三个人从入夜至今，双手从未停下。

"今天晚上要下雪啊？"

"真的假的？"

"你看天气预报。"

"真的，太好了！"

不远处的卡座传来一男一女的对话声。

在这座偏向南方的城市，下雪从来不是一件寻常的事。冉康回想了一下，近十年好像都没怎么下过雪。听到隔壁男女的讨论，他连眼睛都没有抬起一下。他对少见的雪不能说不憧憬，只是他不相信真的会有什么鹅毛般的雪，他觉得要下就是瞬间与雨水交融消失的那种雪。

"而且，还是大雪！"

"希望十二点之后再开始下。"

十二点前下雪会造成什么困扰么？冉康一边疑惑着，一边擦着手上的杯子。

此后的一个小时，白兔再没有抬头的机会。九点半之后正是食客们用完餐，决定小酌一杯的黄金时间。

从事这个行业以来，什么样奇怪的顾客白兔都算见过，但是这么多奇怪的客人齐聚一堂的情况却从未有过。有的客人喝多了随意向身边的异性搭讪——老板需要即时出面制止；有的客人吐了一地——冉康要捏着鼻子清理，同时需要向顾客索要一笔不菲的清洁费用；有的客人在这个跨年之夜失恋惆怅——白兔要在调酒之余抽出时间应付两句。

在数不清的客人和意外情况的狂轰乱炸之下，三人已经心力交瘁。

当然也有寂静的角落——吧台坐着一个单独来的客人，一言不发。若是不想和人交谈，也不必坐到吧台上，去一旁单独的卡座坐着就好。若是想要交流，他又散发着生人勿近的气场。

他默默地从吧台上拿下一张四方形的餐巾纸，随后不知道从哪里掏出一支华丽的钢笔在上面写着什么，写几笔放下，将钢笔咬在嘴里思索片刻，又继续写几笔。

比起一直站在吧台里调酒的白兔，到处收杯子和打扫卫生的冉康很早就注意到了这个奇怪的男人。他觉得这个人散发着独特的阴暗气场，还是不要主动靠近为好。

他面前的老式杯中，残留着不多的"古典"。

就是这样忙碌的夜晚，却在三个人都意想不到的时候戛然而止。

在和无数的熟客机械式道别后，在收了不知道多少桌杯子后，他们忽然意识到原本座无虚席的酒吧内，只剩下了寥寥数人。

在餐巾纸上写着什么的阴沉男子、穿着花哨的年轻女孩、满脸横肉却穿着高档西装的平头男。

阴沉男子已经停了笔，寥寥数行字的餐巾纸摆在面前。他把华丽的钢笔轻轻放入怀中，低头啜饮被冰块稀释的酒。女孩的面前摆着一杯造型精致的鸡尾酒，却没见喝上几口，她只顾着在手机上飞速地打字，脸上的愠色显露无疑。只有一旁的平头大肚子男子，神色平和，优雅地把杯中的"教父"放到鼻下闻了闻，随后轻轻饮下一口。

冉康走到阴沉男子的身边，见到他的酒杯空了便收走了酒杯，又下意识地把那张餐巾纸拿走，完全没有注意到上面写了两段文字。

"喂!"阴沉男子叫停冉康。

"怎么了?"

"你把我的诗拿走了。"

"诗?"

男子努了努嘴,冉康这才注意到被自己揉成一团的餐巾纸上好像写着什么字,他展开来看,纸上的墨水微微晕开。

"巷楼遮千目,流曲围织墙。讪我耳目灵,撩人自欺谅。"

什么玩意?

"不好意思……还给您……"

冉康把皱巴巴的纸巾铺开,交还给阴沉的男子。他觉得男子的脸色本就阴沉,现在看来变本加厉,正怒目看向冉康。

"对不起!"

冉康已经做好了被痛骂的准备,不自觉地缩起脖子,再想到今天又迟到了,莫名其妙地幻想起被老板开除的景象。

谁知道阴沉男子只是深深地叹了一口气:"再来杯萨泽拉克吧。"

"好的。"

冉康转头准备逃离这个是非之地。

"等一下。"

他僵硬的脖子转过来,面向阴沉男子。

"把这个拿走吧。"男子指着写着诗的皱巴巴的餐巾纸。

"好的。"

冉康小心翼翼地捧起这张纸,来到老板身边,长舒一口气。

"咋了?"老板问道,随后低头看向他捧着的诗句餐巾纸,"你捧着个餐巾纸做啥?"

"这不是普通的餐巾纸。"

冉康把诗句面向老板。

"这是诗。是那个人写的。"他指了指一旁的阴沉男子，轻声说道。

"的确偶尔会有这样的人。"

"但是我不小心把他的餐巾纸收了，还弄成这样。"

"他生气了么？"

"看不出来啊！"

老板歪过头，看向阴沉男子。他来了之后就一直闷头不说话，看起来像是很生气的样子。

"完了，他好像很生气。"

"但是他没有骂我，还让我把这个拿走，然后点了杯萨泽拉克。"

老板眯了眯眼："交给我吧！"她一把夺过冉康手上的纸，走到男子身边。

"这位老师？"她轻声喊道。

"嗯？"

"我刚刚看到这个，这个是您写的么？"老板毕恭毕敬地递上皱巴巴的纸巾，一开始还拿反了，她迅速把纸巾掉了个儿，推到男子面前。

"怎么了？"

"我就是觉得写得很好。不知道能不能把这首诗送给我们店？"

男子眼皮跳动了一下，他只是随手写下这首诗，并没有觉得有多好，但是眼前的女人这样奉承，让他有些不好意思。

一旁的年轻女顾客似乎听到了这边的对话，好奇地歪过脸来，想看看老板口中写得很好的诗是什么。

"你喜欢就拿走吧。"

"谢谢老师!"老板露出了招牌假笑,但是常人无法看出和亲切微笑之间的区别,"能请老师签上您的名字么?"

生平第一次,有人问男子要签名。

他接过纸巾,在上面签下自己的笔名——森琦。

"谢谢老师!"老板拿回了餐巾纸,为自己又轻松解决了与客人之间的矛盾沾沾自喜,全然不知森琦压根就没有生冉康的气,只是因为自己工作上的问题感到闷闷不乐而已。

"森琦……老师?"

总感觉这个名字很眼熟。

Panbar 的老板不是从来不看书,只是不怎么看非实用书,偶尔会读一些酒类书籍,所以她自认为不会知道什么作者。但是"森琦"这个名字一出现在眼前,她就立马浮现了"作者"二字。她停顿了几秒,尝试在脑海中搜索这个名字。

"你是森琦?"在一旁偷听的年轻女性惊讶地问道。

森琦转过头看向女孩:"你认识我?"

女孩兴奋起来,飞快地在手机上操作着,很快找到了那篇文章,她竖起手机:"你就是写了这篇文章的森琦?"

老板也伸过头看向女孩的手机,文章的标题是:《都市英雄的宿命:专访都市传说英雄熊猫骑士》。

"这篇我也读到过。"老板想起来了,有一天早上和牛奶一起送到家门口的报纸上有这么一篇同样标题的报道。

"嗯,确实是我写的。"

这篇文章刊登在《新宇日报》首版,同时也发表在日报的新媒体账号上。当时是主编做的选题,交由森琦完成。结果森琦靠着这篇文章一炮而红,不仅仅是在同行内,而是在全城都名声大噪,甚至他住在邻省的母亲都特地打电话来向他表达了自豪之情。

"好厉害!"

"原来你是记者啊。"

森琦哭笑不得,这是他第一次得到认可。

"新宇日报……好厉害啊,我也好想去那里实习。"

"大学生?"

"是啊,看不出来么?"

森琦看向女孩,女孩着装略显夸张,和森琦印象中的大学生有些许不同。

"森琦老师,要怎么样才能去新宇日报社实习呢?"女孩恳切发问。

"我不太清楚,我被录用的时候公司还不是很大,什么人都能去应聘,也不用有什么特别的才能。你是什么专业的?"

"播音。"

"那可能比起去报社实习,台前的媒体工作更合适吧。"

"好吧。"

森琦尴尬地看向老板:"老板,萨泽拉克好了么?"

老板一拍脑袋:"我现在去给你做。"说完,带着签了名的餐巾纸走到水池边开始调酒。

冉康凑过脸来:"解决了么?"

"有我在,没问题。"老板露出自豪的笑容。

"刚刚听说他是记者?我还以为是个诗人呢!"

"诗人也是一个职业名称么?"

"如果能赚钱的话……"

老板挑了挑眉,三下五除二调好了酒,递到森琦身边。

"萨泽拉克。"

森琦和旁边的女大学生聊得正欢，不过看起来是森琦单方面被提问，看到老板递来酒，才缓过劲喝上一口。

"森琦老师，这篇文章点击量那么高，你能拿多少分成啊？"

这种直言不讳询问收入的问题，只有未经世事的人才能说得出口。

森琦不太想回答这个问题，但又不想表现得不友好。

"这是一个取决于文章点击量和网站下面广告点击量的复杂计算问题……"

"那么是多少呢？"女孩不依不饶。

都说到这种程度了还看不出自己不想说么？

"森琦老师。"老板打断了两人的对话，森琦像是看到了救命稻草一样看向老板。老板接着说："熊猫骑士那篇文章我也看了。"

"你觉得如何？"森琦不想理女孩，自然地接过话茬。他或许更想听一下成熟大人对自己文章的看法。

"故事性很强。"

"谢谢。"森琦有些失望地拿起酒杯。

看出了森琦的不满，老板觉得他可能想要一些尖锐的评价，于是又开了口："但或许是故事性太强了，让人觉得有些虚假。所以您真的采访到熊猫骑士了么？"

森琦微笑了一下，原本身上的阴沉气息眨眼间消散不见。

他抿了一口萨泽拉克："我确实采访到了一个自称熊猫骑士的人。"

"嗯，这样啊。"

出于保密协议以及对老东家的最后情面，森琦这样作答，老板自然能够理解这句话的含义。

"记者的工作也不容易吧。"老板笑了笑，扯开话题。

"已经不是记者了，我离职了。"

"为什么啊？这么好的工作！"

"好么？"

森琦最早听到的问题是：这份工作就这么好么？

那是他刚刚开始做民生新闻的第一年。他接到电话，江边的仓库起火，于是他背着相机爬上三十层高楼——而这个高楼的高度恰好与仓库所在的地平线齐平。他举起相机拍摄，由于取景框里的照片拍不到想要的效果，所以他向前一步，又向前一步。直到第三步，他一脚没踩稳，所幸的是重心靠后，只是一屁股摔倒。那时，他的半只脚已经踏出了三十层高楼的边缘，只要重心前移一点，就会从三十楼掉下去。得知这个消息的家人问他："这份工作就这么好么？"

此后，不论是带着针孔摄像头进入地下赌场，还是采访黑心工厂，都屡屡遇到危机。这个问题也一次又一次浮现在他面前。

那时候的他曾无数次地回答："就这么好。"

好像有什么执着追求一样。

可惜这个追求在日渐凋零的行业面前不值一提，随着互联网新媒体的崛起，传统纸媒和记者的效率远远不如视频网站快，行业衰败了。虽然公司也开设了自己的官方账号，但是传统老旧的做法已经无法吸引读者。直到换了主编。新主编深谙网络流量，一次又一次做出点击量巨大的选题。

当熊猫骑士这个选题交到森琦手上时，他并没有多么排斥，毕竟这也是热点话题。但是当主编告诉他要怎么完成这个选题之后，他沉默了。

如今，看着自己的代表作竟然是这种文章，他不知道该开心还是失落，不过可以明确的是，如果有人再问他"这份工作真的就这么好么"的时候，他的回答恐怕是"也没那么好"。

　　"森琦老师，你到底为什么离职啊？"

　　"因为最近的一篇稿子怎么审都不过，所以一怒之下干脆离职了。"

　　"太冲动了！"

　　"什么选题可以说说么？"老板随口问道。

　　"你们应该也知道，就是这两天比较火的烂尾楼杀人案。"

　　坐在一旁的平头男抬手向白兔和冉康示意。

　　白兔靠过去："请问先生需要什么？"

　　"再来杯……伏特加马天尼好了，要摇匀不要搅拌。"

　　"好的。"

　　"让你们老板来调。"

　　"好的。"

　　白兔走到老板身边："那个大叔指名老板调一杯伏特加马天尼。"

　　"知道了。"

　　老板退出和森琦的聊天，来到一旁开始调制酒水。

　　"据说凶手是熊猫骑士，肯定是哪里弄错了吧？森琦老师，你知道什么内幕么？"

　　"嗯。"

　　"可以说么？"

　　老板把摇壶盖好，开始摇酒。

　　当主编听到森琦的调查结果，就拒绝了森琦的采访要求。他对森琦下了死命令，放弃调查烂尾楼事件，否则就让他卷铺盖走人。两人曾因熊猫骑士的选题爆发过争吵，当时以森琦妥协收场。而如今的这个案子，是森琦自认为寻回初心的一个案子，他绝不想莫名其妙地放弃。

"根据我的调查，我觉得比起熊猫骑士这个虚无缥缈的凶手，更有嫌疑的是一个叫王毅朗的地产商。"

"谁？"

"王毅朗，就是波湖地产的实际董事长。"

正在调酒的老板眉头一紧。

"咔嚓"一声，玻璃杯子掉在地上摔碎了，白兔连忙赶到碎掉的地方，收拾起来。

"不好意思，我忘了这个杯子很滑，碎掉的杯子记我账上吧。"

冉康也帮着白兔收拾起玻璃碎片，他还不忘问道："抱歉，先生是常客么？请问先生的名字是？"既然要记账，当然要知道顾客的名字。

"我有段时间没来了，你们老板认识我，"平头男微笑着说，"我叫王毅朗。"

4

"案发现场是一个已经废弃多年的烂尾楼。尸体的发现者是七十八岁的方老太。方老太虽然有退休金并且有子女照顾，但她还是喜欢一大清早外出翻路边的垃圾桶，回收硬纸壳、易拉罐等能卖钱的废品。当天早上，她正好经过南岸的烂尾楼，看到一个铁桶，她推测那是堆放垃圾的垃圾桶，走近后在铁桶里发现了被烧焦的尸体。"

"等一下，既然是烂尾楼附近，老太太为什么会去那里找废品？"

"简单来说就是有人住在烂尾楼里，老太太以为那里会有一些能卖钱的东西。"

"烂尾楼里住着人？"大庆感到难以置信。

莫夏桐没有回答这个问题，继续说道："总之就是尸体被发现了。方老太起初以为是有人虐待猫狗并将流浪猫狗的尸体放在铁桶里焚烧，但她很快就发现不对，并第一时间报了警。"

大庆回想几十分钟前，和女孩在蛋糕店前的对峙。

"二十块！"女孩突然开始报价。

"我不是摩的。"

"五十！"

"不是钱的问题，我还有工作……"

"一百！"

"你要去哪里？但是事先说好，只有在顺路的情况下我才……"

"五百！我包你一晚上！一晚上让我跟着你！你去哪，我去哪！"

好可疑的提议。

"什么意思？"

女孩举起相机："忘了做自我介绍，我是一名视频博主，这是我的账号。"她递过手机，视频账号的名字是"莫夏桐"。

"视频博主是什么？"

"就是拍摄一些生活片段，"夏桐举起相机晃了晃，"然后剪辑成有趣的视频上传到网络。"

"你是想把我拍下来做成视频？"

"嗯，差不多吧。"

"那这五百块其实是出场费咯？"

"没错。"

"我考虑一下，我不太想露脸……"

莫夏桐看着面部被超丑的熊猫头盔遮住的男人竟然说出这种话，自己一时间想不出用什么话来回应他。

"不露脸，露脸了我也会给你打马赛克的。这张照片可以发社交平台吧？"

瞳晓把刚刚拍摄的照片给大庆看，大庆看了看，因为没有露脸，所以他点了点头。

于是，两人达成合作。

莫夏桐调整一下戴在头上的黄色半盔，因为本来就不是为自己设计的，是大庆摩托车上现成的头盔，所以戴起来很不舒适。

"警察第一时间赶到现场，发现了那具尸体。但是在那之前，方老太早就把早上的传奇经历和周围的街坊邻居聊了个遍，于是，这起事件的传闻不胫而走。"

发展到现在，全城应该没有人不知道了。

"一般来说一起杀人案虽然会成为人们茶余饭后的谈资，但是不会这么快成为人尽皆知的事。之所以传播迅速，是因为事件中有三个充满话题性的疑点。一、死者的身份至今未能确认；二、此次犯罪事件是不可能犯罪；三、据传闻，最近的话题人物熊猫骑士在案发现场被目击，也因此成为第一嫌疑人，而熊猫骑士的身份至今是一个谜。"

尸体的身份未知这是大庆知道的，后面两个消息还是第一次听说。

"那么这位熊猫快送先生是怎么看待的呢？"

大庆没有回应，夏桐用手肘碰了碰大庆的腰。

"嗯？我要回话了么？"

"当然啦！这是在问你呢。"

"什么叫不可能犯罪？"

"听说案发现场的烂尾楼周围都是泥地，案发前下了场雨，导致烂尾楼周围泥地发软，因此只要经过一定会留下脚印。"

"脚印……那车辙呢？"

"当然也没有留下。你这么问，难道是在怀疑凶手离开的工具吗？"

"嗯。"

"那对于熊猫骑士就是凶手这个观点，你怎么看呢？"

"我又不认识熊猫骑士。"

"那……"夏桐还想接着提问，大庆突然按下刹车。

"等一下，我去送个蛋糕。"

还剩下两份蛋糕没送。大庆下车，夏桐有些闷闷不乐。他没空管她，从后面的保温箱里拿出蛋糕，进了小区。夏桐一个人坐在摩托车后座，调试着相机。

"要没电了。"莫夏桐赶忙把相机关上。

她从包里拿出熊猫玩偶捏了捏："熊猫先生，你说熊猫骑士真的会杀人么？"转眼她又摇了摇头，把这个糟糕的想法甩出脑袋，"不可能，其中一定有什么误会。"说完，她重重地抱了一下熊猫玩偶，身体不自觉地后仰。

如果是在平地或者是椅子上，这种行为倒没什么问题，但现在是在摩托车上，并且大庆刚刚下车的时候没有把车子架起来，只是把地撑放下，夏桐后仰时中心偏移，摩托车向着地撑的另一个方向倒去。

"哎哎哎！哎呦！"

夏桐从摩托车上摔下，摩托车也倒在地上。

"好疼啊。"还好是屁股着地，除了有点疼之外没受什么伤。

起身的莫夏桐看到，随着摩托车倒地，后面保温箱里的蛋糕掉了出来。一阵寒意从背脊涌到头顶，她弯下腰颤抖着将蛋糕捡了起来。透过透明的包装盒，可以清晰地看见里面的蛋糕已经摔碎。

"完了！"

弄坏蛋糕赔钱事小，万一那个熊猫送餐员因此拒绝采访可就糟糕了。她下意识地把车扶起，然后把摔碎的蛋糕放进保温箱里。要是以往，扶起一辆一百多公斤的摩托车对她来说是相当困难的，此时她却完全没有感到吃力，只想先瞒过这件事再说。

夏桐不想放弃这次采访的机会，因为她有第六感——这个蛋糕配送员就是熊猫骑士！

大庆敲了敲门，没有人回应，他拨通了订单上的电话号码。对方接通了电话，让他把蛋糕放在家门口，他按照吩咐把蛋糕放到指定位置，随后向楼外走去。

手机响了，是一个未知的号码，大庆接通电话。

"你跳舞了么？"

大庆把电话挂了。

一定是什么舞蹈班的推销电话，他想。但是电话那头的女声又有些耳熟。不论怎样，以"你跳舞了么？"做开场白是卖不出卡的，究竟这种推销电话面向的用户是什么人？大庆不解。

电话又响了。

"喂！我问你跳舞了么？"

好嚣张的语气。

"首先，我不想报舞蹈班，其次，既然是推销电话，请你态度好一点可以么？"虽然直接挂断是最好的防止推销的方式，但是大庆有些不爽，于是他吐槽了两句。

"什么舞蹈班什么推销！我是熊猫奶油的店员！"

"哦……"头盔下的大庆感觉脸部微微发热。

"你跳了没啊？"

"为什么要跳舞？"

"你不知道么？这是我们熊猫奶油蛋糕的特别服务！"

"特别服务？"

"你需要把蛋糕送到顾客手上，然后播放我之前发给你的音频……"

"我没有收到过那种东西。"

"那一会儿发给你，总之你要在那个音乐下跳舞，懂了么？"

"什么啊！不懂的地方太多了！为什么你们蛋糕店的特别服务是跳舞？为什么是一个配送员来跳舞？"

"不然为什么要给你换上那套奇怪……不是，那套可爱的衣服？"

"……"

"总之，你要跳舞，否则我们会被投诉虚假宣传。"

早知道的话，就不接这个活了。

"但是我已经送出两个蛋糕了，因为都没人，所以就放门口了。"

电话那头沉默了一会儿。

"这种情况没关系，但如果送下一个蛋糕的时候顾客让你进去，你就要跳舞。"

"我不知道该怎么跳……"

"我把视频发给你，你学一下，还有最后一个蛋糕，这次你要好好表现。"

"我能不送……"

"如果蛋糕没送到或者不跳舞而被顾客投诉的话，今晚的工资都不会结的。"

没有给大庆反驳的机会，电话挂断了。

大庆呆站在原地，像是一个被世界抛弃的丑陋熊猫。

不久，他收到了视频和音频。视频中，不知道哪个倒霉蛋穿着和自己现在同款的熊猫玩偶服，在澎湃的音乐中翩翩起舞。

大庆感到一阵无力，但是现在放弃的话，沉没成本太高了……大庆陷入纠结。

夏桐把保温箱的扣子扣好，暂且隐藏住已经碎掉的蛋糕。她擦了擦额头的冷汗，长舒一口气，一抬头，看见一只垂头丧气的熊猫向自己走来。

"怎么了？"夏桐故作镇定地问道。

"没什么。"

大庆跨上摩托车。

"怎么突然垂头丧气的？被骂了？"站在一旁的夏桐问道。

"没事。"

夏桐疑惑之际，突然听到不远处传来女性的尖叫声。

"抢劫！有人抢劫！"

大庆抬眼，很快锁定了尖叫的女性，她正一边尖叫一边向前方追逐，顺着她追逐的方向看去，一辆闪着各色灯光的踏板摩托车正在疾驰，驾驶员没有戴头盔，手里拿着一个包，身材看起来比大庆要胖不少。

大庆当即判断，此人抢劫了那名女性。

几乎没有思考，大庆卸下摩托车后座的保温箱递给站在一旁的莫夏桐，然后立马启动摩托车，拧动油门冲了上去。

　　"等一下！我还没上车。"莫夏桐无力地呐喊着，但是大庆完全没有听见她的声音。顺着大庆疾驰出去的方向，夏桐也看见了那辆闪闪发光的鬼火摩托车，她一瞬间理解了所有事，于是快跑着跟上。

　　"果然你就是熊猫骑士！"

　　即使熊猫摩托车是刚刚从起步到加速，但这个时间马路上的车群已经散得差不多了，大庆绕过人群，很快就赶上了那辆鬼火。鬼火的驾驶人似乎没有注意到自己被大庆盯上，速度竟然放慢了下来，他笑嘻嘻地盯着刚刚到手的蓝色包包。

　　"哼！在太岁头上动土！"他自鸣得意。

　　耳边传来引擎的轰鸣声，胖男人还没来得及反应，就看到一个如同熊猫的鬼魅身影从他身边掠过，刹那间，他手上的包被那只熊猫抢走，那道身影完全过去之后，才有一阵风吹过，如同一记沉重的巴掌，打在了胖男人的脸上。

　　男人骂了句脏话，拧动油门。被改装过的鬼火除了有着妖艳的灯光，还有着难听却响亮的引擎声，这声音盖过了方圆一百米内的所有声音，直奔熊猫摩托车而去。

　　大庆知道自己肯定会被鬼火锁定，从他的经验判断，胖男人驾驶的鬼火摩托车排量和自己现在驾驶的排量相当，即使经过扩缸，应该也不会快自己多少，更何况对方的体重明显比自己大，综合来看双方势均力敌。

　　"能跑掉。"大庆压低身体，往右边压弯，熊猫摩托车滑入一条狭窄的小路。

　　和男人看起来笨拙的身体完全相反的是，他操纵摩托车非常灵活，看到大庆下压身体的第一时间就转动方向，这让他过弯速度更快，稍微拉近了一点与大庆之间的距离。

夏桐虽然第一时间就快跑着企图跟上，但是根本就没有机会追上摩托车，抱着保温箱的她眼睁睁地看着大庆和鬼火一起拐入了小路中。鬼火巨大的引擎声逐渐远去，莫夏桐也缓缓停了脚，把保温箱随手放在地上，扶着膝盖大口喘息着，随后又拿起保温箱，向前冲去。

大庆本想靠着自己灵活的身手与身后的鬼火拉开距离，但是对方的操作技术比自己预想中好很多。他继续拧动油门，在城市的窄巷中左右穿梭。

大庆感到肾上腺素正在飙升。

他在享受飙车的快感。

但，不应该享受这种感觉吧？

大庆回想起七年前，自己痛失爱车的往事。

那天，大庆买了一辆二手自行车。他被孟焦沓带到了三港。三港由三个部分组成——菜市港、服装港、杂货港。原先只是三条巷子，被称为三巷，正巧这三条巷子邻着江，慢慢就被叫成了三港。三港人员混杂，原先是农民工的聚集地，他们住在这里，白天会到马路另一边的自福巷讨些活干。

两人来到杂货港，杂货港名不虚传，确实是什么都有得卖，从五金电器到猫狗鱼虫，应有尽有，散落在巷子的各个分区。他们走了好一会儿，大庆努力地无视着周围成年人投来的视线，低着头跟着孟焦沓。他们来到卖车的地方，整条路上摆满了电动车、燃油助力车、自行车，有崭新的也有二手的。这些车被摆放在四五个店面之前，根本分不清哪些车归谁家管理，询价也不知从谁家开始。

大庆不知所措，心里已经打了退堂鼓，他紧紧地捏着口袋里的八张百元钞票。不然，我们就回去吧。他本想这么对着孟焦沓说，谁知道孟焦沓轻车熟路地进了一家灰不溜秋的店面，很快就领着老板娘走了出来。大庆看上一辆非常漂亮的黑白相间的车，唯一的缺点是没有后轮挡雨板，遇到下雨天会弄得后背脏得不能看。车子的品牌也是名牌，看起来很新，孟焦沓轻声说，你去外面等着，我帮你还价。最终大庆掏出了自己全部的八百块，付完钱才发现车胎没有气。老板娘向大庆丢了一块钱说，拿去打气吧。

就这样，大庆花了七百九十九，买了人生中第一辆山地自行车。

大庆问孟焦沓为什么不害怕三港的这群人，孟焦沓笑着说，我经常逛这里的电子产品店，而且我和妹妹从小就住在这。孟焦沓一拍脑袋，差点忘了给妹妹买根小布丁。大庆把一块钱丢给孟焦沓说，拿去买根大布丁。你还有妹妹啊，我都不知道。孟焦沓接过一块钱说，谢了，这钱当我找你借的，你不知道也正常，就像我也不知道你和那个凌瞳晓有暧昧。大庆瞬间就脸红了，扯着嗓子反驳，我和凌瞳晓根本就不熟！

凌瞳晓是大庆的同桌，成绩很好，人也很漂亮，扎着最朴实的马尾辫，脸上总是挂着微笑。有一天，她看见大庆桌上的钥匙有些好奇，便问，这是你家钥匙？大庆说不是，是自行车，黑白的。像熊猫一样？大庆想了想说，不太一样。两人便约了放学后一起去看新车。

放学后，瞳晓跟着大庆来到地库，她从没来过学校的地库，其实大庆之前也没有来过。瞳晓蹲下身仔细看了看那辆车，用兴奋的语气说，好帅啊。大庆脸红了，还好吧。她说，真的和熊猫一模一样！大庆不由得问，你见过熊猫吗？瞳晓说，见过照片，反正就是黑白的。大庆问，难道黑白的就是熊猫吗？瞳晓说，当然不是。但这辆车真的很像熊猫。大庆无话可说，他从一开始就没觉得自己的这辆车像熊猫，要说像，最多也是像竹节虫，只可惜没有黑白色还带轮胎的竹节虫。那天晚上，瞳晓借走了大庆的车，大庆欣然同意，第二天，车被完好地归还。

后来的一天，大庆一个人推着车走在回家的路上，走着走着，他感到身后有视线，他本以为是错觉，却又听到身后有人窃窃私语。他小心翼翼地回过头，看见两个混混模样的人勾肩搭背跟着自己。其中一位一头非主流发型，另外一位则是干净的光头。他们手上拿着香烟，蔑视着大庆。大庆紧张地加快了步伐，他希望被这两个人盯上只是错觉。

两人的步伐明显加快，脚步声传到大庆的耳朵里。没有思考为什么会被盯上，他脑海里想的只有如何快速脱逃。身边行人很多，这让大庆觉得不太好骑车。

大庆微微转头，用余光瞥见两个混混果然跟着自己。被抢事小，只是口袋里的几个硬币无疑是满足不了对方的，到时候少不了挨一顿揍。大庆装作若无其事的样子继续快步走着，脚步越来越快，离路口越来越近，快到路口他才发现，以目前的速度会遇到红灯。

空气中弥漫着一股剑拔弩张的气息。大庆想，只要暴露出想要逃跑的想法，对方一定会上前阻止自己。关键点在于对方选择何时动手，以及他们是否会料到自己的逃跑时机。

为了迷惑二人，大庆先是放慢了脚步，果不其然，二人的脚步声也变得缓慢了。在逼近路口的一瞬间，大庆开始跨步小跑，一只脚踩着脚蹬，一只脚用力在地面一蹬，跳着上了车。此时自己回家方向的路口是红灯，他只好硬着头皮往另一个方向骑了起来。

上车的一瞬间，他明显感到车子震动了一下。那是光头混混尝试上前阻止大庆逃跑，却只碰到大庆车子的后轮。这辆车没有后座也没有挡雨板，光头无从下手，最终手在后轮上狠狠地摩擦了一下。

大庆头也不回地往前骑，他感觉身边的景色以一个从来没见过的速度后退，不知道过了几个路口，喘着粗气的大庆缓缓回头——不论是学校还是两个混混，都已经完全不见了踪影。

那时的他，肾上腺素也没能压制住内心的恐惧。

突然，身后传来汽车的鸣笛声，大庆猛地回头，只见一辆大货车从他身边经过。他魂不守舍，左顾右盼了好久才肯放心。此时已经离家越来越远，回家自然不能原路返回，直接折返的话很可能再碰见那两个混混，他绕了很远，才放心往家的方向骑去。可就在这时，刚刚那两个小混混坐在燃油车上，以极快的速度向着大庆驶来。

大庆气都不敢多喘，又一次疯狂踩着脚踏，或许刚刚太过亢奋，现在终于感到小腿沉重得像是绑了铁块，肺更像是要炸裂似的，即便如此他还是拼尽全力踩着脚踏板，胃液一阵翻涌，大庆差点呕出来。

人力自行车怎么敌得过发动机带动的燃油车呢？那辆燃油车轻轻松松地追上他，很快就与大庆齐头并进。车上的两人还歪过头来对大庆摆出嘲弄的表情。坐在后排的光头混混一脚踹向大庆自行车的后轮，大庆一阵挣扎，勉勉强强维持住平衡，但是对方又踹了第二脚、第三脚……

没有悬念，最终大庆失去平衡，一头栽入一旁的灌木丛中。

胳膊被灌木擦破，鲜血顺着大庆的胳膊流下，他缓缓从灌木丛中起身，亲眼看着燃油车后排的光头混混扶起自己的自行车骑了上去，随后和那辆燃油助力车消失在马路的远端。

车被抢了。

这两个混混的目的很明确，就是他的自行车。大庆以前听说有混混抢别人的车卖钱，没想到这种事竟发生在自己身上。

怪不得那些停在三港的二手车都那么新，都是这么来的么？大庆终于恍然大悟。

他突然意识到自己有多喜欢这辆车，即使他总觉得这辆车像竹节虫。

他无能为力，紧紧地咬着嘴唇，流下了泪水。

对于这个年纪的少年来说，自行车就是他的全世界。

如今，世界在眼前破灭。

他失去了全部力气，一屁股坐在地上。

那之后的很久，大庆都没办法睡好。他一次又一次地回想，感受着那天的害怕与悲伤。

如果那天能一口气骑回家呢？如果那天脚能踩得更快些呢？如果那天自己再拼命一点呢？

无数个日夜，这种没有意义的如果在大庆的脑海中肆意穿梭。最后，害怕与悲伤都变为麻木，大庆只是一遍又一遍在脑海中回想着被追逐的自己，渐渐地，在梦境中他也能感受到风划过脸颊，渐渐地，幻想中的兴奋感压制住了一切其他的情感。

现在，大庆正在狭窄的道路中穿梭，既没有害怕，也没有悲伤，只有兴奋感。和他无数次在脑海中预演的情况很像。

大庆试图平复心情。他拧动油门，苦笑一下，反问自己：按理来说，不应该享受这种感觉吧？

5

"超速的事情我这边暂且不提，摄像头已经拍下来了，后续会给你具体的处罚。我能给你的罚单有两个，一个是闯红灯，一个是非法改装。"

"交警姐姐，那个灯那会儿还是黄的！变红之前全部车身都过了线。"

"你在这里狡辩啥子？交通安全法规就是用来给你钻漏洞的？还有非法改装，你这个排气是原厂的？"

"百分百原厂！"

对方看瞳晓是女人，以为她不懂摩托车改装，瞳晓也懒得再和他争辩，直接从网上搜到该排气生产商的产品给驾驶员看。

"改装、炸街、声浪浑厚有力。"

"交警姐姐别念了。"

"还有你的改色，报备了？"

"报备了……"

瞳晓把刚刚和驾驶证一同收来的行驶证打开，上面的照片是这辆摩托车报备时的模样。那时它还是原厂的蓝色，也没有改什么排气。

"你自己看看一样么？"

"我觉得差不多……"

"非法改色、改排气，我看看还改什么了？"

驾驶员赶忙挡在车前，从刚刚和瞳晓的对话来看，面前的这个女人肯定是懂车的，再让她看上两眼，自己对发动机的改装以及加高手把肯定会被看穿。

瞳晓叹了口气，改装多少其实已经无所谓了，这辆车肯定是要暂时扣留的："你这个车我暂时扣下来。"

"啊？"

"加上闯红灯，一共扣八分，罚款六百。"

瞳晓一边说着一边开着罚单，摩托车驾驶员靠近，用肩膀碰了碰她。

"姐。"

瞳晓抬眼。

"姐，抽支烟？"驾驶员为她递上了一支烟。

"不抽。"

"姐，大过年的，还加班啊。"

"就是因为有你这种人，不然我早就下班了。"

"姐，话不能这么说！平时也就是我们这种人存在，才能给你们交警队创收啊是不是？"

"你想说什么？"

"这个罚款的事情吧，我都理解，你们交警队也有绩效考核，所以啊，你们多扣点也没事！"

"该多少就是多少，不会多扣你的。"

"我的意思是，你可以多扣点。"

瞳晓放下双手："你想贿赂我？"

驾驶员连忙摆手："没有！怎么敢！我就是想说，能不能少扣一两分？我上个月刚扣了六分，这要是再扣八分……那不成负分了么！"

"正好，你这种人就应该重新学一学科目一。你不是挺懂交通规则的吗？还会找漏洞？"

"交警姐姐！我错了！我真的知错了！我这就把车改回去！"

"那你得先去我们队里把车拿回去，"瞳晓对着肩膀上的对讲机说道："武安路扣留非法改装摩托车一辆，分个人过来把车带回队里。"

"这么绝情？就不能人性化一点？我这……今晚还有事呢！"

瞳晓顺手一指，指着路边的黄色出租车。

"哎……"摩托车驾驶员双手一摊，接受了命运。

"这边暂时腾不出人手。"对讲机传来声音。

"队里有人么？"

"没有。"

应该是都下班了，留下来加班的都去维持市中心的交通秩序了。

听到了瞳晓和对讲机的对话，刚刚放弃希望的摩托车驾驶员又谨慎地探出头，问道："姐，今天人手不够？"

瞳晓抿了抿嘴唇，思考着要不要把自己的车停在附近，然后骑着这台非法改装车回队里。但转念一想太过麻烦，自己现在本来就是无偿加班，她已经不想再给自己找不痛快了。

正当瞳晓纠结的时候，口袋里的手机响了，她拿出手机，看到了来电显示，她的心脏狠狠地颤动了一下。

来电人已知，是曾经被她存在手机里的号码。

"你走吧。"沉默片刻后她开了口。

"啊？"

"今天没事了，你走吧，记得把车改回去。"说完，瞳晓没有等那个摩托车驾驶员反应过来，就转身走向自己的车，她靠在车边，看着手机，任由它响铃。

这个穿着打扮看起来像是熊猫骑士的驾驶员看到警察突然放了自己，悄悄在一旁观察了一会儿后才跳上摩托车，他轻拧油门，排气却发出了巨大的声音——此刻他多么希望排气能变成静音。

瞳晓看着手中的手机，犹豫着要不要接通。

来电人是她的表哥。

多久没有和他通话了呢?

瞳晓回想起来，似乎是在他离家出走之后，或者更早之前，总之他们很久没有对话了。

虽然是表兄妹，但是两人的关系比亲兄妹更为亲密。哪怕是在青春期，彼此之间也没有嫌隙，还是和以前一样互相倾诉一些心事。她听表哥说过自己暗恋的女孩，也和表哥聊过她在学校里的烦恼。因为性格相投，瞳晓想，哪怕他们之间没有血缘关系，迟早有一天也会成为要好的朋友。

瞳晓回想起来了，她最后一次和表哥搭话是在他父亲的葬礼上。

她拉着表哥的手，看着他紧咬着的嘴唇，眼睛因为憋泪而通红，她说不出什么别的话，只能模仿大人拥抱他并说“节哀顺变”。从那以后，她不知道该怎么面对他了。

姨父死后，姨妈也郁郁寡欢，没过多久就去世了。姨妈的葬礼上，她没有再见到表哥，他听说表哥离家出走了——她想，这真的算得上离家出走么？毕竟表哥已经没有家了。

其实，她有很多机会再去联系表哥，家里面很多人都能联系到他，但是大家好像都失忆了，忘却了家里还有这么一号人物，好像都不想和表哥扯上关系似的。或许是受到这方面的影响，又或许是自己也不知道该对表哥说些什么，她没有再去联系他。但是他的电话号码却一直存在手机里。

所以此刻，看到表哥的名字出现在手机屏幕上时，她感到一丝愧疚。这种愧疚或许源于同情心，或许源于优越感，瞳晓一直在回避这份愧疚，如今愧疚又席卷向她。

她看着接通电话的绿色标志，手指悬停在上面犹豫着。

该说些什么好呢？以什么作为开场白呢？好久不见么？

她按下接听按键的瞬间，电话挂断，她错过了这通电话。

凌瞳晓深深吸入一口冬日里的冷气，缓缓吐出。她自己都搞不清了，是遗憾是失落，还是庆幸。

手机又发出一阵震动。

"好久不见了，晚上一起看烟花么？"

对方发来短信。

这句话又一次勾起了凌瞳晓的回忆。

在两人还年幼的时候，城市还不禁止私人燃放烟花爆竹，那会儿每年过节两人都会一起从路边的小摊上买下许多烟花，看它们在夜色中绚烂地绽放。直到后来，私人燃放烟花的行为被明令禁止，两人少了冬日里最有趣的活动。

有一次表哥从乡镇的集市上买了最贵、最绚烂的烟花，他偷偷联系瞳晓，想要和她一起放，瞳晓欣然同意，背着父母跑出来找到表哥。那年冬天没那么冷，两人把这个烟花摆在江南岸边，正要点火时却突然愣住。表哥问瞳晓带没带打火机，瞳晓说没有。显然，两个未成年儿童身上是不会随时装着打火机的。以前放烟花时总有大人陪同，所以大人身上的打火机会给两人用，这是两人第一次亲手燃放烟花，一时间忽略了"烟花是需要用火点燃的"这个常识。

两人准备去小卖部买一个打火机或者一盒火柴，但是又担心小卖部的店员看到自己带着烟花，会过来阻止两人燃放烟花。于是决定由瞳晓站在原地看着烟花不被偷走，表哥去小卖部买打火机。

表哥走后，瞳晓看着江边的那个烟花。它是熊猫的外形，看起来并不大，比起之前买的好几十发的烟花小很多。她听表哥说，这个烟花不像以往的烟花，只是蹿天爆炸，它会先像呲花一样向上喷射烟火喷泉，随后喷上天的烟火会噼里啪啦地引爆，紧接着烟花盒子的四周也开始喷射烟火，烟火的推力让整个烟花盒子在地面旋转起来，而向上的烟火喷泉也会分裂为三条喷泉，最终会有三颗烟花急速上升，在空中引爆，场面惊人。表哥说，这是他见过最酷的烟花。

过了一会儿，表哥带着打火机回来了。两人正准备引爆，却听见大人的喝止声。这是城市禁止燃放烟花的第一年，那时候很多人都对前几年燃放烟花后的浑浊空气感到不满，因此也很支持禁燃行动。看到一个孩子在跨年夜时来买打火机，店员第一时间就推测这个孩子想要燃放烟花，于是通知店长一起来阻止燃放。

听到大人的声音，表哥拉着瞳晓拔腿就跑，两人跑了很久，终于离开了大人的视线。跑到马路边的绿化带旁，他们蹲下身子喘气，两人都莫名地大笑起来，随后又感到失落。瞳晓说，最后还是没能见到表哥形容的酷酷的烟花。表哥摸了摸她的头说，以后一定会让她看到最美丽的烟花。

这份诺言迄今都未能实现。

或许给自己发来短信的表哥是想实现当年的诺言吧。但是，为什么是现在呢？为什么突然找到好几年没有联系过的自己，突然就约自己去看什么烟花呢？有一种不祥的预感在瞳晓心中蔓延，她隐隐感觉表哥一定发生了什么事情。

"好啊，几点，在哪里？"她快速地输入完这段话，不像接电话时那么犹豫，瞬间按下发送按钮。

其实很好猜，表哥口中的"一起看烟花"，应该就是零点时江北街的烟花秀。但是瞳晓还是要询问具体地点，如果可以的话，他想早一点见到表哥，问问他是不是发生了什么事。

瞳晓呵气暖了暖冰凉的手，打了个寒战，她把摩托车头盔戴上，跨上车，准备把车先停回队里。

令人讨厌的不安情绪。

骑车回去的路上，瞳晓一直心不在焉，以至于好几次别了旁边的私家车，幸亏自己是交警，不然可能会发生冲突。回队里的路不远，但是瞳晓却感觉很漫长。路上，她魂不守舍，脑子里不断幻想着最坏的结局。

表哥一直没有回短信，这也让瞳晓的心一直悬着没有落下。

来到闹市区附近，她突然感到口袋里一阵震动，想来是表哥回信了。瞳晓靠路边停了车，正准备拿出手机来看，却听见不远处有人大喊："抢劫！有人抢劫！"她连忙抬头，看见一个胖子骑着五颜六色的鬼火摩托车从一个女人身边掠过，就在下一个瞬间，又有一个熊猫贴花的踏板摩托车紧随其后。

瞳晓揉了揉眼睛，以为是自己工作太久导致大脑出现了幻觉，为什么那个熊猫贴花踏板摩托车上的驾驶员，像是一只熊猫，而且还是非常丑的熊猫。

这只熊猫为什么突然冲向鬼火？

不论熊猫出击的理由是什么，那个胖子确实是抢劫犯。接着，她看见熊猫又从鬼火身边经过，熊猫把鬼火胖子抢走的包抢到自己手上。

没有来得及看一眼手机，她就拧动油门，向着两人行驶的方向驶去。

　　事情发生得太突然，瞳晓没有注意到路口信号灯的颜色，她直接闯了红灯。正常行驶的车主看到交警闯红灯默认警察是有更紧急的事，所以做出了避让的动作，但是过马路的行人挡住了瞳晓的去路，她没有犹豫等待，转头把车骑上了人行道，打算从人行道绕到另一边的马路上。在绕过人群进入人行道时，瞳晓的视线被行人遮住，没有充分观察到人行道上的状况。她的速度极快，瞬间冲向一个手拿保温箱，正在奔跑的少女。

　　瞳晓踩下后刹，捏住前刹，650TR 的防抱死制动系统介入，发出"咔咔"的声音，眼看就要撞到少女，瞳晓用力甩了一下摩托车的龙头，摩托偏出直线，最终避开少女。

　　瞳晓惊出了一身冷汗，差点被撞到的少女也吓坏了，一时失了神，呆呆地杵在原地。

　　"没事吧？"瞳晓跳下车，抓住了少女的肩膀。

　　"没事……"被吓坏了的少女眨了眨眼，呼吸急促。

　　"没事就好！"瞳晓扶着少女坐到一旁的长椅上，少女把手上的保温箱放在长椅的一边，瞳晓抚摸着她的后背。

　　"对不起，你确定没事？"

　　少女点了点头。

　　瞳晓抬头，寻找刚刚的鬼火和熊猫，却看不见他们的踪影。她下意识地咂了下嘴。

　　"你在找刚刚跑过去的两辆摩托车？"少女的语气平静了许多。

　　"你也看到他们了？他们往哪里去了？"

　　"我知道，从那个路口拐过去了。"少女指向两人拐弯的地方。

　　"好！谢谢！"瞳晓说着，两步跳回摩托车上，准备继续追击。

　　"等一下！"

"还有什么事?"正准备启动车的瞳晓问道。

"能带我一起去么?那个熊猫我认识。"

"熊猫?"瞳晓理解少女是在说那个穿着熊猫玩偶服的人,"不行,这很危险。"

"那么你肯定找不到他们。"

"为什么?"

"前面路口转过去是一条狭窄的小路,再往里走有七八个岔路,但只有一条岔路通到大路上,其他的路都是死路。这附近我很熟,但是如果你一个人去追,肯定会迷路!"

没有办法拒绝。

"那你快上来!"

"好!"

少女跳上车的后座。

"你没有头盔的话……"

瞳晓的话还没说完,少女就戴上了黄色头盔。

"从哪里来的?"

"熊猫给的。"

瞳晓打起脚撑,拧动油门,回到马路上,向着少女指引的方向行驶。

对于瞳晓的车子来说,这条小路确实有些狭窄,但还是能勉强前进,她必须小心一些,转向过大很可能就会蹭到路肩上。果然和少女说的一样,一进去就能看到好几条岔路,少女指着一边说道:"从这里进去,然后右转,再左转,过一个上坡,再向左……"如果自己进来肯定会迷路。过了两个路口,一边是看起来宽广的大路,另一边是狭窄的弯道,并且还向上延伸,乍一看通往马路的一定是宽广的大路，实际上不然，这个看似宽的路实际通往一个停车场，宽广也是因为它需要让汽车通过。

在少女的指引下，瞳晓转向那条狭窄的上坡弯路。

本来上坡路就容易熄火，现在又弯又窄，瞳晓双腿着地，缓缓地上着坡。其实瞳晓的技术在同行之中已经是翘楚，但是这条道路设计的初衷本来就没打算让摩托车经过，如果是鬼火或者刚刚的那个熊猫踏板车还好，但对于瞳晓来说，就务必要小心。更何况现在身后还坐着一个少女，一旦熄火，失去了动力的摩托车一定会向内侧倾倒，即使是体能良好的瞳晓也没信心在第一时间拉起摩托阻止摔车。

车在慢悠悠地上行。

耳边传来两个不同的摩托车引擎声。

终于上完了坡，瞳晓看见了眼前的大马路。

"前面没有岔路了，但是已经上了马路，我也不知道他们会往哪里走……"少女失落地说道。

"没事。"瞳晓已经从刚刚的声音判断了他们大致的方向，在思索片刻之后，她已经猜到了他们会去哪里。

如果鬼火是抢劫犯，熊猫将抢劫犯所抢的东西抢走，那么只有两种可能。一是熊猫和鬼火是一伙的，但是中途熊猫反水，打算把抢走的东西据为己有，于是又从鬼火手中抢书包。但是这个推论是站不住脚的，如果熊猫真的打算把抢来的东西占为己有，为什么要先让鬼火去抢东西然后自己再从鬼火手上抢回来呢？自己直接去抢不就好了？况且在这种飞车抢劫案中，共犯没有必要都骑车。所以，瞳晓下了结论——熊猫不是同伙，而应该是什么见义勇为的好心人，说不定就是那个熊猫骑士。那么，熊猫接下来的行动就很容易判断了，不论怎样，熊猫的最终目的都是物归原主，所以他不可能在这座城市无限制地胡乱逃窜。熊猫应该第一时间想到，如果骑车走得太远，即使抢回了包，也找不到失主了。

熊猫一定会绕一个大圈回到原地，他行进的大致方向应该就是抢劫案发生的地方。

瞳晓拧动油门，顺着声音和自己所分析的大致方向驶去。

果不其然，很快她就听见引擎的声音越来越大，似乎是又拐入了某个巷子中，瞳晓也钻入那个巷子。

"自福巷，这个巷子我也知道！穿过去就能绕回原来的路！"

"好，你继续指路！"

少女为瞳晓指路前进，但是渐渐地，摩托的声音听不见了。

"没声音了，我们是不是走错了？"少女担心地问道。

"不是，你仔细听……"

虽然引擎的声音停下来了，但是很明显能够听到物体撞击声。瞳晓循着声音前去，终于见到了追了一路的熊猫摩托和鬼火。

穿着熊猫玩偶服的人躺在地上，他的摩托车也一同倒地。鬼火不知为何成了两辆，除了之前的胖子，还有一个瘦子也骑着鬼火，两人在路口正准备离开。

"你们在干吗？站住，不许动！"瞳晓吼道，下意识去掏枪，却忘记了自己现在是交警，没有配枪。

听到怒吼的瘦子和胖子大惊失色，瞬间启动车子逃跑，瞳晓下意识地记住了胖子的车牌号。她正要追，身后的少女一下子跳下车。

"熊猫骑士！"她喊着跑到倒下的熊猫身边，只见他手里紧紧握着那个蓝色的包。

瞳晓下车来到熊猫身边，摘下了他的头盔，确认只是晕倒后松了一口气。

看着他昏迷的脸，瞳晓眯了眯眼。

"总感觉……有点面熟。"

6

韩一应把耳边的手机放了下来，有些失望地盯着手机屏幕。

"应哥给哪个打电话哦？女朋友吗？"

"你傻吗？应哥哪有女朋友哦？"

"你什么意思嘛？看不起应哥？"

"不是，我的意思是，应哥天天带着你讨债，哪有空找女朋友哦？"

"你啥子意思？你的意思是我坏了应哥的桃花运么？"

"你懂就好。"

"老子给你一耳屎！"

猴子和虎子在一旁打闹起来，韩一应无奈地笑了笑，在手机上输入了一条短信。然后他上前去，给了正在打闹的猴子和虎子一人一脚。

"吵啥子？"

"哎哟！"虎子摸着屁股，"应哥你打完电话了？"

"应哥，这蛋糕是？"猴子看着韩一应手里的蛋糕，问道。

韩一应把蛋糕拿在手里，上上下下仔细端详了个遍后说道："收不到债还收不到蛋糕么？你们拿去吃。"

虎子一把抢过蛋糕，喜笑颜开："要得要得！"

韩一应把包打开，里面装了一些金属用具，一般是在讨债时防身用，他把口袋里的钱全部装入了包中，那是他们今天一天讨来的债。

"喔唷，今天收获颇丰啊。"猴子抓了抓脸，笑着说。

"大丰收啊，一会儿去吃个火锅，就当是跨年了！"

"你还好意思说，你看看这边的火锅店，都爆满了！"

"爆满关老子什么事？"

"还不是你一脚把电箱踢坏了，导致大停电，都上新闻了。"

"啊？老子上新闻了？"虎子害羞地挠了挠头。

"你以为夸你呢？就是因为停电了一段时间，导致火锅店开不了锅，等电来了才能开新锅，那原来的客人不是还在等么？客人越等越多，这会儿我们根本吃不上火锅！"

"你还智将呢？要老子说，停电的地方吃不了火锅，那就去没停电的地方吃不就行了？"

"那些个火锅应哥看得上？这会儿不吃'老眼镜火锅'，那这年跨的，有锤子意思？"

"应哥会在意这些？"

确实不会在意，三人刚刚相识的时候，根本没有选择吃什么的权利。

韩一应在那天得知了那个本应该令他绝望的消息——母亲终于还是走了。他没有想象中悲痛，或许在那之前，他就已经把糟糕的情况在脑子里想了个遍。

那天，他只是默默地收拾着行李，离开了那个曾经被称为家的地方。

靠着在离开家前攒的积蓄——当然，积蓄的来源不那么正规，他租了一个地下室的隔板单间。所谓隔板单间，就是用木板将一个房间一分为二供两人居住，当时他的室友就是虎子。虎子从小没了父母，自己来城市里打工，当时他白天在建筑工地从事一些重体力劳动，晚上回家倒头就睡。他没有什么特别的爱好，除了工作和吃饭，只有睡觉。按理说这种室友并不麻烦，但是虎子睡觉时非常喜欢打呼噜，并且声音巨大，时常吵得韩一应睡不着觉。

韩一应暂时没有找到工作，他总是在虎子外出工作时再睡觉，地下室又没有窗户，只要关了灯就是一片黑暗，十分有助于睡眠。但是这样的日子也不能长久持续，韩一应的钱包很快见底。或许是注意到韩一应总是白天睡觉，虎子问他要不要找一份工作。韩一应知道虎子一直以来是在工地搬砖，只要和他一起工作至少能满足基本的温饱，但是他又有些清高，不想从事这种重体力劳动工作。

如今生活所迫，他没得选，只能暂时接受了虎子的邀请，决定先去工地上看一看。

来到工地时，他一时间感到命运的捉弄——那片工地的所在地，正是父亲死去的地方。

韩一应最终决定在工地上做苦力工，并且认识了猴子，就这样，三人聚在了一起。除了他们仨，还有一个叫李堀的大叔总是和他们待在一起，他们对李堀的印象是很能打。不过自从三人离开工地后，他们和李堀也断了联系。

"今天我有点事。"

其实对韩一应来说，本来就没有刻意每年都与猴子虎子一起跨年，只是他也没有别的朋友，在工地上做了一段时间后，他们三个人就一起合租到新的房子里。他们彼此没有别的朋友，年纪又相仿，自然也就成天厮混在一起。某年跨年夜，李堀找了跨年的由头带着三人一起去吃火锅，其实这些人都想吃火锅了，只是谁也不提，怕浪费辛苦赚来的血汗钱，李堀或许是早就看穿了这点，他提出的吃火锅想法成了一种特定的习惯，延续至今。

"啥子哦！应哥你真交女朋友了？"

"没得哦。"

手机传来震动，对方来了回复，似乎有赴约的意愿。

"还说没有！我看看，是哪个妹妹？"虎子探头往韩一应的手机看去，本来正在回复消息的韩一应连忙把手机藏到背后。

"兄弟面前还搞这些，神神秘秘的！"虎子有些不开心。

"应哥，你去忙吧，一会儿我和虎子去公司把账交了。"

"哦，要得。"韩一应把装着钱的蓝色腰包从身上拿下来，递给猴子，虎子却一把抢过去。

"每次都是你们拿，这回老子拿着！"

"别弄丢了。"

"这个破包还能搞丢？你莫当我弱智哦！"虎子不满地把包别在肚子上。

三人在路口道别，虎子和猴子走到自己停在路边的摩托车边，跨坐上去。

"你说应哥为啥子不和我们一起嘞？"

"你管那么多呢，应哥就不能有自己的社交圈？"

"哦，那我们现在去哪？"

猴子拍了拍韩一应递给虎子的包："先把今天收的账交上去吧，虽然有几笔没收回来，但是离职前也要把工作交接好，懂吧？"

虎子的肚子发出饥饿的呐喊，他摸了摸自己突出的肚子："我饿了。"

猴子白了他一眼，不想回复。

"吃火锅吗？"

"先去公司交钱吧！而且都和你说了，现在吃不到火锅！你看看，哪家不在排队？"

虎子环顾四周，每一家火锅店前都坐满了排队的人。

"那吃串串吗？"

"不吃。"

"那吃汉堡吗？"

"一定要吃么？"

虎子的肚子给予猴子激烈的回应。

猴子觉得，身上带很多钱总不是好事。他想起了与虎子的相识——在一天的重体力劳动后，好不容易领了工资准备去喝点小酒时，半路突然杀出了一个虎子，在小巷中把猴子逼到墙角，抢走了他的工资。猴子本来都认命了，毕竟虎子比他壮实那么多，他对虎子没什么办法。正当虎子抢了钱扬扬得意的时候，一个叫李堀的工地大叔突然出现，让虎子把钱还回去。虎子仗着身材优势向李堀叫嚣，却被李堀两下撂倒。李堀把钱还给了猴子，然后离去。

后来韩一应带着虎子来找猴子和李堀道歉，四个男人的嫌隙也因为一顿串串消除。李堀教育虎子不要总是仗着身体优势欺负别人，虽然虎子后来改了这个坏习惯，但是当年的抢劫一事在猴子心中留下了不可磨灭的阴影，自此他都不敢在身上带大量现金了。

"老子饿了！要吃饭！"这下虎子也看出猴子不打算吃饭，决定干脆和猴子分道扬镳，自己去找吃的。

"好嘛，去前面的麦当劳吧。"要是让虎子一个人带着包反而更危险，猴子选择妥协。

两人启动摩托车，改装后的灯管发出各色的光芒，这两辆车都是虎子买回来改的，本来一辆要送给韩一应，但是一应说自己有买别的摩托车的打算，所以就把一辆车分给了猴子。猴子十分嫌弃虎子的审美，打算年后把车改回原装的模样。

　　猴子把蛋糕放在踏板上，双腿往前搭在保险杠上，虽然那样有些别扭，但也没有别的地方放蛋糕了，就这样，他们一前一后向着麦当劳骑去。

　　另一边，与两人分别后的韩一应向着江南岸走去，从江北到江南要跨过一座大桥，大桥不但供车辆通行，桥边也有人行道路，桥下还有轻轨通过。每当轻轨通过时，行人能够清晰地感觉到脚下传来的震动。由于跨年的主要活动都在江北，今天桥上只有寥寥数人。

　　他拿出手机，准备回复消息。突然传来摩托车的引擎声，韩一应不自觉地抬起头，一只熊猫骑着熊猫贴花的踏板摩托车迎面驶来。

　　在那辆熊猫摩托车经过自己身边的瞬间，韩一应下意识地抓拍了一张，然后他回过头，目送着那辆摩托车飞速消失。

　　韩一应眨了眨眼，半张着的嘴巴缓缓闭上，咽了口口水。那位摩托骑士的荒诞装扮让韩一应一时说不出话，他低下头看了看自己拍摄的照片——那只是一个穿着熊猫玩偶服的人在骑车而已，熊猫玩偶身后还坐着一个戴黄色半盔的女孩子。熊猫玩偶服与少女的组合很是奇怪，但比起熊猫骑着摩托这种奇妙事件，显然已经正常了许多。

　　他打开聊天软件，找到名为"Smile"的用户聊天框，输入了："说出来你可能不信，我刚刚看见熊猫骑士了。"

　　那是韩一应的网友。

　　虽然这个 Smile 自称对于熊猫骑士不存在什么特别的看法，但是字里行间可以看出他并不认可熊猫骑士的所作所为，这与韩一应的想法相悖。

Smile 曾经说过，只有那种什么都不缺的人才会想去帮助他人。当时韩一应回复，总有人自己过得也不怎么样，但乐于助人。Smile 只回答了四个字："脑子不好。"

在这种问题上，韩一应没想过逼迫对方承认什么是非对错，也不想和他争辩。反正意见不同，也是可以成为朋友的。他乐意看到不同意见，也逐渐了解 Smile。韩一应想，至少他不会伪装自己。

韩一应觉得，或许在网络上的自己，才是没有面具的吧。如今和猴子、虎子在一起，他也不得不学当年的李堀摆出一副大哥的模样，只有自己摆出这种姿态，才能让这两个总是在岔路上选错的人放心把选择权交给自己，也只有这样，他们与自己才能安心一些。他没办法和虎子、猴子承认，作为小混混——熊猫骑士打击对象之一的小混混，自己是支持熊猫骑士的。

但是网络上不一样。

大方地表达自己的观点，看到和自己意见不合的人他会与其争辩，反正对方不知道自己是谁，也没必要为自己的发言感到羞耻——如果在现实中承认熊猫骑士的正义性，那确实显得有些幼稚了。

Smile 回信了，他果然不相信，于是一应将准备好的照片发了过去，随后又简单聊了两句。即使隔着屏幕，即使在熊猫骑士的问题上两人意见相左，但是韩一应能够感觉到 Smile 和自己的命运有什么相似的地方。

对方不回消息了，也许是去忙了。

韩一应把手机放到口袋里，孤独地在桥上走着。逐渐进入深冬，风肯定是凛冽的，韩一应把双手都插进口袋。他转过头看向城市，因为走在大桥上，所以两侧景色尽收眼底，霓虹与楼宇映出的无数光彩交织在一起，繁华无比。

在这种阴冷的天气里看到热闹的街景，总觉得手脚更加冰冷，想要暖一下胃。这个天确实很适合吃火锅啊，怪不得前些年总是和猴子虎子一起吃火锅呢。

韩一应舔了舔嘴唇，向着桥对岸走去。手机发出提示，显示电量告急，他这才想起还有消息没回，正当他准备回的时候，手机自动关了机。

猴子与虎子坐在麦当劳的靠窗位置，猴子的面前摆着常规的汉堡薯条可乐三件套，他把吃了一半的汉堡放下，感觉有些饱了，却看见虎子的面前摆着四个汉堡，手上还拿着一个吃了一大半的鸡腿堡，有些震惊。

"你中午不是吃了三两小面？"

"你还要管老子吃多少？"

"您慢吃，"猴子又轻声说了句，"撑不死你。"

虎子没有听见，闷头狂吃。

没多久，几个汉堡都进了虎子的肚子里，他顺手拿起猴子桌上的可乐喝了一大半。

"喂！你喝自己的啊！"

"我没买。"

怎么会有这种人？猴子感觉自己要被气死了。

吃饱喝足，虎子打了个响嗝，坐在对面的猴子清晰地闻到刚刚吃进去的汉堡味道。

虎子拍了拍肚子，感觉非常满足。猴子也吃完了薯条，用餐巾纸擦了擦手指："吃完了么？吃完了去公司把账交了。"

"急什么，走两步消消食！"

"我是怕你把钱弄丢了！"

"放心吧，钱在我这里好得很！"他拍了拍肚子。

原本应该挂着腰包的地方什么都没有，虎子把身体前后左右都摸了一遍。

"包被偷了！"虎子拍案而起。

猴子捂头："要死咯……"

在虎子大脑一片空白的时候，猴子已经思考了两个计划，一是如何找到包、二是如果找不到包的话该怎么跑路。虎子也很快冷静了下来，他回忆着自己最后一次摸到包是在什么地方——那时他们刚刚把车停在楼下，准备上楼时他摸了摸肚子上的包。

虎子一个箭步冲到楼梯，两三步跳到楼下。他回到车子附近搜索着，但显然这是刻舟求剑。他一拍脑门懊悔不已，担忧猴子和应哥会怎样嘲笑自己，完全没有意识到丢掉了这些钱后，他们就要从讨债人化身成被讨债人了。

无助的虎子四处张望。

天无绝人之路，奇迹出现了，他真的看到了蓝色的包——马路对面的一张长椅上放着一个蓝色的包。虎子冲了过去，却见长椅上的女人拿起蓝色的包要起身。虎子当即回头跳上摩托车，拧动油门冲向女人。

坐在麦当劳座位上的猴子还在思考对策，他几乎可以确定虎子弄丢的包是找不回来了，已经在考虑跑路到海南，然后一边躲债一边享受阳光、沙滩和椰子，他完全没有注意到虎子已经下了楼。猴子从窗边往下瞟了一眼，这才看见虎子骑着车冲向马路的另一边，正当他疑惑虎子要做什么的时候，麦当劳的服务生走到了他的面前。

"你好先生？"女服务生弯下腰。

"嗯?"

"请问这个包是你的么?"

猴子瞪大眼看向服务生手中的蓝色腰包，一侧的金属圆环锁扣断裂，这应该就是包遗失的原因。

"是的!"

"那你能说一下里面的物品吗?"

"一些工具，扳手什么的，还有一些钱。对了，里面应该还有一张驾驶证，名字是韩一应。"

猴子回答后，服务员放下心来："不好意思，我不是有意打开看的，只是为找到失主。"

"没关系，现在可以还给我了么?"

"可以。"

服务生把包交给猴子，他打开来确认。里面的东西一个都没有丢，他转头看向窗外，虎子骑车冲到人行道上，从一个女人身边经过，把她手上的蓝色包抢走了。

猴子惊跳而起，知道虎子是认错包了。他抬起头，看到另一条路的旁边停着一辆警用摩托车，瞬间意识到不妙。果然，那个被抢的女人大叫一声抢劫，就连猴子也听到了她的声音，警用摩托车上的警察应该也听到了这个声音。

猴子立马拿着包和蛋糕冲出餐厅，三两步跳下楼，来到自己的摩托车旁边。现在的包带子断了，猴子只能把它放在蛋糕的盒子上面，他脚踏保险杠，别扭地启动了摩托车。

猴子看见一个熊猫骑着车追向虎子，而那辆警用摩托车也绕过人群冲向对面。猴子想要快速追上，却被人群挡住了去路，他焦急地张望，无法从人群中看到虎子。绕了个大圈来到虎子抢走包的长椅旁边，车子却熄了火，费了好一阵子才启动成功，猴子正准备把脚放在脚踏板上，却差点踩到蛋糕。一阵烦躁，今天从一开始就一点也不顺，之前骑车去麦当劳的时候就觉得这个破蛋糕很碍事，但是虎子非要留着，说晚上当夜宵吃。但虎子已经吃了那么多汉堡，想来是根本吃不下这块蛋糕了。猴子烦躁不已，把今天的所有不顺都归咎于蛋糕，愤怒地把蛋糕从车上拿下来，放在了一边的长椅上。

"谁爱吃谁吃吧！"

扔下蛋糕以后，可以直接把包放在踏板上，踏板还留下很多空间可以放下猴子的脚。他拧动油门，准备追虎子。虽然看不见虎子了，但是可以看见那辆警用摩托带了一个少女，拐进一条小路中。

猴子前进几米，看到了手足无措的女人，那正是被虎子抢了包的女人。猴子眯着眼摸了摸下巴，停下车子，掉了个头。

他听说过熊猫骑士的故事。网上说，熊猫骑士惩恶扬善，作为小混混的猴子一直担心有一天会被熊猫骑士暴打一顿，如果刚刚那个骑着摩托的熊猫就是熊猫骑士——虽然和他想象中的熊猫骑士不太一样，有些廉价的感觉。但如果他真的是熊猫骑士的话，那他一定会把包拿回来还给女人。

既然如此，自己何必追呢。

这里的路非常容易迷路，多条岔路中只有一个正确的出口，那个出口通往大马路，接着可以通过一条叫"自福巷"的巷子绕回此处。

那就在原地守株待兔？

不，情况太复杂了，一个以为是自己东西而抢了别人包的白痴、一个穿着廉价熊猫玩偶服的熊猫骑士、一个带着女孩的摩托警察……只是守株待兔的话，太冒险，也没办法和这些人解释清楚事情的来龙去脉，说不定还会把自己手里的这些钱都当作证据拿走。

应该主动出击。

猴子知道，那条正确的路有一个十分难上的螺旋上坡，相对踏板摩托车更加笨重的警车应该会在那里减速落下一大截，这个时间差就是和虎子会合，消除误会的最佳时机！

只能赌一把了，赌熊猫和虎子会出现在自福巷里。

猴子启动摩托，快速绕过人群来到那条巷子，蹲在唯一出口处。

他焦急地等待，手指也因为烦躁而在摩托的仪表盘上敲击着，下一秒他听到了熟悉的引擎声。

猴子顿时两眼放光。很快，熊猫出现在自己面前，虎子在后面紧追不舍。看来是熊猫已经从虎子手上夺走了蓝色包。

熊猫看见唯一的出路被猴子堵住，只能刹车停下。他通过品位奇差的鬼火摩托造型，一眼就判断出猴子和虎子是一伙的。

虎子也停下车，看见了猴子，大声喊道。

"猴子！他抢了我们的包！"

猴子正准备消除误解，谁知道熊猫先开了口："你们的包？你们分明是抢了别人的包！"

"不是，其实……"猴子拿起自己脚边的包。

"猴子，把这小子拦住！老子今天必须干他一顿！"

已经和包没有什么关系了。

"你冷静一点，听我说，包在我这！"

猴子的声音并没有传到虎子耳朵里，而是被熊猫的吼叫声盖住了："你们让开！不然我就从你们脸上开过去！"

"大家都是摩托车，你想从老子脸上压过去，你试试啊！看看是老子压你，还是你压老子！"

"你们都冷静一点，是误会！"

熊猫拧动油门，轰鸣声又一次盖过了猴子的声音，熊猫掉头，面向虎子。

熊猫已经下了判断，被猴子挡住的唯一出路过于狭窄，没办法通过，而来时的路却宽不少，只要能绕过虎子，就能从来时的路逃走。

巷子里，虎子和熊猫都跃跃欲试。

"弄错了虎子，包在我这！"

引擎轰鸣，掩盖了所有声音。

熊猫驶向虎子，虎子也拧动油门，熊猫摩托和鬼火摩托逐渐接近，眼看就要撞在一起。

熊猫率先行动，先是往左侧微微侧身，他想让虎子误以为自己要从左侧突破，等到虎子往那一侧阻挡的时候再趁机从右侧突围。但是他没想到的是，他的动作太快，虎子反应太慢，一时间没有反应过来，等熊猫做完假动作准备转向右侧的时候，虎子以不变应万变，依旧在巷子的正中间。

虎子看到熊猫要从自己左侧突破的时候才反应过来，但是他手脑不太协调，明明望着熊猫拐向自己的一侧，却下意识地把方向转向另一侧让出了身位。

这下熊猫根本弄不清面前的这个胖子想干什么了，自己大脑过载，一时失了神，虽然他成功从虎子的身边蹭了过去，但是因为转向过猛，擦到墙上，还压到了石头，一瞬间失去重心，连人带车飞了出去。车子滑行了好几米，人也在地上滚了两圈，失去了动静，包掉在他的手边。

虎子停下车，瞪大眼睛，气喘吁吁，心在扑扑跳，一种前所未有的畅快感遍布全身。

"赢了？"

虎子向空中挥拳，庆祝自己获得了这次对决的胜利。

猴子连忙掉头："虎子快走！后面有警察！"

"但是包……"

"包在我这！"

猴子挥了挥包，然后丢在自己的踏板上。这下虎子终于意识到自己抢错包了。

后面的警察追了上来，大喊一声："你们在干吗？站住！不许动！"

猴子和虎子这下十分默契，一同拧动油门逃之夭夭。猴子的速度很快，虎子还沉浸在摩托对决的胜利喜悦中，大脑有一半是空白的。

两人不知道骑了多久，猴子回头看了看，感觉警察不会再追上来了，便找了个路边停下车，虎子也在他身边停下。

猴子下车，往虎子的头上来了一巴掌。

"又打老子！你把老子打傻了是你的损失！"

"你晓不晓得飞车抢劫判多少年？如果数额巨大，判你个十年八年不是问题！"

"我哪个晓得那不是我们的包！"

"对，你到时候就这么和法官说，看法官信不信嘛！"

"这次是我搞错了，我大丈夫一人做事一人当！你再给老子一巴掌，让老子长长记性！"

猴子伸手就要打虎子，虎子吓得缩起脖子。

看着虎子的滑稽模样，猴子叹了口气收了手，坐回自己的摩托车上。

"不打咯？"虎子问道。

"还好没发生什么事……"

　　猴子没有再指责虎子什么，无论如何事情都已经发生了，再去抱怨也不能改变过去，他说："你这个车这么显眼，我看你今后就别骑车了。"

　　虎子一想到自己有可能被判刑，十分惶恐，乖乖点头。

　　"先走吧。"猴子说。

　　"去哪啊？"

　　"先把账款交了！"

第二章　　　　渐渐，

黑夜迈入佳境　　　　　　完

1

傅绅义从"Lotsip"男装店走了出来，伸了个懒腰。之所以去男装店，不是因为他正好没有领带，而是他觉得不能把腰间那个东西直接交给老大。思来想去，他决定先去随便买个什么，把那个东西放进包装袋里交给老大或许更保险些。

他一手拎着纸袋，一手摸了摸自己的额头，绷带上渗出血迹，传来一阵痛感。这么多天了，伤口还没有要恢复的意思。

没想到自己学了这么久的跆拳道竟然被人轻易放倒，他觉得那个跆拳道学习班可能根本没什么用。但是没有办法，老大说只靠块头大是没办法做好保镖这份工作的，让他好好练练。想来也是对傅绅义工作能力的不信任，所以老大才让他搞来了那个东西吧。

不过，去跆拳道学习班也不能说是毫无意义，至少那段时间傅绅义是挺乐在其中的，因为他可以见到心心念念的瞳晓小姐。

由于男性与女性身体差异太大，所以在跆拳道学习的过程中男女一般分开练，只有一个叫瞳晓的女性成天和男性一起合练。老师说，这个女孩不适合和其他女孩对练，她下手没有什么轻重，弄得别的女孩不愿意和她对练，就只能来男子组训练。

傅绅义第一次看到瞳晓，只觉得她长相有些可爱，不符合老师对她的描述。瞳晓加入男子组后的第一个对手就是傅绅义。他下意识觉得对方是一个女孩，所以应该放点水，谁知道下一秒自己就被摔了个底朝天。

一定是自己走神了。

傅绅义错了，就算不走神他也根本不是瞳晓的对手。

傅绅义从来没有赢过瞳晓，一度怀疑起自我，他开始更努力地训练。某天下课，他主动要求和瞳晓加练。那天，他靠着身体优势勉强和瞳晓对峙了一会儿，但还是被她抓到破绽，被极致的技巧摔倒在地。对练结束后，瞳晓伸手把他拉了起来。他问她为什么这么强。瞳晓笑着说，以前在队里的时候就经常和男人对练。他这才得知瞳晓原来是刑警，或者说，在这天之前还是刑警，由于从今天起被调到交警大队，所以暂时不会来这里了。瞳晓随口问起他是做什么工作的。傅绅义说他在澡堂打下手。这也不算说谎吧，他想。傅绅义感到很失落，他这才意识到自己能够每天都准时来学习跆拳道，只是想见瞳晓而已。今天对方就要走了，他没有她的联系方式，只知道她的名字，甚至连姓都不知道。世界很大，他想，这一别可能就是永别。

他主动约了瞳晓吃饭，被瞳晓拒绝，傅绅义感到很失落，只能投入工作与跆拳道，不过就算如此，那天晚上他还是被那个男人打败，这让他感到颜面无存。

当时受的伤到今天都没有恢复，偶尔还会感到头晕。他扶着头走在大街上，身后却突然被撞了一下。这点撞击本来最多让他踉跄两步，没想到脚下的地砖不平，险些跌倒，手上的购物袋也掉落在地。

他皱着眉回过头，看到三个青年。

"你长没长眼睛!"

那个青年生气地吼道，其他两个人立马围住傅绅义，向他投来挑衅的目光。

明明是他们从后面撞的自己，为什么反而一副得理不饶人的样子?

"臭中介,你想死么?"

另一个青年说道。

怎么又被认成中介了?傅绅义很讨厌穿西服,又紧身又不方便活动。但是老大说,现在都是文明社会了,必须穿着得体。老大根本没考虑到如今的社会除了商业成功人士,只有房地产中介才会穿西服。

他的太阳穴跳动着,强忍着愤怒,低头道歉。

"抱歉,没看路。"

"哼,知道就好!"

三个青年从他身边走过,离开时不知道在窃窃私语着什么,傅绅义猜想,他们是在对自己嘲笑。傅绅义懒得管这些,自己虽然没什么文化,但是也不会如此狂妄。他觉得没文化的自己很幸运——从小就是一个小混混的他跟对了老大,如今老大得道,鸡犬升天,初期成员都混成了公司的核心干部,自己没什么能力,空有一身蛮力,于是被老大安排成了贴身保镖。乍看之下没其他兄弟混得好,但实际上只有他最得老大的信任,工资也是最高的。

不能辜负老大的信任,即使他知道老大做的是什么勾当,用的是什么手段。

他看了看地上的购物袋和掉落的东西,连忙弯下腰收拾好。此时,面前的商场巨大显示屏上显示着男士领带的广告,是刚刚他消费过的名叫 Lotsip 的男装店。

2

数年前，江岸附近的一个临时仓库发生了火灾，火灾起因是卸货工人一个烟头点燃了易燃货品，不巧仓库内存有大量火药，火焰瞬间席卷了整个仓库。那年，仓库的所有者亏了不少钱，卷铺盖跑路了。

因为莽撞投资，下海经商者有不少都破了产，商人们拖家带口离开了这座城市。此后一段时间里，这座硕大的城市像是濒死者的心脏，靠着微弱的颤动苟延残喘着。

城市衰败的迹象之一就是原本处于两江交界的黄金地段的烂尾楼——从开工时人人都满怀期待，到大楼快要建成时招商失败，再到如今再也无人管理与修缮。

好在临江水路的优势逐渐为这座城市带来了新的希望，江水宛如血管，将氧气源源不断地输入到这座城市之中，使得颤颤巍巍的心脏逐渐强壮起来，靠着水路贸易的供给，几年下来经济好了不少。

可是，江边烧烂的仓库还是没人认领。一来是仓库烧坏了，修缮起来麻烦，二来是不到三公里外的一处，又重新建了全新的仓库，以全新的仓库落地为锚点，更多的新仓库都建在了那里。多年下来，越来越多的船在那里卸货，集装箱早就在江边有序地堆积着，这废旧的仓库自然就不再有人需要，也不再有人在意了。

仓库锈迹斑斑的铁门上原来是挂着一串并无任何锈痕的铁链，链子敷衍地绕在门把手上，锁链之间并没有任何锁具。

这锁链只能防君子贼，不能防小人贼。

现在，锁链静静地躺在地上。

韩一应缓缓走到仓库的大门边，还没走近就看见地上的锁链，他的神色没有任何变化，脚步不缓不慢，余光看见仓库的一旁停着一辆露出钢铁底漆的自行车。

韩一应认识这位不速之客，只是有些好奇他为什么来找自己。

打开铁门，仓库里是伸手不见五指的黑暗。

凭借着记忆，韩一应在黑暗之中摸索着前进，缓慢挪动的腿碰到了目标物，他站稳脚步用力拉了一下把手。随着柴油发电机发出轰鸣声，天花板上的几盏日光灯在暗与明之中闪烁了数秒，点亮了整个仓库。韩一应觉得这个发电机的声音非常难听，可能比猴子和虎子的鬼火发动机的声音还要难听些。

仓库里凌乱地摆放着许多货架，一个墨绿色的沙发放在正中间，一旁还有类似茶几的深色小桌子，脏兮兮的。穿着大衣的男人原本闭眼躺在沙发上，但随着日光灯的亮起，他下意识地把手臂挡在眼前，眯着眼缓缓坐起了身。

是一张熟面孔。

"我犯什么事了？"

韩一应向着沙发走去。

"啥子？"沙发上的人好像还没睡醒，"你犯啥子事我怎么晓得？你犯啥子事了？"

"我以为你是来抓人的，结果是来睡觉的。"

"等一下。"李承航缓缓站起身，躺了好一阵让他一瞬间感到头晕目眩，"你这破地方，乌漆墨黑的不睡觉能干啥子？"

"那儿有个柴油发电机。"

"鬼晓得有这种东西？你平时就住这？"

韩一应不想回答这个问题，他不喜欢李承航提问的态度，像是自己老爸一样。

李承航看了看四周，虽然早就坐在里面，但是一直没有灯光，现在他才看清周围。倒是没什么特别的东西，除了停在一边的一辆摩托车。那辆摩托车勾起了李承航的兴趣，他靠近那辆车。摩托车看起来是英式的改装风格，黑白相间，在昏黄灯光的映衬下显得很亮眼。和脏兮兮的老旧仓库截然相反，这辆车崭新无比，牌照也是刚刚上的，李承航饶有兴趣地摸了摸摩托车的单人坐垫，开口问道："你啥时候买的？"

那是韩一应用自己这些年来所有的积蓄买的。他存钱时没有目的，只是看着账户里的余额慢慢增长，这本身就是乐趣。也许在平行宇宙中，这些钱永远也不会花出去。

但他还是买了这辆车。

钱花了总比死了钱没花要好很多。

"买个车你又要管？"

"这么新？哎哟，刚洗过车？"

韩一应撇了撇嘴，懒得回答。

李承航笑了笑，类似的对话他已经经历了无数次。韩一应一屁股坐在了沙发上，沙发上扬起一片灰尘。李承航走近，从口袋里拿出一包云烟，抽出一根递给韩一应，韩一应犹豫了一秒，顺势接下挂在耳朵上。李承航把打火机递给韩一应，这次韩一应推开了他的手，于是李承航自顾自地点上烟。

"你怎么晓得我在这里？"

"老早就晓得，我是警察，查你不是洒洒水。"

"片警也是警察？"

李承航听到后只是挑了挑眉，没有回应，烟从他的鼻子和嘴巴里喷涌而出。

韩一应讨厌云烟的味道，这让他想起了第一次见到李承航，他那会儿比现在年轻很多，这些年的片警生涯非但没有让他气色变好，反而让他看起来比实际年龄老上不少。初见他时，他也是抽着最便宜的云烟，他对韩一应一次又一次地提问，韩一应只是随口编着一眼就能看破的谎话，最后李承航也不再问了，沉默地抽着烟。韩一应记得烟雾在昏黄的灯光下飘着，缓缓消散。

那安静的一秒比被提问时的十分钟还难熬。

李承航问，你家里人不担心你么？这是唯一能够激怒韩一应的话。他嘴犟，这家除了我表妹，又有谁在乎我呢！根本没人能管到老子！

他说的是事实，那时候他的父亲已经去世，母亲卧病在床，又有谁能管得了他呢？但李承航知道他的父亲已经去世了。不如说正是因为他知道，所以他在街上找到了正在拦路抢劫中学生的韩一应。

现在，韩一应已经有点不耐烦了，李承航莫名其妙摸到自己的老窝，又一副高高在上的样子，嘴里说着令人厌恶的说教，他一向如此。

"开门见山，你要干啥子？"

韩一应适当加重了语气。

烟头缩短，火星马上就要触碰到李承航的手指，李承航用拇指和食指捏住烟屁股，猛地再吸一口，在火星即将接触到手指的最后一秒将烟蒂丢在地上，用脚踩灭。

"王毅朗报警了。"他嘴里悠悠地飘出这几个字。

得知这个消息后，李承航怎么也静不下心，他决定找韩一应。

他认识韩一应很多年了——早在韩一应认识李承航之前，李承航就知道韩一应的存在。但是他一直没有胆量找到他，直到从刑警队调走，他才决定去见见那个孩子。他抓住一头非主流发型的韩一应的时候，韩一应刚刚拦路抢了一个中学生的零花钱。李承航一眼就看出来了，这孩子是个惯犯。李承航让韩一应把抢来的钱还回去，韩一应没有照做，在个头上，那会儿的韩一应比李承航矮小些，他却一言不发，恶狠狠地盯着李承航，说别多管闲事。李承航没少见这个年纪的少年，有些比韩一应看起来还要可怕，但是对中年人来说只觉得滑稽。韩一应或许是从李承航的眼神中看出了戏谑，于是他准备好好教训一下面前这个中年人。

从结果来看，韩一应被打得几乎失去了意识。

李承航和他说，以后不要做这种违法犯罪的事，不然见一次抓一次，当然，还要毒打一顿。韩一应非常不爽，他觉得这绝对不是一个正常警察能说出来的话，哪有警察天天用暴力威胁未成年人的？一开始韩一应当然不会这么听话，还是干着老本行。只不过小心地绕开李承航管辖的区域，找到之前没怎么见过的中学生，有时候偷，有时候直接索要钱财。但李承航总能找到自己，就和现在能在仓库里找到自己一样，好像他会魔法似的。李承航每次都念经似的教育自己好几天，这是一种精神攻击法。除此之外，肉体上的苦也是必不可少的，韩一应不知道挨了多少顿打。

怎么会有这种警察？韩一应以为李承航对谁都是如此暴力，后来才发现李承航只是抓着他一个人打，从来不打别人。生活中，人人都说李承航虽然性格古怪但是情绪稳定，韩一应突然怀疑这个李承航讲不好是双重人格。

终于，韩一应为了不挨打，不再偷抢——也可能是他已经攒够了离家出走的钱。

在离开家之前，他失神地在大街上闲逛，又遇到了李承航。那天李承航在一家叫 Panbar 的新开业的酒吧里喝到烂醉，对酒吧老板开了几句无聊的玩笑，然后被老板用鞋底请出了酒吧，差点就要栽倒在路口，韩一应下意识地过去搀扶。在扶起李承航的瞬间他才后悔，应该任由李承航醉死在大街上。谁知道李承航一把搂住了他说，一应啊！你小子能不能争点气啊！韩律师看到你这样，他会伤心的！

"韩律师"这三个字，像一把无形的弓箭直刺韩一应柔软的心脏。他扶着李承航坐在一旁的长椅上，接连不断向李承航提出一个又一个问题。

那天，人来人往，两人像是坐在长椅上聊天的普通父子。

那并不是真正的聊天，韩一应只是在诱导李承航自白。喝醉的李承航口无遮拦，终于说出了全部真相。如果这是一部电影，那现在就是完美结局——父亲向儿子自白，儿子理解并选择原谅父亲。

可惜，这不是电影。

韩一应心跳加速地听着李承航说出了全部——父亲的死因、锁定、抓捕、审讯嫌疑人，最后嫌疑人被无罪释放。

李承航放走了杀死韩一应父亲的嫌疑人，因为他们没有证据。李承航喃喃地说道，如果找到了凶器，一定能够抓到王毅朗。但那不过是妄想而已，事实是经此一案，李承航很快就退出了一线，最终沦为一个片警。

他对韩律师或许抱有愧疚，私下还在调查此事，知道韩律师有一个儿子叫韩一应，因此找到了韩一应。

韩一应懂了，从都到尾都是这个无能的中年警察的错。因为他的无能，所以放走了杀死父亲的凶手；因为他的无能，所以他对父亲抱有愧疚；因为他的无能，所以又愧疚地找到自己，想替自己的父亲教育自己；因为他的无能，所以自己正饱受精神和肉体的双重折磨；因为他的无能，只敢在醉酒后道出一切。

无能废物李承航。

那一刻，韩一应为他下了定义。

韩一应离开了，自己并不恨他，只是觉得他无能又可怜。从那一刻起，厌恶全部转为蔑视。那日一别，直到今天。

韩一应看着面前这个比印象中苍老了许多的人问道："报什么警?"

"别跟老子装傻。"

"不晓得你在说啥子。"

李承航又点燃一支烟，韩一应皱了皱眉："别把仓库烧了!"

李承航没有理这句话："是你寄的信么?"

"不是。"

"我都没说是啥子信。"

"我没寄过信，长这么大。"

"撒谎!"

韩一应不置可否地撇了撇嘴。

"监控拍到一个戴着丑到飞的熊猫头套的人把信放在了门口。"

这一切都要怪虎子。

当韩一应问虎子要一个能够挡住脸的东西的时候，虎子在自己的衣柜里翻了半天却只找到了一个肉色的丝袜。韩一应问，你为什么会有这种东西。虎子说，总感觉有一天能用得上。韩一应说，我不是变态。虎子说，别急，让我再找找。于是他又把头塞进那个混乱的衣柜，过了好半天才从里面抽回身子，他把一个熊猫头套拿出来递给韩一应。虎子说，这是前段时间抽奖中的"熊猫骑士"头套。韩一应接过头套，是毛线做的，白色打底，头顶有两个完全立不起来的黑色耳朵，头套开了三个口子，分别对应两个眼睛一个嘴巴，洞口的周围绕了一圈黑色的毛线。如果说眼睛周围的黑色是为了模仿熊猫的眼部，那么嘴巴周边的黑色又是出于什么想法呢？

韩一应看着手上的毛线头套想，如果熊猫骑士戴的是这种东西，那么人们应该叫他"熊猫劫匪"。不知道是哪个无良商家，明明生产了那么可笑的产品，却非要碰瓷话题人物熊猫骑士。不过好在这种头套随处都能买到，不会因此暴露自己的身份。

韩一应确实没寄过信，他只不过是找到了王毅朗的公司，在一个深夜戴上可笑的熊猫头套偷偷溜了进去，把一封用报纸上的字拼凑出来的威胁信塞进了董事长办公室的门缝里罢了。

"啥子信？"

"还跟老子装傻？"

"不问也不是，问也不是！我早就看出来了，你就是个暴力狂！"

"啥子暴力狂，老子一向和蔼可亲。"

"你在搞笑吗？"

李承航不想在这个问题上再多说些什么，他早已认定送威胁信的就是韩一应，当然他也不觉得韩一应真的会承认是自己干的。

"老子不在搞笑，但是老子很认真地告诉你，你莫要动什么歪念头，你那点小心思老子清楚得很。"

"哦。"

李承航抬起头，环顾整个仓库。

"你晓得吧，这个仓库当年为啥子失火？"

“抽烟抽的。”

李承航不爽地咂嘴，然后把烟甩到地上踩灭：“确实是抽烟的问题，但是火势发展得这么大，是因为这个仓库堆放的都是一些烟花爆竹以及它们的原材料。从那以后，这里就禁止燃放烟花爆竹了。”

“第一次听说。”

“当时你还小。火灾后，虽然一直没人来这个仓库，但是哪个都知道这里可能还有一些没被烧干净的东西——啥子火药化学产品、金属粉末之类的，我不懂这些，但总有人懂。听老刘说，似乎经常有人来这个仓库偷东西。”

“你是在告诫我小心点么？”

“不是，我是让你别偷东西。”

原本就昏暗的灯忽然一暗，韩一应面无表情的脸消失在黑暗里，过了一会儿，灯缓缓亮起，韩一应露出笑容。

“不好意思，柴油发电机，不稳定。”

“最近新港口的人发现，货品总是缺斤少两，虽然不多，但是这种情况似乎已经持续很久了，据说一胖一瘦两个形迹可疑的人经常在那出没，你认识么？”

韩一应挑眉：“我难道要认识所有的小混混不成？”

李承航怀里的手机发出响声，他拿出手机看了看，随后抬头对韩一应说道：“一应，莫要动坏心思，否则我会像之前一样逮住你。”说完，他拿着手机向门外走去。

“我可是守法好公民。”

韩一应善意地微笑着目送李承航离开。

李承航走出大门，接起电话。

“老刘？”

"老李啊，目击者回忆起那天从烂尾楼离开的人骑的是什么车了。"

"什么车？"

"叫啥子'鲍勃风'？"

"鲍勃风是啥子？"

"我也不晓得啊！你那个徒弟不是挺懂摩托车的？问问她呗？"

"行，我晓得了。"他怪断电话，又想起不久前给瞳晓发的短信没有得到回复。

冬日的寒气逼紧他的面门，寒风瑟瑟，月影倒影在江水里，今夜是残月，乌云缓缓地向月亮移动，眼看就要遮住月牙些许。从仓库所在的江边向远方眺望，连接江两岸大桥下的轻轨悠悠开过，桥上似乎冷冷清清。

李承航跨上自己的自行车，向着大桥骑去。

韩一应走到自己的摩托车前，摸了摸它。他庆幸李承航没有往里走，不然一定会看见自己的工作台，到时候一切计划都会被戳穿。他确实惧怕李承航，总能洞穿自己的诡计，过去如此，今后也说不准。

明明是一个无能的警察，为什么唯独对自己那么上心？

韩一应有些不放心，他骑上摩托车，干巴巴地坐在上面等了好一会儿，确认李承航已经走远后才戴上头盔从仓库骑了出去。

摩托车射出亮黄灯光，出了仓库他转向江边的南岸。以前他和表妹一起在此燃放过烟花，可惜最后也没有点燃那个熊猫外形的。虽然远了点，他本想约表妹在这里看烟花——今天零点江北街似乎会举行一场巨大的烟花秀。

明明禁止普通人放烟花，自己却要搞什么烟花秀，实在是可笑。

不过，说不定这是好事，韩一应早就想约她一起看烟花，好像这样就能回到最幸福的那段时光。

如果父亲不死，自己说不定也会追随父亲的脚步，成为一名律师。韩一应年少时觉得，专给没钱的人做些免费的法律咨询是件非常愚蠢的事。结果也证实了他的想法，父亲在工作中丢了性命。韩一应讨厌父亲这种老好人，他认为是父亲让自己遭受了不该承受的苦难。但是此刻，他又喜爱熊猫骑士这种"好心人"，因为熊猫骑士帮助被害者从"复仇的责任"中解脱了。

如果可以的话，他希望自己也能解脱。

但是他只能靠自己。

摩托车在岸边停下，他下了车，这才想起忘记给瞳晓发位置信息了，他拿出智能手机，没电。这么多年了，智能手机还是这样不可靠，他收起智能手机，又从另一个口袋拿出一台老式手机，打开翻盖，显示电量充足。他犹豫了一会儿又把手机盖子合上。

不能用这个手机发短信。

韩一应叹了口气，白色的水汽缓缓随着寒风飘散。

他想，当他按下这台被改装过的老式手机拨号按键的那一刻，这场跨越数年的事件将会彻底了结。

3

向大庆坐在地上，他背靠着巷子的墙壁，抱着头盔，无奈地看着漆黑的天空。他摸了摸自己的肋骨，痛感席卷而来，他有些后悔刚刚大脑一热就撞向那个骑着鬼火的胖子。虽然人没有受什么伤，但这身熊猫玩偶服有些地方被擦破，还沾了大量的灰尘。踏板摩托车左边的后视镜完全掉了下来，前轮挡雨板也断掉一半。这修车的费用自不必说，可能还会有别的罚款。

真倒霉。

巷子的出口处，夏桐带着从药房买的应急药品小跑着过来，她的额头渗出汗珠，张着嘴呼出来的气息带着厚重的水汽。

从昏迷中醒来后，大庆一眼就看到夏桐那张写满担忧的脸，她大叫着"熊猫骑士"。大庆不知道为什么昏迷的是自己夏桐却叫着别人的称号。随后，一个交警和夏桐一起将他扶了起来。他只是有点擦伤，这种程度的摔车没有骨折已经是不幸中的万幸。

交警问他有没有事，要不要叫救护车。大庆赶忙摇头。他注意到面前的交警有些面熟，长得有点像以前的同桌。正准备问这事时，夏桐一把抱住了他哭着说："熊猫骑士，我还以为你要死了！"

这一抱正好抱住了他的右臂，他痛得大叫一声，夏桐慌忙松开手，这才发现他的手臂正在流血。大庆看着手臂的擦伤，一时觉得有些讽刺，那年丢掉自行车的时候也是右臂受伤。这么多年过去了，又弄得这般狼狈。

不过好在这次他确实抢回了包。

那个蓝色的包就躺在地上。

交警提出要带大庆去医院，他拒绝。他指着地上的蓝色包说，把这个包还回去吧。交警捡起包，再次询问大庆身体有没有问题。大庆指了指手臂，说除了有些擦伤没什么问题。夏桐提出去买包扎伤口的药物，让大庆待在原地。交警和夏桐一起离开。

夏桐走到巷口突然倒吸了一口凉气，女交警问她怎么了。她说才想起来装着蛋糕的保温箱被忘在了来时的地方。交警说自己去还包，顺便把保温箱带回来，于是两人暂时分开。

交警要找丢包的人，所以会耗点时间，但是大庆没想到夏桐也去了好久才回来。自己只能百无聊赖地看着天空，他觉得时间过得好慢。

"对不起，中途出了点情况！"

"什么情况？"

"刚刚有人想抢劫我。"夏桐挠了挠头。

大庆突然瞪大眼睛："什么？"

"还好没事，我被熊猫……被一个奇怪的人救了。我先帮你看看伤口吧！"

说完，夏桐就蹲下身子，把药房的袋子放在地上，从里面拿出纱布和碘伏。

大庆显得很不安，看着夏桐的背包说道："他们是想抢走你的包么？里面有什么值钱东西？"

"相机，还有熊猫先生。"

"熊猫先生就是那个玩偶么？"

夏桐点头，从包里把那个熊猫玩偶拿了出来，它看起来有些老旧了，但是保存得不错："这位就是熊猫先生。"

夏桐又低下头："我问了药房里的人，她说你这种情况要先冲洗干净……"她打开双氧水，把大庆的手拉了过来，熊猫玩偶服的手臂部位被擦破，露出了擦伤的血肉。

大庆把受伤的手臂从玩偶服里拉了出来，一顿操作后，夏桐把伤口包上。

夏桐的动作挺快的，大庆问："你以前也给人包扎过？"

"小时候好像有过。"

大庆转过头，看到墙壁上留下了他擦墙而过时的痕迹，肚子里莫名其妙憋了火。

"那个……"夏桐忸怩地开了口。

"怎么了？"

夏桐抿着嘴，沉默了一会儿。反正等那个交警回来真相就会揭露，她下定决心，主动将自己把蛋糕摔碎的事说了出来。

"你说什么？"大庆吼道。

"对不起，我不是有意的……"

"你在开玩笑么？我今天就是为了这几倍工资才接了这个活，你摔碎一个蛋糕我不仅白干，还要倒贴钱，真倒霉！"

大庆越说越激动，声调不自觉地升高，等他反应过来的时候，空气变得极其安静。

夏桐默默低下了头，她把刚刚拿出来的熊猫玩偶又收回包中。

大庆看到背包里的熊猫对他露出桀骜不驯的微笑，下一个瞬间，背包的拉链被拉上。

"对不起，我有点激动了。"大庆平静下来，他意识到他不只是在对夏桐摔碎蛋糕的事情生气，还有自己摔坏了车以及被那个胖子戏耍的事，几件事叠加让他憋了很多火。如今，他将这些怒火全都撒在夏桐身上。

他有些后悔，觉得自己说话有点重。

夏桐低着头，刘海挡住了眼睛，向大庆看不见她的表情，只见她轻轻摇了摇头："对不起，我会赔偿你工资的。"

巷口传来摩托车的声音，交警带着保温箱来到两人身边，把保温箱放在夏桐面前。

"是这个么?"她问。

夏桐点点头。

"怎么了?"交警察觉到气氛有些不对劲。

大庆打开保温箱,露出了震惊的表情。

夏桐也一脸不好意思地看向保温箱里的蛋糕,看到里面的蛋糕时她惊呼一声。

"怎么了?"警察问道。

"你没拿错吧?"

"拿错什么?长椅上就一个保温箱啊,怎么拿错?你看,这箱子上面不是写着'熊猫奶油'么?"

"肯定是哪里弄错了。"

大庆把蛋糕轻轻拿了起来,上下左右端详片刻:"没问题,蛋糕也是对的,上面画着熊猫奶油的 logo。要说哪里有问题,可能是奶油有点融化了吧。"

夏桐背过身去,喃喃自语:"怎么回事?"

虽然大庆不知道夏桐为什么对自己撒谎,但既然蛋糕没事,一切都好说。他把蛋糕放回箱子里,随后把熊猫玩偶服穿上,又戴上头盔。

"这位熊猫,丢包的女士让我传达,她很感谢你的见义勇为行为。"

大庆随便摆了摆手:"没事。"说完,他拿起保温箱,走到摩托车旁。

"你没事了么?"

"没事了,我还要送蛋糕。"大庆想明白了,如果这块蛋糕不送过去,就拿不到配送费,到时候修车还是没钱赔。

"你们得和我回去录一下口供。"交警下意识地说出这句话。

"什么口供？是我自己摔倒了。"

"这……"

"没什么事的话，我先走了。"大庆说完，看向夏桐。

他不知道夏桐此时是会选择继续跟着自己，还是不再同行。

"谢谢你！"夏桐向交警鞠躬道谢，然后跑向大庆。

"没事，应该做的。"

大庆跨上踏板，夏桐也跳到了后座，就像刚开始时一样。

交警目视两个人离开巷子，随后感叹一句："差点忘了自己是交警。"

踏板开上了大路，大庆轻轻拧动油门，夏桐把背包放在自己和大庆之间，双手扶在承载着保温箱的置物架旁边，她始终和大庆保持着一定距离。

熊猫摩托从车群中穿梭。

夏桐没有像之前一样把相机拿出来拍摄，也没有说什么话。大庆有些不太适应，觉得有些安静过了头。

"对不起啊，刚刚是我语气重了。"大庆说。

"没关系，说到底是我的错。"

大庆不知道该说些什么了，他说不出话，就这么沉默着骑车。

城市的夜景说不上多么有特点，无非就是大楼里的灯光、车灯、路灯的颜色全都融合在一起，如果身边的汽车能够不那么张扬地鸣笛，他会觉得惬意很多。

很沉闷，没有人说话，只有风从耳边呼啸而过。

以往总是自己一个人骑车——他有一辆属于自己的摩托车，偶尔会骑着车去郊区露营，享受独自一人的时间，那会儿根本不会觉得难熬。

大庆想到了夏桐的玩偶，于是问道："你很喜欢那个玩偶么？"

"嗯，是小时候一个律师叔叔送给我的。"

"律师？"

"嗯，律师叔叔和我说，熊猫先生是骑士，会在我遇到危险的时候保护我……"

"骑士？就是摩托车骑士么？"

"不是你这种摩托车骑士，是中世纪传说中击败恶龙保护公主的骑士。我一直对'熊猫'和'骑士'两个词抱有莫名的好感，刚刚流行起熊猫骑士的传言时我很兴奋，我想熊猫骑士一定是守护城市的英雄！"

"原来你做这么多熊猫骑士的视频是因为那个律师编的童话。"大庆觉得那只是大人欺骗小孩的童话而已。

"也许是童话吧，但是对那时候的我来说，童话是我唯一能依仗的东西。"

夏桐说出了自己年幼时的经历。

夏桐所居住的小区拆迁，大多数住户都认为赔偿不合理拒绝签订协议，于是遭到了开发商的报复，常规手段就是断水停电。

在这个时候，一名韩姓律师出现了。律师主动找到住户，表示愿意提供法律协助，一开始所有业主都参与，大家的诉求是更高额的赔偿金，律师收集大家的意见做了一个折中的方案，并约谈开发商，开放商只同意了其中一部分条件，至此，依旧有一大半业主不想妥协。

由于断水停电的手段不奏效，住户还找来了其他律师，没想到开发商使用非常规手段对付住户。很快，就有几个看起来面目狰狞的混混在大楼附近游荡。

随着那些混混出现，越来越多住户遭到他们的威胁，在威逼下同意不合理赔偿方案的住户增加了。

其间，夏桐看出父母也打了退堂鼓，他们开始抱怨，是那个律师害他们过上了这种没水没电的苦日子。明明律师一再说明，如果撑不下去就妥协吧，毕竟孩子还在上学，最好不要让孩子受影响。

律师会这么说，是因为他发现这些混混确实影响到了夏桐。

那些混混开始还没有那么张狂，仅仅在附近游荡，偶尔会用可怕的视线紧盯来往的住户，后来则是主动向住户搭话，明目张胆地威胁。连夏桐这种孩子他们也不放过，主动向她搭讪，夏桐被吓得不敢吱声。那时候，是律师出现挡在了她的面前。律师和那群人说，现在他们的所作所为是违法的，但是混混中带头的平头却不理会，和他争吵起来。最后，律师被一拳打在地上，眼镜也碎了一块。

为了让夏桐有安全感，律师买了一个熊猫玩偶送给她。他告诉夏桐，这是能保护她的骑士。夏桐很喜欢这个玩偶，每天都抱着它睡觉。夏桐不知道为什么律师明明是大人，却能选中孩子喜欢的玩偶。其实律师问了自己的外甥女，他的外甥女是一个熊猫控，推荐了熊猫玩偶。

有了熊猫玩偶，夏桐好像拥有了勇气，面对平头混混再也不会害怕到走不动路，而是大摇大摆地从他们身边经过。某天回家，她没有看见门口站着混混，还满心欢喜地以为他们终于放弃了，谁料回到家里看见了惨烈的一幕——摆在桌上的花瓶碎了，沙发也被刀子划烂，桌子断了个腿。

在那之后，不论律师还是父母的态度都发生了变化。父母决定妥协，但是律师开始变得态度强硬，觉得此事应该严查。

可是最终受到伤害的却是律师。

夏桐明确记得那个傍晚，夕阳的光透过窗子照在浑身是血的律师身上，原本放在沙发上的熊猫玩偶掉在了他的身边，它的手臂沾染了从律师身上流下的血。那天，除了慌慌张张的父母，还有穿着警察衣服的大人，他们不顾夏桐的哭喊，把熊猫玩偶装进了证物袋。

说完一切，夏桐沉默了，她抱紧了胸前的包，虽然在调查结束后熊猫先生被还了回来，但她不想再次失去熊猫先生。

大庆不知道该如何安慰夏桐，只能一言不发，默默骑着车。

走过两个路口后，大庆停下车，打算确认一下自己有没有走错路。

刚刚他只是跟着蛋糕店店员发来的定位导航走，但是眼前的景色越来越熟悉了，大庆有一种不祥的预感。看清目的地后，他惊得目瞪口呆。

"怎么了？"夏桐问道。

大庆不敢相信目的地竟然是自己曾经打过工的地方，一个叫Panbar的鸡尾酒吧。自从辞职他就再也没有去过那家店，因为那家店很贵。

完了，他想起老板的脸……想象她看到自己这身装扮后会露出怎样的表情。穿着这身衣服他不觉得羞耻，最主要的原因是没遇到过熟人。要是真被熟人看见自己这副打扮，还不笑掉大牙？

更糟糕的是，他还要跳舞。

"为什么跨年夜要点这种东西啊？"

想到要在老板和酒吧的众多顾客面前跳那种羞耻的舞，大庆几乎要崩溃了。他摸了摸头盔，感叹道："还好有你。"

跳不露脸的舞，有什么可怕的？大庆这么给自己打气，回到了大路上。

"不过到头来，今天什么有用的东西都没拍到。"车开了一会儿，夏桐的心情好像变好了些，开始主动说话。

"你原本是要拍什么？"大庆想起第一次见到夏桐时，她从自己面前走过，走向闹市街。

"在见到你之前是准备去拍烟花的，但是走到那里才发现人很多，根本挤不进去，就放弃了。在那之前，其实是网络上有一个人愿意向我提供熊猫骑士的线索，还给我发来一条链接。"

如果是向大庆的话，肯定会毫不犹豫地点开那条链接。

"不过我觉得很可疑，所以没有点开。对方还想直接见面，我一开始是打算赴约的，不过坐在出租车上碰到了堵车，给了我思考的时间。最后我放了那个人鸽子，毕竟对方万一是人贩子就不好了。"

"你想得倒是挺多的。"

"肯定要想得多点啊，我可是女孩子！"

气氛回到了最开始那样，夏桐开始喋喋不休地在大庆耳边说个不停，都是一些做视频博主时遇到的离谱事，虽然有些吵闹，但大庆还是挺乐在其中的。就这样，大庆骑车的心情也变好了一些——只要不去想跳舞的事情的话。

大庆故意骑慢了很多，但终点终究会缓慢逼近，那段噩梦似的舞蹈怎么也逃不掉。

到达目的地，停下车。

"到了么？"

"嗯。"

两人下车，大庆把车子推到停车的地方，从箱子里拿出蛋糕，冷冷留下一句"我进去了，你在外面等着"便迈着沉重的步伐走向Panbar，打开了酒吧的大门。

"你好！熊猫奶油配送！"

"来了！来了！"一个轻盈的女声逐渐靠近，是一个穿着酒保衣服的女孩，应该是大庆辞职之后来的新人。

女孩接过蛋糕。

"那么我就……"他想要溜走。

"还有跳舞对吧？"

"对……"

"那进来吧！"

女孩引着大庆进入酒吧内部，他一眼就看到了吧台前站着的女人，是他曾经的老板。

"这是什么？"老板问道。

女孩没有回答老板，反倒对着男生笑了笑："王冉康，生日快乐。"

顺着女孩说话的方向，大庆看向吧台内站着的男生，这个男生倒是有些面熟。男生呆住了，或许是他无法理解怎么有如此奇装异服的配送员。

大庆想，现在就被吓到了么？那一会儿有你好受的！

"这是？"叫作王冉康的男孩看起来有些不解。

"生日惊喜呗，这是蛋糕。"女孩把蛋糕带到吧台内。

大庆趁机观察了一下吧台，台面前并肩坐着两名男性顾客，空气中弥漫着不太友善的气氛。

"他们家蛋糕可难买了！怎么有点化了？算了，无所谓了。"

"今天是你生日？"老板问冉康。

"嗯。"他点点头。

"生日快乐。"

"谢谢。"

两人的对话就像机械一样毫无感情。

冉康抬头看到大庆，语塞了："那这个又是?"

"熊猫，多么明显。"女孩说道。

"熊猫?"除了这两个字，冉康再也说不出什么了。

女孩不再理他，转头看向大庆："这位熊猫，说好的表演呢?"

"表演?"这回连老板都饶有兴趣地看向大庆。

两名酒客也侧过脸，投来并不友善的视线。

终究还是逃不掉啊。

大庆无言地把店员传来的音乐用手机打开，开始播放动感的节奏。

女孩露出了期待的表情。

不能让顾客的期待落空!

随着音乐的节奏，大庆开始摆动身体。先是抖动腿部，随后跃动传递到全身，大庆按照音乐的节奏翩翩起舞。

手部动作是学习之前店员传来的视频，脚步则随机跳动。

他的动作一开始还有些忸怩，没过多久就逐渐放开。

随着音乐渐强，鼓点加速，他不再循规蹈矩，开始随机创作崭新的舞姿，整个人完全陷入了音乐的海洋。原先的羞耻感一扫而空，取而代之的是一种从未体验过的感觉。这感觉凌驾于兴奋之上，超越了理智，逐渐控制住他的身体。

他已经完全忘记自己在工作，忘记自己穿着熊猫玩偶服，甚至忘记自己正在跳舞!

舞动吧! 熊猫!

装修风格古朴的酒吧中，灯光昏黄，店内播放的优雅爵士乐完全被这动感的音乐声掩盖，在走路都会咯吱作响的老旧木地板上，熊猫正在起舞！

不知过了多久，汗珠蔓延在大庆的脸上，他面前的挡风镜逐渐模糊，意识也逐渐模糊。

原来跳舞是一件这么愉快的事情？

等到他反应过来的时候，音乐已经停下。

大庆摆出一个帅气的姿势。

他喘着气，嘴角上扬，一颗晶莹剔透的汗水掉落在地。

4

手机画面中显示的并非预期的来信，而是师傅李承航询问她在哪里，瞳晓有些失落。反复确认了收信箱，确实没有别的短信了，她只好叹了一口气。

她回想起刚刚少女看到保温箱里蛋糕时的表情，好像看到了不可思议的东西一样，她一度怀疑是不是自己弄错了。但那个保温箱她记得长什么样子，也确实放在长椅上，要说哪里不对劲，就是蛋糕并没放在箱子里，而是被什么人从箱子里拿了出来，放在了长椅的另一边。她姑且把蛋糕装了回去，拿在手上，再继续在附近寻找那个丢包的女人。好在失主并未走远，瞳晓顺利归还了包。

"应该不会有问题吧。"她喃喃自语。

她把刚刚记下的车牌号码发在工作群中，又描述了一下那辆鬼火的大致样子，让同事们今晚留意一下。群里暂时还没有回复，也许都投身在江北街的交通疏导工作上了。

瞳晓今天的工作应该是到此为止了。

师傅又发来短信，内容是："有新线索，你那里见。"

"你那里"指的是瞳晓工作的地方，她正准备回去。

"知道了。"她回信。

她骑上车，向着目的地前进。一路非常顺畅，她很快就到了队里。回到值班室，烧了开水，给自己倒了一杯热茶。冬日骑车确实比平时要煎熬些，虽然戴着手套，但是此时她的双手早就冻得冰凉，她用热茶暖了暖手。

师傅找自己，应该就是为了烂尾楼的事吧。

瞳晓觉得有些可笑，之前是她偷偷将线索带出来给师傅，两人一起讨论。那时候师傅是片警，自己是刑警。如今自己是交警，师傅还是片警……这两种警察竟然会聚在一起讨论什么刑事案件，就像两个调酒师讨论如何制作一杯奶茶，未免有些违和。

传来一阵敲门声。

瞳晓起身去开门，师傅李承航走了进来，脱下大衣，挂在一边。

"晚上咋回事，发消息也不回？"李承航随口问道。

"加班……"

"你倒是比干刑警的时候还累。"

"工作嘛，就是这样，干什么就觉得什么累。"

李承航一屁股坐在椅子上："我干片警还是巴适的哦！"

"你是巴适到跨年夜不回家，到处乱逛吗？"

"啥子叫乱逛，我先去泡澡，再去南岸那个被烧了的仓库，现在又到你这里来了！"

"这听起来完全就是乱逛。"

"哎，和你说不清楚！"

"找我又干什么？"

"这不是想和你讨论讨论，那个烂尾楼杀人案嘛！"

瞳晓走到一边，打开茶缸的盖子，抓出一把茶叶放到一次性纸杯里。

"要浓一点！"李承航说。

瞳晓又抓了一把茶叶，开始回忆烂尾楼杀人案的详情。

十二月二十六日早晨，一位老太太在南岸烂尾楼附近发现了被烧焦的尸体，随即报警。警察赶到现场时，烂尾楼周围的泥地除了老太太的足迹，没有其他脚印。十二月二十五日圣诞节当晚，下了一场雨，泥地被雨水泡软，只要经过一定会留下脚印。

案发现场除了尸体外，还有十几个流浪汉。说是流浪汉，其实他们偶尔也会去打一些零工。经过盘问得知，这些人原本都是建造这个楼盘的工人，后来工程烂尾，他们拿不到工资，一时回不去老家，就暂时住在这里。时间久了，有些人回去了，有些人一直留在此处，当晚这些人都说自己一直在大楼里，没有出去过。

案发之后，这些人全部被驱逐出了烂尾楼。

死者的身份暂未查明，但是根据法医的初步判断，被害人是男性，年龄在四十到六十岁之间，尸体并不完整，缺少了一根手指。由于尸体被破坏得太严重，所以死亡推定时间范围过大，并不具有参考价值。

除此之外，焚烧尸体的铁桶中还发现了一些未被燃烧殆尽的衣服纤维，推测是死者的衣服，还有一些汽油与少量水的混合物残留物，现场也发现了原本用来装汽油的油箱，现在里面是空的。

从现场状况可以推定，被害人死后被扔到铁桶中，然后凶手倒入汽油点燃尸体。

瞳晓打开热水瓶，将先前烧开的水倒入纸杯中。

"老刘说，烂尾楼的内部天花板没有发现任何被熏黑的地方。"

"听起来不像是有用的消息。"

瞳晓端起茶杯，送到李承航面前，他拿起纸杯，吹了吹浮在表面的茶叶，随后喝下一口。

"呸、呸……"他把喝到嘴里的茶叶又吐回了纸杯中，"都是这样的嘛！那老刘的想法，你又不是不晓得！烂尾楼的四周没有脚印，他一开始还觉得案子肯定就发生在烂尾楼内部，凶手和被害者都是流浪汉。"

这其实是一个符合一般逻辑的判断，因此，警方第一时间对所有流浪汉进行问询。

问询结果是所有流浪汉都否定自己杀人。多个流浪汉的口供中都提到了一件事，那晚下雨时，他们听到大楼的一层传来争吵的声音，然后从楼上看见一个穿着黑白骑行服戴着黑白头盔的人骑摩托而来，随后与另一名男子发生了争执。

"那些流浪汉好像都不住在一层？"瞳晓问。

"对，流浪汉有些住在二层，有些住在三层、四层，只有一层是不住人的。"

"所以他们没有目击事情的完整经过，只是看到了那个所谓的'熊猫骑士'。"

李承航点点头，又喝了口茶。这两口下来，滚烫的热茶竟然已经喝了一半。

案发现场没有发现骑行服和头盔，铁桶中纤维也不是骑行服的材质，所以"熊猫骑士"成了第一嫌疑人。

"老刘就这么轻易相信了那些流浪汉的发言？"

"这些流浪汉虽然曾在一起共事，但如今彼此之间并不交流，串供的可能性很低。"

"即使如此这群流浪汉的利益还是一致的。"

这栋大楼里所有流浪汉在本案中都是被怀疑对象，为了洗脱自己的嫌疑，他们可能不约而同地虚构一个更具有嫌疑的凶手形象出来，这种情况下，在这座城市已经有一定知名度的都市传说熊猫骑士就是一个很好的构陷对象。

"如果没有那个证言的话，熊猫骑士是否真的在现场出现过确实值得商榷。"除了和案件有关的流浪汉之外，还有人也看见了熊猫骑士。

"你说的新线索，是和那个'熊猫骑士'有关？"

"你这个女娃还是聪明！"李承航满意地笑了笑。

"不会是从网上看来的虚假消息吧？"

"你以为老子会上网？"

"也是……"

这个年纪的男人，不会使用互联网也情有可原。

"老刘说，之前的目击者想起嫌疑人骑着的车子外形了。"

案发后不久，警方就找到了目击者，还不止一个人。

提供证言的目击者都是城南科技大学生物系的学生，当天雨后，他们来到了南岸烂尾楼不远处的马路边抓蜗牛，似乎是为了完成教授布置的课题。这种蜗牛只会在雨后出现，而南岸烂尾楼附近的马路人烟稀少，马路边的草丛正好是蜗牛较多的区域。

这些学生称，在当天雨停的一个小时后他们来到马路边寻找蜗牛，没过一会儿就听见摩托车引擎的轰鸣声，随后就看见一个穿着黑白骑行服，头戴黑白头盔的摩托车司机从通向烂尾楼方向的那条单行道里骑了出来。

这条马路只通向烂尾楼，除此之外就是悬崖。

至此，案件有了轮廓：当晚下雨时，熊猫骑士在烂尾楼杀害了一名流浪汉，雨停后，熊猫骑士将被害人尸体丢到铁桶里焚烧，然后骑车离开了现场。

只有一个问题——熊猫骑士是怎么做到从烂尾楼离开而不留下脚印的？

不过，这个困扰瞳晓的疑问却被认为和案件的关系不大，毕竟案发过程已然清晰，嫌疑人也已经确定，警方确信只要目击证人能够提供更为清晰的证词，很快就能抓到凶手。

谁知道，都快一周过去了，案件迟迟没有进展，甚至已经和熊猫骑士一起沦为都市传说。随之而来的，是越来越多的目击证词，其中九成九都是无聊的网友随口胡编的，困扰着警察的调查工作。

"什么外形？"

"不晓得？"

"不知道你说得这么带劲？"

"不是不晓得，是不晓得那个外形是啥样子的！"

"有区别么？"

"有人说那个嫌疑人的车叫什么'勃鲍风'。"

"'勃鲍风'？那是什么东西？"

"你不是精通摩托车？你都不晓得？"

瞳晓皱着眉头，咬着嘴唇思考着。沉默中只能听见墙上的时钟走表的声音。片刻后，她眉头缓缓舒展开来，一脸无语地望着李承航：

"是不是'Bobber 风'?"

"对！就是'鲍勃风'！"

"'Bobber'最开始叫'Bob-Job'，后缩写成'Bobber'。虽然起源美国，但是现在分为英式、美式、日式三种。这种摩托的特点是……"

"行了行了，我管你什么特点！说了一堆没一句听得懂！你找两张图片给老子看看。"

瞳晓拿出手机，找到 Bobber 改装风格的照片递给李承航。

李承航接过手机，眯着眼看着手机上的图片，一张一张划过："这个就叫鲍勃。"

划着划着，他的手停下了，瞳晓伸头看向手机。

"这是?"

"哦，这是一种英式 Bobber，目击者就是看到了这一种么?"

李承航缓缓抬起头来，心一沉。

这样的车，几十分钟前他才见过，就在韩一应的仓库里。

5

明明已经被风吹得冰凉，握着油门的手上还是渗出了一层汗。猴子表情扭曲，咬肌因为紧咬牙关而隆起，一颗冷汗从他的鬓角滑落下来。

他尝试努力深呼吸，但是没有用。

马上就要到了。

惊涛骇浪拍打于肚中。

不能输……

不知趣的减速带，几乎要摧毁猴子的余生。

当鬼火经过减速带微微跃起的那一刻，时间就此静止，无情的地心引力将猴子的车拉回地面。

猴子按了按喇叭，然后将车停在路边。

虎子听到喇叭声也停了下来，回头看见猴子一动不动地待在路边，路灯之下看不清他的面庞。是眼泪还是汗水，滑过他的面颊。

"咋了？"

猴子不说话。

虎子熄火，用脚倒车来到猴子身边。他有些害怕，这是他第一次看到猴子露出如此可怕的表情。

"咋了？"他又一次问道。

猴子缓缓地向坐垫前方挪动身体，这一次，他没有跨步下车，而是从踏板上挪下脚步。

"我不行了！"

"你怎么了？"有那么一瞬间，虎子觉得猴子就要死在自己面前，准备倾听他的遗言。

"我要憋不住了。"

"吃汉堡吃的？"

"哪有这么快，中午的那顿。"

虎子想起来，中午在他的强烈要求下，三人进了一家面馆吃了三两小面。当时他看到桌子下有两只蟑螂，但他实在太饿了，眼看自己的面就要上了，他担心把看到蟑螂的事情告诉猴子和应哥的话，他们会立刻起身去别家重新点餐。

最终，他选择一脚踩死两只蟑螂，把它们藏在脚下。

现在回想起来，那碗面的味道确实有点奇怪。

"马上就要到公司了，不然你再忍忍！"

虎子暂时将话题从午饭上扯开。

"不行……要死了……"

猴子没有思考的余裕，下了车把包丢给虎子："你看着！我去上个厕所！"说完，就夹着臀走向路边，或许是想到了刚刚的事情，他有些不放心，又回过头嘱咐了一句，"千万！别弄丢了！"随后身影消失在路边的一个小巷中。

虎子接过包，几十分钟前的事情让他心有余悸，他自己都有些怀疑自己，于是也下了车，打开鬼火的坐垫。坐垫下方有一个可以储物的空间，他把包放进去，随后重重地关上坐垫，这才松了一口气。

"这下不会丢了！"

猴子进了巷子，发现里面开着几家酒吧，他决定借用一下厕所。他随便推开一家酒吧的门，绷着脸说了句："对不起，可以借用一下厕所么？"

还好，这家酒吧的女老板看起来慈眉善目，说了句"可以"，并为他指了指厕所的方向，猴子尴尬地点头道谢，走向厕所。

这时他才发现，坐在吧台的两个男人之间散发着不太友善的气息。他们面前摆着许多酒杯，似乎正在试探彼此的酒量，两人脸上都挂着一点也不和善的微笑。

猴子快步从他们身边走过，一头钻进厕所，坐到马桶上。

由于吃坏了肚子，所以战场异常喧嚣。

战斗进入尾声，他有些无聊地望着厕所的墙壁，这家酒吧的厕所装修很有意思，墙壁上被各种空酒瓶摆满，从侧面彰显了酒吧藏酒众多。他随手从墙壁上拿下一个酒瓶看了看，上面的英文他看不懂，这款酒的标志是一只黑色的小猫。

"嗯?"

他发现酒瓶背后别有洞天，墙凹进去一块，里面似乎藏着什么东西，手伸进去一摸，摸到一个纸袋子。

又是看不懂的英文。

纸袋里还装着一个纸盒子，想必是什么人准备的惊喜礼物。

猴子并无兴趣窥探他人的生活，他决定把纸袋子放回去。

路边的虎子看了看手机，已经过去二十分钟了，他等得有些不耐烦，于是先把自己的车骑到一边的停车位，然后又回过头把猴子的车推到自己的车旁边，拔下钥匙，进入小巷中寻找猴子。

随便进了两家酒吧，都没有在厕所找到猴子。第三家酒吧的标牌是 Panbar，他走了进去。

"晚上好。"

女老板微笑。

"请问刚刚有没有人来借用厕所。"

"有的，他还在里面。"

"不好意思……"

他快步走向厕所，敲了敲门。

"猴子? 还活着?"

"干吗?"虽然明显有些虚弱，但是可以从这句话听出猴子如厕时被打搅的烦躁。

"你没事吧?"

"没事，快好了。"

139.

"我就在酒吧门口等你。"

"包你拿好了吧。"他再一次确认。

"放心吧！"

不行，每当虎子说出"放心吧"这三个字时，猴子都感觉不能放心。

猴子随手把刚刚拿在手里的酒瓶和纸袋子放在马桶的一侧，一阵冲水的声音，他打开厕所的门。

两个男人之间的气氛还是没有好转，依旧在喝酒。猴子想，这种鸡尾酒吧的酒价不菲，不是他这种普通小混混能够消费得起的，吧台上的两位大概很有钱吧。

猴子向老板道谢后走出酒吧，看见了蹲在一旁抽烟的虎子。

"出来了？"

猴子走到虎子身边："肯定是那碗面！"

"抽一支？"虎子递上一支烟。

其实刚刚在厕所的时候，猴子就很想抽一支，可惜身上没带烟。他接过烟，虎子帮他点上，他深深吸入一口。

猴子把烟吐了出来，靠在墙上："想好明年干什么了么？"

"干什么？继续跟着应哥呗。"

"老这样下去也不是办法。"

"猴子，其实我一直想问你，你这个小身板当年为什么来要来搬砖？"虎子转移了话题。

"没办法，我师傅死了，我就随便找了个工作。"

"师傅？你还有师傅呢？"

"都说了，我是老手艺人。"

"什么手艺？铁丝开锁？"

"哼……"猴子不置可否地冷笑一声。

闲聊之际，不远处传来摩托车的声音。

穿着熊猫玩偶服的男人和女孩，将车停在了距离两人几十米的地方。

"快走!"两人迅速掐灭香烟，闪身到一旁的灌木丛中。

"追上来的?"

"怎么可能?"说完这句话，猴子突然想起来刚刚自己急着上厕所，只是把车停在路边，"我车呢?"

这个熊猫大概是什么配送员，不是追着虎子来到这里的。但是若让他看见了停在马路边的鬼火，那就糟了。

"没事，我停到一边了，安全得很!"虎子指向人行道上专门停放电动车和摩托车的区域，他们的车就停在一辆 CC110 旁边。

"虎子，你的车为什么还亮着?"

"啥子?"虎子惊呼，猴子赶忙按住他的嘴。

"什么情况?"

"老子忘记拔钥匙了!"虎子拿出口袋里的摩托车钥匙，这把钥匙是猴子车的，他自己的钥匙还插在车上。

猴子再看向从摩托车上下来的熊猫和少女，从他们的位置其实一眼就可以看到正在发光的鬼火，这算哪门子安全?

这种时候只能祈祷了。

没过多久，熊猫就走向两人所在的灌木丛，猴子把脖子缩了缩，拉住虎子的身子，让他往后撤了撤。熊猫缓缓接近，两人的心都要跳出嗓子眼了，耳中只能听到沉重的心跳声。熊猫从灌木丛边走过，带着一块蛋糕进入刚刚猴子上厕所的酒吧。

"吓死老子了。"

虎子正要放下心来，却看见女孩没有跟着熊猫一起进入酒吧，而是站在原地无聊地玩着手机。她的视线瞟到一旁发光的鬼火，走了过去。

　　"完了！"

　　"她就一个人，不然我们现在立马冲出去抢车就跑！"虎子准备冲出灌木丛，猴子紧紧地拉住他。"咋了嘛，只有这样了！"虎子不满地说道。

　　"等一下，你看……"

　　猴子指向路边。

　　马路边停下一辆黄色的出租车，从上面下来了一个戴着兜帽，浑身脏兮兮的男人。出租车驶离，男人在原地四处张望了一下，很快就走向站在鬼火旁边的女孩。

　　"老子的车那么受欢迎？"

　　女孩将双肩包从肩膀上拿下来，打开背包，拿出相机对着虎子的车按下快门，似乎是想要记录下什么证据。

　　"坏了。"

　　正当猴子和虎子一筹莫展之际，男人两步冲到女孩身后，没等女孩反应过来，他用一块布捂住了女孩的嘴。女孩尝试挣扎，但是她的动作在男人庞大的身躯面前显得微不足道，很快就失去了意识，双手垂下，相机和双肩包都掉在地上。

　　猴子和虎子惊呆了，事情朝着他们预想外的方向发展。

　　见到女孩失去了意识，男人架住女孩的双肩，又一次张望四周。猴子和虎子赶忙缩回灌木丛。他们不能确定，眼前的这个男人是不是什么穷凶极恶的歹徒，己方二人虽然也是不折不扣的小混混，但是和这种敢在大街上绑架少女的狂徒相比，根本不是一个级别。

男人确认四周无人，转头又看到了发着光的鬼火，站在原地思索了几秒，随后架着少女来到鬼火前。他先把女孩抱起，让她骑坐在后座，然后自己骑上前座，他把女孩的身体靠在自己后背上，为了固定，他还脱下外套将女孩和自己腰部绑在一起，看起来就像女孩抱着他坐在后座一样。

他发动摩托车，挪动到马路上。

"不能让他走！"虎子跳出灌木丛，又一次被拉住。

"等一下，让他们走！"

"为啥子啊？"

"你忘了，你的车牌号已经被那个警察记下来了，迟早会被找到。现在正好有人偷你的车，到时候你一口咬定车早就被偷了不就好了？"

"可是……"

"没有可是，不就一辆车吗？我赔你！"

两人纠缠的几秒钟，男人已经骑着车带着少女消失在夜色之中。

"哎呀！"虎子愤怒地跺脚。

"别伤心了，"猴子安慰道，"还好那时候我的车被你挡着，警察应该没看到，不然我们两个的车都得完。"

"不是……"

"一辆鬼火，多少钱？三千？五千？"

"好几万！"

"咋个可能嘛！你遭人骗了是不是？"

"包！包在坐垫下面！"

"包？坐垫？"猴子看了看虎子身上，没有腰包……下一个瞬间，猴子的大脑一片空白，表情呆滞地看着男人离开的方向。

"账款都在坐垫下面！"

6

推开澡堂的后门，小笑迈出一步，进入这个没什么人的暗巷中。他背着比原先鼓上一倍的双肩包——自己的衣服都存到了澡堂柜子里，这才勉强把骑行服装进包里，至于头盔，他提溜在手里，因为包里实在是放不下了。

这个后门是澡堂在装修前留下的员工专用门，最早可能是供澡堂里的搓澡师傅没事干的时候出来抽支烟，后来澡堂翻新，暗门依旧被保留，但是藏在一个角落里，普通的客人是发现不了的，但是小笑算是半个熟客。那年，小笑和父亲从北方的城市来到这里，父亲曾经颇为不满地说，这个城市没有泡澡文化，所以澡堂子都差劲得很。就算这么说，他们最终还是找到了这个差强人意的澡堂。

巷子有些逼仄，空气中弥漫着一股难闻的氨水味，地面上流着成片的废水与灰尘的混合物，废水上漂着一层彩色的油渍。一滴水滴在他的头上，小笑用手擦了擦，把刚刚洗净梳顺的头发又揉成鸟窝，抬起头。

"下雨了？"

并没有下雨，暗巷是两个高楼之间的缝隙，两楼的楼顶之间搭着几块木板，挡住了天空，因此此时落在小笑脸上的水并不是雨水，而是大楼外墙上空调外机滴下的水。小笑无奈地苦笑了一下，向着街道走去。

　　小笑在论坛上看见有人说，前几天在这个澡堂后面的暗巷中看到了萤火虫。《礼记·月令》中写的"腐草为萤"果不其然，只有在如此肮脏的地方，才能看到会发光的虫子。小笑环顾四周，并没有看到期待中的萤火虫，有些失落地暗自叹息。他突然意识到网上的那篇帖子多么荒谬，深冬时节怎么可能看得到萤火虫？

　　有些人为了点击量真是什么话都愿意编啊。

　　就像有关熊猫骑士的帖子，大多都是发帖者的胡编乱造。

　　从狭窄楼梯间的暗巷走出来，豁然开朗，路上的汽车来来往往，鸣笛声不断。好像一瞬间进入了一个完全不同的世界。他摸了摸口袋，从中拿出钥匙，那是他在骑行服的口袋里发现的，钥匙上挂着一个小小的相框吊坠，小笑把盖子打开，里面是一张小男孩的正面照，他看起来没有任何心事，露出残缺的门牙傻兮兮地笑着。

　　小笑也笑了笑，把钥匙又收回口袋里。

　　只要泡完澡，就会想吃甜食。父亲曾说，人不能总是吃甜食，否则甜食吃多了，连无味的水都会变成苦味。这算是哪门子的歪理，小笑想，这只不过是父亲不想花钱给自己买甜食的借口罢了。任何在童年时无法实现的小小愿望，都会化身为影子跟着主人，驱使他们去实现那个愿望。

　　小笑摸着袜子里的几十块钱，倒是还够吃上一顿甜食。他双手插兜，低着头往不远处的商业街走去，中途路过一个没什么人的岔路时，听到身后传来的声音。

　　"哎哟，这不是那个脏乞丐么？"

　　小笑皱了皱眉，下意识地加快脚步。

　　"叫你呢！装什么！"

　　手掌重重地落在他的肩膀上，他苦笑着回头。

面前站着三个青年，正是之前在网吧遇到的三个人。

"喂，叫你怎么不回话，看不起我们？"

"没有，我没听见……"

其中一个看起来最面目可憎的青年冷笑一声，随后用手在小笑耳边拍了拍："没听见？那就去治治耳朵！"

三人哄笑。

"我还有事。"

其中一个青年上下打量着小笑，看到了小笑手上的头盔："你有事？难道是要去拯救世界？"

"不是……"

带头的青年还打算继续戏弄小笑，另一个却皱了皱眉："喂，刚刚网吧停电的时候你悄悄溜走了吧？"

小笑低着头，不敢做出任何回复。

"什么意思？"带头的青年问道。

"我想起来了，好像一停电他就溜走了！"

"网吧老板说，是有人下载了病毒，导致全网吧瘫痪。"

"是你弄的吗？"他一把抓住小笑的领口。

小笑别过脸去："我不知道……"

"那把老子都要赢了！突然停电了！"他恶狠狠地盯着小笑，小笑说不出别的话了，只能喃喃地道歉："对不起……"

"一句对不起就行了？网费你不得赔给我们？"

话音未落，他就自说自话地在小笑身上搜了起来。一个路人从身边经过，青年皱起眉头，没等他们说话，那个路人就慌张地别过视线，落荒而逃。

结果什么都没搜到，他们又一把抢过小笑的包，里面只有肮脏的骑行服，再没有其他东西了。

小笑下意识地把脚往后挪了挪，被站在最后面的青年注意到了，他两步上前指着小笑的脚："啥子意思？"

"没有。"

"你怕是把钱都藏在鞋子里了！"

"你什么脑子？正常有人把钱装在鞋子里？"

"也对。"他也觉得自己的想象力过于丰富了一些。

带头的青年继续怒目看着小笑："我不管你把钱藏在哪，现在掏出来赔给我们，马上放你走！"

"我没钱。"小笑做贼心虚，继续挪了挪脚。

"又来了，脚绝对有问题！"

"你把鞋脱下来给我们看看！"

小笑慢悠悠地把鞋子脱下，单脚站立，拿着鞋往地上倒了倒，什么都没有。

"另一只！"

小笑重复刚才的动作，依旧没有。

"我就说你搞错了！"

"我没钱。我能走了么？"

"你手上那头盔……"

"我看了，那个头盔破得很，不值钱！"

这下，三个青年一筹莫展地挠了挠头。

"我可以走了吗？"没有等青年说话，小笑就准备转身离开。

"站住！"

小笑站住，因为他知道就算不站住也会被拦下来。

"袜子呢？"其中一个青年茅塞顿开，兴奋地说道。

"对啊，还有袜子呢，还有内裤呢！"

"内裤是不是有点过分了？"

"就是袜子！钱肯定在袜子里！"那个恍然大悟的青年又想到刚刚小笑下意识地回缩的脚。

这次，没有给小笑自己动手的机会，两人上前架住小笑，另一个人脱下他的鞋袜，找到了小笑仅剩不多的身家。

"你还真是变态，竟然把钱藏在这种地方！"带头的青年笑了笑，"怎么就九十块钱？"

"难道，内裤里还藏了钱？"

"把他裤子扒下来看看！"

小笑环顾完全没有行人的四周，有些绝望地低下头。

"让老子看看，你是不是藏了什么……这腰带这么难解？"

小笑低沉着脸，不说话。

三人哄笑起来。

霎时，小笑腹部发力，抬起双脚，没等带头的青年反应过来就一脚踢在他的下巴上，青年后退半步，小笑趁机挣脱被扣住的双手，迅速捡起地上的鞋子，拿起背包和头盔逃离现场。

他这几招防身术，是父亲教给他的。

小笑害怕被追上，只能低着头一直跑、一直跑，跑到闹市街，他穿过熙熙攘攘的人群，跑到浑身力气都耗尽，才缓缓停下脚步，双手扶着膝盖喘着粗气，粗重的呼吸声被人群的声音淹没，只能看见一团一团的白雾在他的面前聚集又消散。

小笑扶着腰，在面前的一张长椅上坐了下来。他翘起二郎腿，拍了拍脚底，刚刚逃跑的时候来不及穿鞋袜，刚刚洗干净的脚底现在沾满尘土。

一番战斗和奔跑让小笑耗尽了全部的体力，他浑身无力地坐在长椅上，抬头望着天空。虽然侥幸逃脱，但是身上的钱全部都被抢走了，肚子发出"咕咕"的叫声。

老天啊，就不能掉下些好吃的么？

没有回应，当然，本来就不会有天上掉馅饼的好事。

然而他转过头，看到身旁有一个送餐的保温箱。

还有这种好事？刚刚觉得已经饿得不行，就有一个保温箱落在眼前？难道是向老天许的愿起了作用？

他又一次看向天空，老天啊，我要五百万。

没有回应。

他四处看了看，果然没有哪里落下五百万，又拿出手机，看了一下银行卡的余额，剩下不到一块钱。

看来不是所有的愿望都能实现。

他抬起头，重新许愿。老天啊，能不能让这个保温箱里装一些甜食？

说完，他缓缓打开保温箱。

"真的假的？"

一块蛋糕——虽然是碎掉的蛋糕，但是小笑并不在意。

这时他注意到长椅的另一边还有一盒蛋糕，那盒蛋糕是完好的。小笑明白了，一定是这盒本来用来送人的蛋糕被摔坏了，所以没人要了。那个弄坏蛋糕的人又买了一盒蛋糕，放在这里，却因为有事不得不暂时离开。

有时候，人类会为了自己的欲望扭曲逻辑。

他确信，这块碎掉的蛋糕一定是没人要的，既然没人要，那不如交给需要它的人。

他缓缓地拿出这盒碎掉的蛋糕，看了看周围，确认丢掉这个保温箱的人并不在附近，为了保险起见，他起身离开犯罪现场。一边走，一边打开了蛋糕的盒子，用手抓着蛋糕拼命往嘴里塞。

"这么好的蛋糕竟然不要了，太可惜了。"

他觉得自己做了一件好事。

不顾路人的视线，他几分钟就将蛋糕席卷完毕，嗦了嗦手指，然后往裤子上抹了抹，满意地拍了拍被填饱的肚子。吃饱的小笑有一种错觉，就算再次面对那三个青年，他也有信心正面击溃他们。

当然，他还没有愚蠢到回去自讨没趣的地步。

他随手把蛋糕盒丢到路边的垃圾桶里，感到心满意足。

一插兜，他又摸到了那把钥匙，突然想起车还没有骑回来。

小笑看向澡堂的方向，车应该停在那附近，但现在往回走说不定还会碰到刚刚的三个青年，小笑思考片刻，一头钻进一旁无人的街角，没过一会儿又从角落走了出来。这时，他已经把背包里的骑行服换上，也戴上了头盔。这件骑行服显然不太合身，袖子、裤子都长出一截，他把多余的部分卷了起来，但从骑行服的褶皱可以明显感到衣服比人要大上一圈。

虽然衣服上还有些血渍和泥土，但穿成这样应该就不会被认出来了。

去澡堂的路上没有碰见那三个青年，他暗自庆幸，从口袋里掏出钥匙。一开始找到这把钥匙时，小笑并不知道它是用来做什么的，他拍了钥匙的照片发到论坛上询问，网友告诉他，这是一把摩托车的钥匙，他问对方是什么型号，对方说他也不知道具体的型号，只知道是一辆老式的摩托车。小笑开始在网上查询各个老式摩托车的钥匙，所幸这辆车的型号并不冷门，小笑很快就找到，是"CG125"。接下来的工作，就是在澡堂附近找到这个型号的车。

小笑拿出手机，找到 CG125 的图片，对着图片一辆一辆看停在路边的摩托车。在澡堂附近的路边走了两个来回，终于找到了目标摩托。让小笑走了两个来回才找到的主要原因是车身的颜色和原装红色或者蓝色不一样，漆面被改成了像熊猫一样的黑白相间的颜色。

小笑尝试着将钥匙插入，点火，发动机启动，他松了一口气，要是不能点火可就糟糕了。

他骑上车，突然想到了之前偷偷进城的自己。

那年父亲进城不久后，他也偷偷进了城。第一次进城的小笑人生地不熟，举步维艰，很快就把为数不多的积蓄花光。好在，他终于在工地里找到了父亲。父亲啃着工地发的馒头，看到了穷困潦倒的小笑。他带着小笑洗了个澡，又带他去吃了顿洋快餐，小笑第一次吃到这么好吃的东西，觉得那是一段难忘的时光。事后小笑想，工地上的工资一般是一年一发，他不知道父亲从哪里弄来钱带自己吃大餐的。

其实那是父亲在路边偷了一辆自行车，卖给了三港的二手车贩子，拿到了两百块钱。

最终，小笑被送回了老家。

那顿美好的大餐如今却化为小笑心中的芥蒂，他隐隐猜到了父亲从哪里弄来的钱，却没有将这个疑问问出口，直到父亲彻底失联。

车子熄火了，他缓缓把车停到路边，重新打火，耳边传来了熟悉的声音，他转头看向声音传来的方向。路边药房附近的街角，刚刚那三个青年正围着一个少女，少女面露难色，手中还抱着从药房买来的药。

不要多管闲事。小笑启动摩托车，离开。

他努力压制住自己内心深处想去帮忙的想法。

明明自己过得也不好，明明刚刚被欺负的时候，路人也对自己冷眼旁观。

这个世界就是这样，总有人被欺负，总有人在欺负人，总有人在旁观，总有人在说风凉话，但是不一定有人出手相助。

所以他很讨厌熊猫骑士。

为什么一定要有人被拯救呢？在烧烤摊上被骚扰的女孩凭什么能够得到熊猫骑士的帮助，而其他被骚扰、抢劫的人就得不到帮助呢？

为什么遭遇了这么多破事的自己就没有得到过任何人的帮助呢？

一点也不公平。

红灯很长。

为什么这么长？明明另一边的车道红灯只有三十秒，为什么自己面前的这个红灯要九十秒。

一点也不公平。

他盯着缓缓减少的信号灯数字，感觉数字变化的速度越来越慢，一秒有这么长么？

身后传来鸣笛。

不要对我按喇叭啊，明明是信号灯的问题。

又是长鸣笛。

小笑咂嘴。

他调转车头，上了人行道，往回驶去。

街角的三个青年正在调戏面前的女孩，他们对女孩发起攻势，不断用言语骚扰她，企图拉着她去能蹦迪的地方喝上一些酒。他们驾轻就熟，似乎已经不止一次做这种事，至于有没有成功过，就没人知道了。

女孩不理他们，转过身准备远离那里，如果他们再进一步的话，她可能就要大叫了。

"别走嘛!"

一个青年抓住了女孩的手腕。

排量 125cc 的引擎声突然传到他们耳朵中,他们下意识地抬眼,却在黑夜中看到了那耀眼的光芒。

被改装过的远光灯发出惊人的亮光,小笑也吓了一跳。

"啥玩意!哪个弱智开的远光灯?"他们叫骂着,用手挡在眼前,企图看清前车,但无济于事。

一声、两声、三声。

虽然不够浑厚,但是引擎的轰鸣声依旧在向三人发出警告。

"你脑壳坏了吧?再不关灯老子弄死你!"

没有再给他们机会,小笑的车像是子弹一样射出。

带头的青年明显始料未及,那耀眼的光芒逐步逼近,他连跑都没有反应过来,只用双手挡在面前,眼睛眯成一条缝。

"等一下!"

另外两人倒是往后退了一大步,只让他一个人顶在前面。

一瞬间,小笑的车就已经到了带头的那个青年面前,他的双腿都被吓软,一度失去了思考能力。

小笑捏住前刹,车尾翘起,他腰部发力,车尾在空中横扫过来,重重地砸在青年身上。青年被撞飞一小段距离,一屁股倒在地上,车尾也落地。

"你是熊猫骑士?"女孩惊呆了,只说出这句话。

"别把我和那种人混作一谈。"小笑不满。

"对不起。"

"没事,你走吧。"

女孩向小笑微微鞠躬，然后快步离开。

坐在地上的青年终于反应过来，怒上心头，他跳起身："你敢耍老子！"

"你别走！"

"你死定了！"

三人毫无气势地放着狠话。

小笑的车横在他们面前，冷冷地看着那个刚刚起身的青年，他似乎正在身上摸索着什么，但是小笑不太在乎，反正他们跑不过自己的摩托车，自己随时都可以转头逃跑，不过此刻，他还是坏心眼地想要看看他们窘迫的样子。

一会儿他打算去路边给"有求无应"发条消息，和他分享一下现在自己复杂的心情。明明讨厌熊猫骑士，却做了熊猫骑士才会做的事情。其实，他更期待"有求无应"能够嘲讽自己两句，好让自己回归原来的心态。

冷漠才是真实的自己。

另一个青年慌张地拍了拍正在摸索什么的青年，然后指了指小笑的方向，三人都往小笑这里看来，随后表情转为惊恐。

"你给我等着！我们……我们走！"不论从人数还是体格上，三人都占尽优势，自己唯一的武器就是这辆摩托车，他们竟然落荒而逃了？难道是穿着导致自己被误认成熊猫骑士，所以才那样害怕？小笑感觉太过荒诞，摇了摇头。

他调转车头，准备离开，突然发现车轮好像压到什么了。他停车下来查看，后轮果然压到东西了。

"这是……"

什么啊，原来就是个破打火机啊，他感到有些失望。

7

冉康从休息室走了出来，看到老板正在吧台洗杯子。坐在吧台边的两个男人不知为何并肩而坐，开始碰杯，然后将面前几个子弹杯中的烈酒一饮而尽。冉康不解地看向老板，老板回以一个无奈的眼神。

"老板，要搭把手不？"冉康问。

"不用。"

"我去上个厕所。"

"厕所有人。"

"那我等一会儿去。"

"嗯，人出来我叫你。"

冉康看了看正在干杯的两人，无奈地回到了休息室里。

"这么快？"白兔又莫名紧张起来。

"里面有人了，一会儿再去。"

冉康明显看到白兔长舒了一口气。

休息室在吧台内侧，如果客人不多，酒保们就可以分批次进入休息室休息聊天。现在吧台只有两人，由老板一个人负责即可，于是两人便来到休息室休息聊天。

"那么回到刚刚的话题，"冉康坐在白兔身边，"要证明一个事物存在不难，那为什么到现在都没有找到真正的'熊猫骑士'呢？"

"是啊，以现在网友的能力，想要找到一个人不是很简单的事情么?"

"干扰信息太多了。"

"干扰信息?"

"现在网络上流传着数不清的骑着黑白摩托车的视频,其中很多都是虚假的'偶遇熊猫骑士'的视频,让人分不清哪些是真的哪些是假的。"

"对了,我关注了一个视频博主,她经常会做一些熊猫骑士打假视频。"白兔找出视频放给冉康看。

"莫夏桐?真名?"

"不知道,有可能吧。"

"这年头还有人实名上网?"

视频中,莫夏桐坐在桌前,桌上摆着一个可爱的熊猫玩偶,她为大家总结了熊猫骑士的特征,顺便打假了一些虚假的熊猫骑士视频。

这个视频的播放量有五百万。

"五百万播放量?好夸张啊,只是讲解熊猫骑士而已。"冉康感叹道。

"是啊,她发的熊猫骑士的视频每个播放量都很高的,说熊猫骑士是因为她而火起来也不过分!"

"她的剪辑确实很有意思,声音也很好听,主要是人长得好看……"冉康开始尝试分析这个视频能够成功的原因。

白兔突然把正在播放的视频关了,然后收回手机。

"还没看完呢!"

"想看自己回家看!"

"怎么突然生气了?"

"谁生气了?"

　　冉康尴尬地抓了抓头发，转移话题："总之既有作假的人，也有打假的人，熊猫骑士就在这些矛盾中逐渐成了都市传说。"

　　"哦。"

　　"你说，会不会是一开始大家的方向就错了？"

　　"嗯？"

　　虽然白兔的回应很冷漠，但是冉康却突然来了兴致："因为熊猫骑士的形象是一个能够对付歹徒的英雄，所以在一般的认知中，熊猫骑士是一个强壮的青年男性。"

　　白兔想起印象中的超级英雄——蜘蛛侠、蝙蝠侠、超人，无一不是强壮的男性。

　　"也许熊猫骑士不是男人。"

　　"为什么这么说？"

　　"这是盲点，人的思维盲点！多数人拍摄的熊猫骑士的影像都是男摩托车骑士，但是没有人去拍摄女骑士，因为人们下意识认为熊猫骑士一定是男人。既然没有人拍摄女骑士，那熊猫骑士一直没有被找到也就可以解释了！"

　　说完，冉康兴奋地拿出了自己的手机，在视频网站搜索女熊猫骑士的关键词，出现了一些穿着暴露博眼球的视频，他无视这些视频，继续往下翻找——

　　"你看这个！"

　　冉康把视频打开。

　　视频拍摄得非常模糊，但是从争执的声音可以判断出发生了什么事。

　　视频的拍摄者是一个女孩，她正在路边摊和几个女性朋友一起吃烧烤。视频录制时争执已经开始了，从摇晃的镜头中可以看见一个大肚子男人正在和视频拍摄者的女性朋友推搡着。对话间可以听出他想要和这一桌的女孩们喝一杯。几个女孩的桌上并没有摆着啤酒之类的酒水，只有一些酸奶和可乐，但大哥显然是想要让她们喝酒。被拒绝后，男人突然恼羞成怒开始破口大骂，另一桌一位年轻男性似乎听不下去了，上前和男人理论，却被男人一巴掌打倒在地。和大哥同桌的几个中年男人也起身，对拍摄者的朋友又拉又拽，现场传出尖叫声，一度陷入混乱。

此时镜头也因为拍摄者身体不能处于稳定状态而一直摇晃，不太能看清发生了什么。只是在画面外可以听见摩托车的轰鸣声，然后闪过一道白光，接着传来男人的叫骂声。镜头逐渐恢复了稳定，可是惊魂未定的拍摄者似乎忘记了自己还在录制视频，手机摄像头被放在桌面上，画面全黑，过了一会儿，喧嚣似乎结束了，手机又被拿了起来，扫过了地上头破血流的几位大哥，还有一地狼藉，接着是一个穿着黑白色骑士服的人骑着摩托车离开现场，画面中并没有拍到摩托的牌照。

"事情发生后，烧烤店的老板报了警，警察很快就来了，事情被定性为互殴，一方是这群喝多了的大哥，另一方就是那个骑士。根据视频拍摄者的说法，那个骑士是直接开着摩托车压上了人行道，把这群人撞倒，最终逃离现场。虽然烧烤店有摄像头，但是老板说摄像头坏了，因此不能提供影像，另一方面，在场所有人都自称忘记了车牌号，只知道车子的型号好像是390ADV。"

烧烤店一旁的小路上没有摄像头，因此最后没能抓住这个骑士。

"不过，我猜肯定是这些人都说谎了，毕竟他们不想出卖'熊猫骑士'。"

白兔好像没什么兴趣，别过脸去。

"这些都不是重点，重点是这里，"冉康开始调整进度条，过了一会儿才定位到想要的画面，画面中能看到骑士的大半个身子，"虽然从骑行服上看不出身材，但是这个骑士会不会有点太矮了？感觉就和一般女性身高差不多……"

白兔似乎有些提不起兴趣，肚子发出一声叫声，她不好意思地揉了揉。

"你晚上没吃东西？"

白兔点点头。

"那我炸点薯条？"

"不用了。"为保证吃到最美味的蛋糕，白兔打算在此之前什么都不吃，保持一定的饥饿感。

"我听说，南岸有一家无解的夜宵麻辣烫，下班后要不要一起去吃？"

"下班再说吧。"

白兔起身走出休息室，没过多久又从休息室的门口探出头："老板说厕所腾出来了。"

"哦。"他走出休息室，却不想上厕所了。

"你不去么？"老板问。

"时机未到。"

坐在吧台上的两个男人不知道酒过了多少巡，明显可以看出森琦的眼神已经有些涣散，脸颊泛着红，另一边的平头王毅朗也好不到哪里去。他们面前摆着还没收拾的好几个酒杯。

冉康和白兔开始收拾。

"你要是不行了就说吧，我不讨厌坦诚的人，但是讨厌假惺惺的人。"

"哼……"森琦冷冷地笑道,"还有比你假的人?"

平时王毅朗听到这种话必然会生气,但是现在他喝多了,于是一笑而过。

"怎么变成现在这样的……"白兔悄悄地问老板。

老板走到吧台的另一边,示意两人过来,然后轻声说:"那个记者觉得王毅朗有嫌疑就主动过来搭讪。王毅朗也是喝多了,就和他边喝边聊,但是聊了大半天都没有聊到正题上。"

"我知道,这是高手过招!敌不动,我不动!"白兔说。

"所以他们就开始拼酒?"

"一开始是记者要请王毅朗喝一杯,记者先干为敬,王毅朗不能不跟。随后王毅朗回请了一杯,慢慢就发展成这样了……"

森琦发出干呕的声音。

"吐在店里要付清洁费哦!"老板以温柔的语气说着令人恐惧的话。

森琦好像把什么东西咽了回去。

"算了,就让他们喝吧,总比打起来好。"

"这是喝了多少啊?他们难道不知道我们店的特色?"

"什么特色?"白兔不解地看向冉康。

"唯一的特色就是——贵!"

"唯一的特色是好喝!"

"好喝,且贵!"

老板不再搭理冉康,走到了森琦和王毅朗的面前,拿起一个刚刚洗干净的杯子开始擦拭。

"你说说,我假在哪里?"

"你杀了韩律师,却到今天都没被抓到!"

空气突然安静了。

即使是喝多了，王毅朗也不能无视这句话。

说出这句话的瞬间，白兔和冉康对视一眼，露出了震惊的表情；老板停下了正在擦杯子的手，默默地把王毅朗和森琦面前的几个酒瓶拿到吧台的另一边；王毅朗的笑容凝固了，森琦的表情也变得冰冷。

白兔和冉康的心跳开始加速，两人很明显感觉到这句话不是玩笑，他们甚至不敢大声呼吸，一起缩在吧台的里侧。

沉默持续了很久，音响里播放的欢快爵士乐，也丝毫不能活跃现场的气氛。

王毅朗缓缓转过头看着森琦，眼神因为酒精有些迷离却不乏凶狠。他就这样紧紧盯着森琦，森琦没有做出任何回应，拿起面前的酒一饮而尽，重重放在吧台上。王毅朗摸了摸桌上最重的厚底酒杯，拿起来又轻轻放下，然后紧紧握着杯壁。

老板后退一步。

酒吧门上的铃铛发出清脆的响声。

"你好，熊猫奶油配送！"

一个男人的声音打破了沉寂。

像是抓到了救命稻草，白兔跑向门口。

"来了！来了！"

白兔接过蛋糕。

"那么我就……"

不行！白兔知道，如果立刻放这个熊猫走，那一触即发的战况不会有任何改善！必须让气氛变得活跃一点。

"还有跳舞对吧？"

还好预定蛋糕的时候约了跳舞配送，虽然加了点钱，但是白兔庆幸自己的选择。

"对。"

"进来吧!"

白兔带着蛋糕回到吧台,告诉老板今天是冉康的生日以及这是生日蛋糕。

"这位熊猫,说好的表演呢?"

"表演?"

所有人都向那只熊猫投去视线。

熊猫拿出手机,开始播放动感的音乐,随着音乐起舞。

多年后,有人问起王冉康是否有过难忘的生日经历时,他都会回想起这一天。这一天,一只怪异的熊猫突然闯入他工作的酒吧中,二话不说开始跳舞。那段舞惊心动魄,以至于化为了梦魇缠绕了冉康一整个月;即使是见过许多怪异顾客的老板,也从没见过这样的舞蹈。于是第二天开始工作之前,她把前一晚的监控录像清空,她不允许这段舞蹈的影像资料留存于世,若是让有心之人偷走,说不定会引发什么灾难;至于白兔,在熊猫舞蹈的短短两分钟内,已经在脑内撰写了千字差评,准备一会儿写在那家蛋糕店的网站上。

森琦和王毅朗一致认为是自己喝多了,才会看见作为人类本不应该看见的舞蹈。

曲毕,舞蹈结束,熊猫摆了个奇怪姿势,随后鞠躬谢幕,离开酒吧。

又一次,整个酒吧陷入了沉默。

只是和之前剑拔弩张的气氛不同,现在空气中弥漫着尴尬的气息,每个人都默不作声,像是吞了只苍蝇一样。

"我真是喝多了。"森琦扶了扶额头。

"也有可能喝醉的是这个世界。"冉康苦笑着。

"我有点不舒服，我去后面休息会儿。"老板转身进入休息室。

"我也去。"

"那我也。"冉康看了眼吧台上似乎没有什么贵重物品，转身也进了休息室。

吧台旁边只剩下王毅朗和森琦。

"喝多了，就不要说胡话了。"王毅朗冷冷地开了口。

"王老板，我知道你的事。"

"哦?"

"你原先就是个小混混，后来突然被提拔负责南岸的一个项目，"只剩下两个人，森琦说话也更直白了些，"据我所知那个项目有几户钉子户，他们聘请了一名律师，姓韩，是当地知名的'慈善律师'。你当时的工作就是去威胁那些人，好让他们尽快搬走。"

森琦顿了顿，用手拨动杯子里融化了一半的冰块，王毅朗不置可否地耸耸肩。

"谁都有不光彩的过去，我不否认。"

"再后来，那个律师就遇害了，凶手没有抓到，你却消失了。那些人家也因此放弃索要更高额的赔偿，事情就此了结，项目也得以推进。王老板，你就是在那件事之后突然成为项目负责人的，对不对?"

"对又如何?"

"不觉得太巧了吗?"

"万事都是有点巧合的。"

森琦微笑着说："是啊，世界上有很多巧合。你接手这个项目后，由于那几年经济不好，本来应该作为商场建设的大楼进度缓慢，最终项目难产而死，成了南岸最大的烂尾楼。"

"做生意，总是会亏的。"

"我就随口一说，你不用太紧张，王老板。"

"呵呵，我怎么会紧张。倒是你，胡话说太多了。"

似乎是一种警告，森琦手臂上的汗毛不自觉地立了起来。

"我知道红线在哪里，如果我出事，你觉得那三个酒保会不会把今天的事告诉警察？"

"别把人说得和黑社会一样。"

"回到正题，这几年大环境好了，你又回到这座城市开始投资。比如江东区的茶餐厅、铁板烧，还有江北的那个澡堂——原本破烂不堪，快要倒闭了——你收购了那个澡堂，翻新成大浴场。老实说，在这个城市开浴场，我觉得不太理智。"

"不是所有投资都是理智的，这些地方我以前喜欢去，所以买下了。"

"王老板真是念旧的人，想必对那座旧楼也是如此吧？如今南岸的经济转好，我听说，那座楼现在要拆了重新规划。"

"这座城市能因此变得更好，我很高兴。"

森琦不满地咬着嘴唇："你知道吗，当年你付不起那些人工资跑路之后，造楼的工人们有些无家可归，就成了流浪汉，住在那栋烂尾楼里苟活。"

"我看到网上有人说，那些流浪汉是城市的蛀虫，作为记者的你是怎么看待这些评论的？"

"胡说！如果没有这些人我们住在哪里？这些人不是蛀虫，而是一颗颗螺丝钉，共同铸造这座城市！"

"螺丝钉……"王毅朗转过头盯着森琦，他的眼中带着意味深长的笑意，"不论是蛀虫还是螺丝钉。总之，不是'人'对吧？"

森琦像是被噎住，说不上话。

"我很荣幸能够成为螺丝起子，与螺丝钉一起建设这座城市。"王毅朗露出浅浅的微笑。

森琦拿起酒杯，把酒杯中残留的冰水倒入喉咙，故作镇定。

"随便你诡辩，我只是想说，现在的情况和那时候一样。"

"那时候?"

"那时候钉子户不愿意搬走，于是韩律师死了，项目推进；如今烂尾楼里住着那么多流浪汉，要是不把他们赶走怎么拆楼重建? 于是这个节骨眼碰巧又死了一个人，烂尾楼因此被清空，相信年后项目又能推进了吧! 这种几乎一致的剧情，你是不是又要说是巧合?"

"我说了，万事都是有点巧合的。"

"这明明是出自一人之手的伎俩!"

杯中的两块冰渐渐融化错开，撞到杯壁，发出轻微的声响。

"说了这么多，你不过是在臆测而已，没有任何证据。"

"是的，就像七年前的那起律师杀人案，由于没有找到凶器而没办法确定凶手。"

"令人失望，我还以为你是正经记者，原来只是哗众取宠的小丑。"

森琦没有回应，他已经打光了全部的子弹，本想着能够抓到王毅朗话中的破绽，谁知道他说话滴水不漏。王毅朗笑着从怀里拿出香烟盒，抽出一根递给森琦。

"抽烟?"

休息室里，白兔和冉康把耳朵贴在门上，偷听吧台上两人的谈话。

"什么小丑……律师……"

"根本听不清嘛!"

"以后出去不要说我是你们师傅,偷听顾客谈话,有失调酒师的品格。"

"老板你就不在意么?"

"有时候知道得越少越好。"

白兔突然想起来了:"咦,我的蛋糕呢?"

"放在外面了。"

"快拿回来给王冉康过生日啊!"

"这种时候么?"冉康认为现在酒吧的气氛很难吃下蛋糕。

"马上就要到十二点了!"如今的白兔已经无法再等待,她一晚上没吃东西,只等着这块蛋糕,再不吃东西她就要晕倒了。

"那你去拿吧。"

"我才不要出去面对那两个人。"

"我也不要。"

"行了,哪有在顾客面前偷吃蛋糕的,一起出去吧,就在外面切了,然后分客人一块。"

老板起身,带着两人走出了休息室。

吧台旁,王毅朗点燃一根香烟,森琦低头摸着酒杯。

"老板,再来两杯螺丝起子。"

"好的。"

老板回头对冉康和白兔说:"你们两个人分工吧。"

开店前榨的柠檬汁早就用完,冉康不得不重新切开一个柠檬,榨取柠檬汁,白兔则准备调酒。

喝多了的人样子千奇百怪,有些人会做出一些疯狂的举动,有些人则看起来和常人无异。王毅朗和森琦都属于后者,虽然外表看起来很正常，说话还有逻辑，但是他们早就已经到达了极限。在这种情况下王毅朗又点了两杯酒，想来也是有些上头了。

酒吧门上的铃铛又响了，进来一位头上绑着绷带，穿着黑色西服的男人，他的胸前戴着黑白色的领带。

"晚上好。"三人异口同声。

男人拎着一个小小的购物纸袋，上面印着"Lotsip"，白兔好奇地看着他手上的购物袋，话到了嗓子眼又咽了回去，开始低头倒酒。

他走到王毅朗的身边，王毅朗微微侧过脸，男人低下头对王毅朗说了什么，王毅朗摆摆手说："知道了，你去车上等我，我马上就来。"

男人鞠躬，将手上的纸袋交给王毅朗，走出酒吧。

"螺丝起子，还有一个别名——渐入佳境。"白兔将酒递到二人面前。

王毅朗拿起酒杯，面向森琦："记者先生我还有事，今天聊得很开心，账都记在我名下。"说完，他把那一整杯螺丝起子一饮而尽，缓缓起身，整理了一下衣领，拿着纸袋向门口走去，走了一半却又回头："老板，厕所没人吧。"

"没人。"

果然是喝多了，刚刚那个瘦子走后没人进过厕所啊，老板想。

丝毫看不出喝多了的样子，王毅朗迈着稳重的脚步走入厕所，缓缓关上门。他调整了一下呼吸，下定决心后走到马桶旁边，跪在地上，顺手把纸袋放在马桶边，低头呕吐。

已经到极限了，但是不能让外面的森琦看到自己的窘态，他尝试控制呕吐的声音。

厕所里传来的呕吐声吓了吧台里的三人一跳，三人对视一眼，选择无视。

森琦笑了笑，拿起螺丝起子喝下一小口，他的眼皮开始打架，似乎撑不了多久了。

老板打开蛋糕的盒子，把蛋糕拿到吧台上，王毅朗从厕所里出来，他看起来并没有任何异样。

"终于可以吃蛋糕了，我要饿死了。"

"你就是因为这个蛋糕才不吃饭的吗？"

"熊猫奶油的这个蛋糕可是很有名的！"

"谢谢啊，特地为我准备蛋糕。"再康发自内心地感谢道。

"能吃到这个好东西都是沾了你生日的光，应该谢谢你！"白兔嘻嘻笑道。

老板拿出切蛋糕的刀："王老板，吃块蛋糕再走吧。"

"不了，我喝口水。"说完，王毅朗回到刚刚的位置上，拿起水。

"好吧。"

老板落刀，将蛋糕切成四块，正要抽出其中一块的时候，她的眉头紧锁，动作也停下了。

森琦的眼皮已经合上，手托着头昏睡过去，正在喝水的王毅朗视线正好落在蛋糕上。

"怎么了？"白兔问。

"我得走了。"王毅朗的表情变得非常难看，他放下水杯，走出酒吧，抬头看了看天空。

开始下雪了。

老板把刚刚准备抽出的蛋糕放回了原来的位置，放下蛋糕刀。

"好像变质了。"她抬起头，对着白兔尴尬地笑了笑。

"变质了？气死我了！跳那种舞，竟然还送来变质的蛋糕，我一定要给他们差评!"白兔气得直跺脚。

"行了,你去后面休息一会儿写个差评吧,吧台我和冉康收拾,今天就这样吧,马上打烊。"

"我要写一千字的差评!"白兔回到休息室。

老板看了眼已经睡着的森琦,暗自松了口气。

"到底怎么了?"冉康察觉到事情不对劲。

"你有李承航的电话吧?"

"嗯,之前他留了号码。"

老板的脸色阴沉下来:"你打电话叫他过来,说有重要的事。"

"什么重要的事?"除了要他还账之外冉康想不出还有什么别的重要的事。

"他来了再说,告诉他很重要。"

"好。"

冉康走到一边,开始打电话。

老板咬着下嘴唇,紧张地用右手来回揉搓左手的手腕,后背已经渗出冷汗。

切开蛋糕的瞬间,她看见了那个藏在蛋糕里的东西——一根人类的手指。

第三章　　　于是，

雪花飘落夜空　　　完

1

　　喂？哥，都说了别担心了。对啊，我就是要去见那个熊猫骑士，熊猫骑士怎么可能是坏人？被骗？怎么可能被骗？你太啰嗦了，我要挂了！

　　哥，救救我！

　　嗯，没事了。医生说都是皮外伤。现在已经联系不上了，但是他们说我一旦报警就会把那些照片公之于众。哥，我该怎么办……

　　那个救我的人？我记得他骑着一个很破的摩托车，戴着头盔，穿着有点破有点旧的黑白色皮夹克，后背印着一个巨大的熊猫笑脸……对，如果不是他，我肯定就被……如果找到他，我想向他道谢。

　　你疯了？为什么打人？那你是不是要把所有自称熊猫骑士的人都打一顿？你先冷静一点，不要再打人了！

　　没什么事，就是看到那篇文章底下的评论觉得好笑……什么正义的化身，什么熊猫骑士，全是狗屁！嗯，所以我就骂了，有什么关系，我只不过在说事实而已。

　　网上吵架而已，那个叫莫夏桐的博主脑子不好，傻白甜一个，还真的相信什么熊猫骑士。我知道她粉丝多，但事实就是事实——熊猫骑士不存在，就算存在，也绝对不可能是什么好人！

　　喂，我……我不知道，不知道为什么照片会传出来，我已经报警了……

嗯，昨天去医院拿了点药。虽然医生那么说，但是我自己完全感觉不到什么情绪不稳定啊，还挺稳定的。不用来我家，好吧，你来吧，呵呵，什么小布丁？是小时候喜欢的。谢谢你，哥。

圣诞节？还有一个月吧。没兴趣，没事，药吃了。我有点难受，先挂了……

为什么是我呢？为什么要一直骂我呢？明明我才是受害者啊！为什么说我活该？太荒唐了，明明觉得就是这么荒唐，但是每天还要承受这样的言论。我有时候觉得很可笑，这些人坚称喜欢"正义"的熊猫骑士，实际上却利用照片攻击我……如果熊猫骑士不存在就好了。哥，我好难过……

放心，我不会做傻事的，我死了你怎么办呢？

喂，哥，救救我……

没事，挂了。

突然想给你打电话。我好多了，药也吃完了，现在很健康。你听说了吗，今年江北街有烟花秀，到时候要不要一起去看？好，就这么说定了。

没事，就是想和你聊聊。对了，跨年那天好像会下雪，不知道会不会影响烟花秀。嗯，我有点不舒服……

糟糕了，现在我站在大桥上，看着江面，有一种随时想要跳下去的冲动，我很害怕，我不想死！能不能来救救我？

哥，对不起……

2

　　细雪落在熊猫白色的毛发上，迅速消融。地面上生出细小的水渍，点点水渍逐渐交融在一起，原本灰色的地面颜色变深。大庆伸出手，毛绒手套让他无法感知很久没见的雪，只能隐隐看见白色的东西落在熊猫的肉垫上。

　　"竟然下雪了。"

　　大庆看向夏桐之前所在的地方，并没有如愿看到她。

　　他有些失望，认为夏桐不辞而别。说来也是，在配送完最后一块蛋糕之后，这个漫长的夜晚终于要结束。大庆有些过意不去，到头来没能让夏桐拍到有用的素材，中途甚至还和她吵了一架。他想，夏桐也许气还没消，所以才不辞而别的吧。

　　他拖着有些沉重的步伐走到车边，蹲下身子仔细检查了一下车子还有哪些伤，顺便估计一下自己需要赔偿多少钱。

　　这个月白干了，他得出结论。

　　他缓缓起身，突然视线落到了电动车停车位边的某个东西上，那个东西看起来有些眼熟，他走到那个东西前，认出那是之前背在夏桐身后的双肩包。

　　包被丢在地上，开口的拉链没有拉上，熊猫先生的半个头露在外面，一如既往不羁地微笑。大庆盯着双肩包，一个糟糕的想法缠绕在他的心头，他弯腰捡起地上的背包，背包下面露出了夏桐的相机。

不论是熊猫玩偶还是相机，夏桐都不会随意丢在地上。

为什么会被丢在这里？

大庆拿出熊猫玩偶，他第一次这么仔细地看着熊猫先生，此前他没能注意到，熊猫先生的右手部位好像有点泛白，应该是过度清洗的结果。整个玩偶，只有右手有这种痕迹。

"那个时候……"

记忆冷不丁地涌上，那是大庆的自行车被抢后的事。他无力地坐在地上，终于把泪水忍住，右臂上的伤口还在往下流着血。肾上腺素暂且压制住了痛感，等到逐渐冷静下来，他终于感到疼痛，看到伤口不自觉地倒吸一口凉气。他起身，身体发软垂头丧气，像是一个被世界抛弃的孩子。这时，耳边传来了女孩的声音。

女孩看起来是小学生，她的胸前抱着一个熊猫玩偶。她问，你怎么了？大庆说，没事。但看起来不像是没事的样子，你流血了。没事。你流血的地方和熊猫先生一样。大庆瞥了眼她手上的熊猫玩偶，那个熊猫的右手也泛着红色，虽然能看出来洗了很多次，但是红色还没有被完全洗净。女孩好奇地走到大庆身边，大庆下意识转身，女孩却抓住了他的手腕。她说，你的伤很严重，得去医院！大庆满心想着刚刚被抢走的车，没有心思去医院，于是他说，这点伤随便包扎一下就行了。大庆转身就走，女孩紧紧跟着他。走了几十米，大庆有些不耐烦地说，别跟着我了。但女孩还是跟着他，她说，去包扎一下吧。或许是拗不过女孩，又或许是他也感觉手臂上一直在流血，两人来到一个小诊所，好在伤口不深，不需要缝针，诊所的护士为大庆包扎。护士上了药，包了好几层纱布，女孩却说不够，最后女孩拿着纱布，又绕着手臂包了一层，才满意地笑着点头。

大庆觉得有些荒唐，天下竟然还有这么巧的事情。

不安笼罩着他。他打开相机，看到了那张鬼火的相片。

是那个胖子骑的鬼火。

他仔细看着鬼火的背景，和面前的停车位能够对得上，证明这张照片就是在这个地方拍摄的。

是报复。

他第一时间想到，是那个胖子和瘦子凑巧也来到这里，夏桐看到这辆车起了疑心，上前拍照，被那两个人发现，于是报复性地掳走了她。

大庆慌了神，不知道该如何是好。

报警……但是有什么能够证明夏桐被掳走的证据么？要是被问自己和夏桐是什么关系又要如何回答？

自己进去配送和跳舞花了不到十分钟，失踪十分钟是怎么也不可能立案的。

他突然很后悔，当时应该让夏桐跟自己一起进去的。

大庆呆呆地站在原地思考。

不能就这样呆站着，应该动起来。他把相机装到包里，背上背包启动摩托车。

或许不应该开走，或许应该留在原地等夏桐，说不定还有什么没有察觉到的线索……脑中充满了各式各样矛盾的想法，无论怎么做好像都是错的，完全看不到正确的道路。

不知道开往何处，熊猫摩托在道路上没有目的地行驶着。

熟悉的身影擦肩而过，是交警——或许就是之前遇到的那个交警。

这是他唯一的救命稻草，大庆不顾地上的实线，在汽车的鸣笛声和司机的叫骂声之中掉头。

3

看到摩托车的图片之后，李承航好像突然意识到了什么，不论瞳晓怎么问他，他都一言不发。瞳晓无奈地干坐着，看着李承航若有所思的表情，默默等着面前的茶水冷却下来，喝上一口。安静的氛围被李承航的手机铃声打断，李承航接起电话，神情凝重。

"怎么了?"

"我去趟 Panbar。"说完，他就拿着外套出了门。

瞳晓没有问他去干吗，去酒吧无非就是喝酒。但今晚，她不打算再去喝一杯了，加班的疲倦让她只想回到自己的床上躺下。她看了眼手机，天气预报显示很快就要下雪。瞳晓坐在值班室，很久都没有看到雪了，她想等到下雪了再走，便托着下巴看着窗外的夜景。

师傅的表情有哪里不对劲。

她见师傅露出过很多次这种表情，那是洞悉了真相的表情。难道师傅已经解开了烂尾楼之谜？但是那副表情为什么又显得如此凝重呢?

目前的线索已经足够解开谜题了吗?

或许师傅掌握了自己不知道的线索。

下雪了。

瞳晓收拾了一下茶杯，准备换下制服。

"为什么突然要去 Panbar?"她喃喃自语，手上的动作停下了，想起了那杯没喝的"烟花"，又联想到表哥的短信。她拿出手机，依旧没有收到回信。

表哥莫名奇妙的短信、师傅悲凉的表情，一晚上怎么净是些令人不安的事情？

或许，应该去向师傅问清楚。

瞳晓穿上外套戴着头盔，走出了值班室。650TR 的坐垫被濡湿，她用手套擦了擦，坐上去，开往 Panbar 的方向。

途中，她不由得思考起了烂尾楼那个被烧焦的尸体。

得知案件细节后，师傅问了一个令她觉得有些业余的问题——为什么要把尸体烧了呢？瞳晓说，还用想么？毁尸灭迹。师傅问，那么灭的是什么痕迹呢？瞳晓说，或许是尸体身上沾了凶手留下的痕迹，比如衣服上残留了指纹和鲜血之类的。那为什么要把整个尸体都烧掉呢？烧掉衣服不就行了？因为尸体上也沾染了无法被消除的痕迹吧？是什么？这暂时还不知道。师傅点燃一支烟，你知道烧掉一具尸体要耗费多少精力和时间么？如果是皮肤上有痕迹，那么就切下那块皮肤，如果是衣服上有痕迹，就应该脱下衣服或毁掉衣服的一部分。瞳晓说，那就是凶手不想让人发现尸体，索性全部烧了。师傅摇摇头，尸体还是被发现了，就在烂尾楼旁边。明明这个烂尾楼住着这么多流浪汉，凶手应该知道尸体被发现只是时间问题，把尸体放在烂尾楼外，看起来像是等着被发现。瞳晓说，也许是想要隐藏死者的身份。真的是这样么？如果死者的身份很重要，那说明死者的身份能直接锁定凶手。这种人的人际关系应该是非常明晰的，只要调查一下最近失踪的年龄相符的男性，很快就能确认死者身份，自然也能锁定凶手身份了。要么就是……死者也是流浪汉？没有人会因为他的失踪而报警。师傅吸了口烟，这样的话，死者的身份就完全不重要了啊，凶手是为了隐藏死者身份而焚尸的假设就更站不住脚了。

瞳晓觉得凶手也许根本就没想这么多，烧掉尸体只是想延缓警察的调查工作，以换取自己逃亡的时间，所以比起这个问题，瞳晓更想知道凶手是如何离开现场而不在泥地上留下脚印的，她心中有了一个构想，但是还没有证据。

她认为答案是木板。

将长条状的木板放在泥地上，再从上面经过，泥地上虽然会留下木板的痕迹，但留下的痕迹相对脚印来说较浅，不会那么容易被察觉。

师傅问她，按照她的构想，为什么凶手要用这种方法掩盖脚印呢？

如果凶手意识到脚印可能会暴露自己的身高体重，那么他可以踮着脚或者换上一双鞋——比如穿着死者的鞋子通过泥地，而不是用什么木板来掩盖脚印。退一步说，就算没有鞋子可换，凶手依旧可以倒着从泥地里走出去，每走一步就将前一步的脚印抹掉，一样能够达到掩盖身高体重的效果，用木板是一个看起来很聪明，实际上很笨的做法。

现在，瞳晓已经想到弥补这个漏洞的答案了。

身后传来断断续续的鸣笛声。

瞳晓将摩托车往路边靠了靠，以为是自己挡住后面车子的路了。但是鸣笛声还在持续，瞳晓有些不满，自己已经靠边，也降了速，如果觉得自己挡路超过去就好了，为什么一直按喇叭。她转念一想，大马路上一般不会有人敢朝着警察按喇叭，除非是遇到了什么紧急的情况。于是她靠边停车，转过头。

熊猫。

此前在自福巷里见到的熊猫，正向着自己行驶而来。

熊猫追上瞳晓，气喘吁吁地摘下头盔。

"太好了！果然是你！"

看到穿着熊猫玩偶服的男人的脸，这一次，她想起来了。

"向大庆？"

"你是凌瞳晓？"

"对！"

"你怎么当交警了?!"

"你怎么当熊猫了?!"

两人沉默半秒，然后相视而笑。

大庆很快就收起笑容，现在不是叙旧的时候："夏桐被掳走了！"

"夏桐？"

"就是和我一起的那个女孩！"

"我这就联系……"她顿了顿，"那你得赶快报警！"

大庆将事情的来龙去脉告诉了瞳晓，她摸着下巴："的确很难办，按照你的描述，警察是不可能因为这点线索就出动的……"

"没错，但是还好我遇到了你！"

"我？我只是一个交警。"

"就因为你是交警，我想拜托你找到这辆车！"大庆打开双肩包，拿出相机，把夏桐拍的鬼火照片递给瞳晓看。

瞳晓一眼就认出了这辆车，她有些激动地说道："我之前把这辆车的照片发到工作群里了，也许已经有人看到这辆车了！"瞳晓拿出手机，看到同事在几分钟前发来了一段语音，她立马点开。

"瞳晓，我看到你发的那辆车了，往南岸西边的烂尾楼去了，车上一个男人一个女孩，这车有什么违章么？"

坏了。

自己太大意了，她本应该摘下头盔把这段语音放在耳边单独听完再选择性地告知大庆，外放让大庆也听见了这段语音。根据大庆的描述，很可能是那个胖子掳走了夏桐，对方是绑架犯，是十分凶恶的犯罪者，瞳晓决不允许因为自己的失误让一般市民直面这种危险的犯罪分子。

"烂尾楼？原来是这样。我知道了，谢谢你！"

"等一下，你不要冲动。"

大庆没有理会瞳晓，迅速掉头压过实线，向着通往南岸的大桥驶去。

如果放任大庆不管，他一定会遭遇危险，但是师傅……

她陷入犹豫，不知道接下来该如何抉择。

瞳晓抬头，看向 Panbar 的方向，一辆黑色奔驰商务车从她身边驶过。

4

傅绅义从后视镜看到了一个十分像是熊猫的摩托车骑士，觉得有些瘆人，他稍微踩了下油门，商务车突然加速，那个熊猫被远远甩在身后。

"小傅啊，你也跟了我不少年了。"

"嗯。"

"那你还不明白喝完酒后坐颠簸的车，会很想吐么？"

"抱歉，这车的马力太大了，我还没适应……"

王毅朗拿起车上的水漱口，再咽下去。呕吐让他的喉咙和鼻腔很不舒服。

"今晚事情真多啊……"

"是吗？但是什么都没发生啊。"

"你还是太年轻了，现在只是暴风雨前的宁静而已。"

"暴风雨？没听说今天要下暴雨啊，倒是雪……"

雨刷刷过车的前挡风玻璃，刮下一层雪花，雪越下越大了。

"这座城市会下这么大的雪，太罕见了。"

"是啊。"

"哼……这也在熊猫骑士的计算之中么？"

"熊猫骑士？"傅绅义愣了一下，"就是都市传说熊猫骑士么？"

"你觉得熊猫骑士的身份是什么？"

王毅朗突然的提问让傅绅义不知道该说些什么，他一直认为熊猫骑士只是人们虚构的都市英雄。

"我猜，既然是都市英雄，那至少是个男人……"

"不是。"

"是女人？"

"不是。"

"老大，你要是再说别的答案，可就要超出我的想象了。"

"呵呵，"王毅朗笑了笑，"你还是缺乏想象力……"

"什么？"

"我们现在是去哪里？"王毅朗没有回答，而是转移了话题。

"不是按照你的吩咐，去南岸的那个烂尾楼么？不过，那个楼不是要拆了重新招标么？哎，这么多年了，终于要动起来了，那个烂尾楼都快成为这座城市的地标了。"

"哼。"

"当然，不是说这都怪老大……"

"我是想问你，你知道我为什么要去那个烂尾楼？"

"不知道。"

"我要去和熊猫骑士做个了结。"

傅绅义怔住了，他自以为了解老大，但是从老大的话语中，傅绅义猜测熊猫骑士与老大有着自己不知道的渊源。

"老大，你认识熊猫骑士？"

"小傅，你跟我最久，这些事你应该知道……"

傅绅义咽了口口水，握紧了方向盘。

"在告诉你之前，你先联系几个信得过的兄弟，今晚要'葬花'。"

他拿出手机，边开车边编写短信："安排好了，都是跟了我们很多年的兄弟，过了桥应该就能看见他们了。"

"好，"王毅朗清了清嗓子，"第一件事，是你我都知道的，那封用报纸上的字拼凑而成的威胁信。"

"监控还拍下来了，是一个戴着熊猫头套的怪人。"

"我早就说了应该给公司安装一个靠谱的安保系统，年后你落实一下。"

"好的。"

那封信的内容如下：

我掌握了你杀人的证据，如果不想我报警，就在 12 月 31 日午夜 12 点前，来杀人现场。

"非常拙劣的威胁信。"傅绅义说。

"连陷阱都算不上。就算我真的杀了人，让我去'杀人现场'，我去了不就代表自己承认了?"

"写信人认为老大你就是烂尾楼杀人案的凶手? 你就是要去赴这个约么?"

王毅朗没有回答第一个问题，只有他自己知道，信中所写的"杀人案"可能并不是单指烂尾楼杀人案。

"我还没有愚蠢到因为这种威胁信就自投罗网的地步。"

"所以报警真是一个明智的选择。"

"的确。再来说说第二件事，最近网络上传得很凶：熊猫骑士会在 12 月 31 日午夜 12 点之前回到烂尾楼。"

"熊猫骑士……和威胁信有什么联系?"

"如果给我寄威胁信的就是熊猫骑士呢?"

"那个头套男么……"傅绅义想到监控里那个戴着毛线头套的男人的滑稽姿态。

"现在外界乃至警方都认为，熊猫骑士和烂尾楼杀人案有着密切关联，网上突然传出了这个留言，想来是有人推波助澜，把这个消息传播开来了吧。"

"警方今天也会去么?"

"烂尾楼的搜查第一天就差不多结束了，警方不会因为网络上莫须有的留言就出动警力。"

"那现在烂尾楼既没有流浪汉，也没有警察。"

"一方面让我去'杀人现场'，一方面传出熊猫骑士会回到现场。哼，想要算计我。"

"什么意思?"

"无非是熊猫骑士想要在烂尾楼将我当场逮捕，既能洗清自己的嫌疑，也能让我当替罪羊。"

"明知是陷阱，老大你为什么还要去？"

或许是因为那封威胁信所指的案件真的到了不得不了结的地步吧。

王毅朗没想到，熊猫骑士竟然已经调查到了那时候的事件，如果这件事处理不好，可能让他多年来的努力付诸东流。王毅朗认为，那个叫森琦的记者之所以知道韩律师的事，是因为他在采访熊猫骑士时，熊猫骑士将此事件告诉了他。这也更让王毅朗确信，熊猫骑士手里真的握着他杀人的证据。

当年的律师被杀事件，警方因为没有找到凶器而不得不将王毅朗释放，但是王毅朗一刻也没有感到过安心，因为那个凶器，他自己也一直没有找到。

如果威胁信中所写的证据就是凶器的话……

这件事，是他埋藏于心里的秘密，就连最信任的傅绅义也没有说过。

"因为我被威胁了。"

"威胁？"

"刚刚有一个熊猫，给酒吧送来了一块蛋糕。"

"蛋糕？难道是……"

"蛋糕中有一根手指。"

"手指？难道是……"

傅绅义知道王毅朗所说的蛋糕以及手指，因此他才觉得荒谬。

"没错，就是你想的那样。我只是随性到常去的酒吧喝酒，就收到了这块蛋糕。明显是冲着我来的，仿佛是在告诉我，不论我逃到哪里，都会找到我。"

"老大，真的有人能算计到这种程度么？"

"一个人的话，很难做出这么周密的计划。威胁信、网络留言、蛋糕。"

以及自己多年前的秘密。

"老大的意思是？"

"是的，恐怕熊猫骑士既不是男人也不是女人，根本就不是一个人，而是一个组织！"

"竟然是组织！"

"哼，姑且叫他们熊猫骑士团好了。这就能解释得通他们为什么能安排得如此周密。那只跳舞的熊猫，一定也是熊猫骑士团的一员！跳那么奇怪的舞，分明是对我的挑衅！"

王毅朗紧紧地攥拳，打在松软的座垫之上。

傅绅义没有看到那段舞蹈，不知道老大在说什么。

"老大，我叫的人够么？"听说熊猫骑士是一个名为熊猫骑士团的组织，傅绅义有些担忧自己的人手不够。

"放心吧，我推测对方虽然是熊猫骑士团，但是应该也只有三两人而已。"

"但他们是用心险恶、极为狡诈的恶徒！"

在正常人眼中，现在车上的两人才是真正的恶徒。

"虽然计划周密，但是这种脑子好的家伙大概只是一群胆小鬼。只要有这个，他们不敢奈我何。"

傅绅义从倒车镜中看到了王毅朗通红的脸，他搞不清楚老大到底是清醒还是依旧醉着——他竟然想要自己一个人去对付一整个熊猫骑士团。

镜中，王毅朗露出狡黠的微笑，摸了摸傅绅义给他的纸袋，上面写着的英文他们两个人都看不懂。

5

"你去干吗了?"

"上厕所。"白兔把写着"Lotsip"的纸袋背在身后。

"都和你说不要乱跑。"

"没办法,人有三急。"白兔一头钻进了休息室。

"怎么了?"休息室里的冉康看到从门口进来的白兔,问道。

"我是去给你拿生日礼物了。"

"生日礼物?"

白兔露出笑容,把手中的纸袋递到冉康的胸前:"给。"

冉康苦笑着接过礼物:"你把这玩意儿藏在哪里了?"

"秘密!"

要是让冉康知道礼物一直在厕所里,也许会被嫌弃。

冉康正准备打开礼物,休息室的门被打开,冉康慌张地把纸袋塞进了一边的衣柜里。

老板探出头:"你们两个出来一下。"

"哦。"

两人像是心虚的贼,佝着背走出了休息室。

吧台的一侧,李承航正盯着笔记本电脑上的监控画面,那是酒吧上方的摄像头拍摄的视频。监控中,一个穿着古怪熊猫玩偶服的人跳着怪异的舞蹈。

"怎么看这段舞蹈都太可疑了。"李承航摸着下巴，歪头皱眉。

"李 Sir，您能不能关注一下重点，这个时候蛋糕已经不在他手上了。"

"但是这个舞，咋个会跳成这个样子呢？"

"李承航！"

"好，我晓得。行了，这些监控视频确实能够证明，蛋糕和你们没关系。"李承航终于抬起头，看向三人。

"就是说我们可以走了？"白兔有些开心。

在被警察纠缠着一次又一次问着同样的问题后，本来还觉得有些新鲜的白兔感到厌烦，更何况晚上到现在她什么都没吃，早就想去吃饭了。

"蛋糕是你买的对吧？"

"这个问题我都回答好几次了……"

李承航想，就算老刘他们内部会整合情报，和他这个小片警也没有关系。

接到冉康的电话后，他就有一种不祥的预感。到了酒吧，老板脸色铁青指了指吧台上的蛋糕，她在蛋糕之中发现了一根手指，于是作为片警的李承航第一时间联系了曾经的刑警同事老刘。老刘带来好几个人进行了调查，将断指和蛋糕带了回去，随后对酒吧里的三人进行问话。

只有烂醉如泥，倒在沙发上呼呼大睡的森琦躲过了警方的盘问。现在，警察把蛋糕和手指都拿走了，该问的问题都问完了，视频也拷贝了一份带回队里。老刘认为在场的人和蛋糕里的手指都没有关系，因此暂时放过了他们，正当三人松了一口气的时候，李承航对他们进行了又一轮的盘问。

"你一个片警要问这么多？"

"说啥子哦，你第一时间不是也联系了我这个片警？"

"该说的我们都说了，你还想知道什么，就去问那个老刘。"

"算了，该知道的我也都知道咯，"李承航把视频暂停，指向画面的右下角，"王毅朗又来了吗？"

"是的。"

他弯腰，仔细看着王毅朗。

"胖了点嘛。"

"你们的恩怨我不感兴趣，他只是恰好来喝杯酒而已。"

"那个人和王毅朗聊了很多嘛！聊了啥子？"李承航指着躺在沙发上的森琦。

老板抱胸，看起来不想回答这个问题。

"看你小气的，不问了！"

手机响了，李承航接起电话。

"老李，这回你立功咯！"

"立功能让老子回队里吗？"

"哎呀，你这个事以后再说！"老刘在关键问题上只会这样打哈哈，"首先有一个坏消息，我们联系蛋糕店了，店员说配送员暂时联系不到。"

"配送员……就是监控里的那个熊猫么？"李承航看向监控上的熊猫。

"是的，因为他本来就不是什么正规的工作人员，只是兼职，所以店员也不知道他的身份信息，只知道他叫向大庆。"

"有没有好消息？"

"好消息是根据这根手指的指纹，我们查到了主人。"

"哪个？"

"李堀，四十五岁，有多次盗窃前科，不过都是六七年前的事。现在我们正在比对手指和烂尾楼尸体的 DNA。"

"你觉得手指的主人就是那具烧焦的尸体？"

"那具尸体缺少了一根右手食指，这也是一根右手食指，这样怀疑很合理。不过大概五年前，李堀的家人就报警说他失踪了……"

"家人？"

"他有一个儿子，叫李笑。"

"也就是说，他和儿子失联了五年。"

"不仅如此……"

"嗯？"

"李笑也失联了。"

"李堀失踪立案之后，警方在去年回访过一次李堀家，却没有找到李笑。据李笑的亲戚说，某天李笑也不见了，但是没有人报案，也就没有立案。"

"没人报案就不立案？李笑失联明显和李堀有很大关系！"

"对村里的派出所而言多一事不如少一事，我也没办法！"

"我晓得了！"李承航气愤地挂断电话。

酒保三人组尴尬地看着李承航。

"行了，没你们啥子事了！"

冉康和白兔松了口气，转身走进休息室。

"老板，能把他叫醒吗？老子要问他问题。"

"如果有让醉酒的人迅速醒来的办法，请务必告诉我这个开酒吧的，说不定我能多卖两杯酒。"

休息室里，白兔和冉康收拾完毕，套上外套准备下班。

"终于能走了，我实在是太饿了。"白兔疲惫地叹了一口气，摸了摸自己的肚子，虚弱地低下头。

"去吃麻辣烫么?"

"就是你之前说的无解的夜宵麻辣烫?"

"好像是在南岸的西边，要不要去找找看?"

"好，今晚饿了这么久，一定要吃到大餐!"白兔跃跃欲试。

冉康笑了笑，白兔把区区麻辣烫当成大餐，可见她已经饿得不行了。

白兔迈着坚定的步伐走出休息室，冉康从衣柜里拿出背包，看到白兔刚刚给自己的生日礼物，他拿着纸袋："这个牌子好像是很有名的男装。"

"快走吧，要饿死了!"白兔的声音传来。

"来了!"冉康把袋子装进背包，走了出去。

李承航看着白兔和冉康走出酒吧，便移步到吧台坐下。

"我能点杯酒么?"

"李 Sir，你觉得出了这么大的食品安全问题，我还会继续营业么?"

"那就不算营业，送我一杯咋样?"

"那麻烦你清一下之前的账。"

"你这个人真的一点感情都没!"

李承航不满地别过脸，看到吧台上的手机。

"你的手机?"

"不是。"

"那就是他的咯?"李承航把手机拿在手上把玩。

"不要乱动别人的东西好么？"

"反正手机肯定上锁了，我又打不开……"

李承航随手点了下屏幕，手机没锁，他有些惊讶。

手机似乎是被设置成了不熄屏，在森琦睡着后手机也没有自动上锁，之所以看起来像是锁着，是因为屏幕很暗。

"你最好不要……"

手机在录音界面，李承航推测森琦打算录下和王毅朗的对话作为素材。

"天上掉下来的线索，哪有不听的道理？"李承航咧嘴，不正经地说道。他选中唯一的一段录音播放——谁知当时森琦的意识已经完全被酒精侵蚀，他以为自己按下了录音键，实际上并没有。

手机里传来的是一段女声，听起来像是电话录音。

6

录音播放完，孟焦沓擦了擦眼角的泪水，摘下耳机，合上笔记本。

果然，熊猫骑士不应该存在。

他看向一旁被绑在椅子上的夏桐，她还没有醒来。

找到夏桐虽然并没有费多大力气，但还是走了不少弯路。

最初的计划很简单，他假装提供熊猫骑士的线索将夏桐约出来，就能顺势绑架她。他原以为夏桐不会轻易上当，没想到她竟然一口答应，正当自己庆幸之时，夏桐却突然反悔了。

接下来的事，说是阴差阳错也不为过。

今天早些时候，他就将电脑病毒伪装成慈善捐款网站散布在各个社区中，只要有人打开这个网页，就会显示骑着车的熊猫动画，在用户还以为那是加载动画的时候，提前设定好的病毒会侵入用户的电脑或手机中，孟焦沓便可以随意查看其中的信息。

原本散布这种病毒有三个目的：一是找到熊猫骑士的模仿者们，给他们发去威胁私信，使其放弃传播熊猫骑士的信息；二是如果运气不错，夏桐打开这个网页被病毒侵入，他就可以直接注销掉她的视频账号。不过这样只是治标不治本，夏桐随时可以重新上传那些视频；三是如果能够通过病毒抓住王毅朗的其他把柄，自己就不会那么被动。

面对如此庞大的信息量，孟焦沓提前设置好熊猫骑士与王毅朗相关的关键词，利用优先级算法摄取其中有用的信息。

不过从结果上来看，以上三点都没有实现，却阴差阳错地让他找到了夏桐的位置。

他先在夏桐的社交账号中看到了她上传的熊猫奶油蛋糕店和古怪熊猫配送员的照片，便推测夏桐在取消和自己的会面后，会选择别人采访。这个熊猫配送员就是一个很好的采访对象，她不会放过。

虽然是推测，但这是孟焦沓能找到夏桐的唯一线索。

接下来，他需要知道熊猫配送员的路线，然后在终点守株待兔。

问题是如何知道配送路线。

幸运女神站在了孟焦沓这一边。由于蛋糕店的名字里含有"Panda"这个关键词，经筛选他发现了蛋糕店店员的手机数据——店员的手机也中了病毒——因此得知了熊猫配送员和夏桐的最终目的地——Panbar。

最惊险的一幕是为了不被讨债人抓到,他从八楼顺着空调外机爬下楼,除此之外几乎不费吹灰之力便找到了夏桐。他用提前准备好的乙醚将其迷晕,甚至连运夏桐的交通工具都不用愁,就摆在眼前——一辆没上锁的踏板摩托车。这让孟焦沓不得不怀疑一切都是命中注定,他更加坚定了自己的想法——熊猫骑士不应该存在。

夏桐有了反应,她痛苦地皱眉,嘴里呜咽着逐渐醒来。

睁开眼的夏桐很快就明白了自己被绑架的处境,她首先尝试挣脱绳索,失败后再环顾四周,一个男人坐在木桌后,桌上摆着笔记本电脑和一盏台灯,台灯自带电池。除此之外,周围一片漆黑。

夏桐看着男人:"你想干吗?"她的语气比自己想象中冷静。她知道,不论自己问"这是哪"或者"你是谁",只要是有点脑子的绑架犯都不可能会回答,不如单刀直入地问他目的。

男人抬起台灯对着夏桐,突然被灯光照射,夏桐歪过头眯起眼,依然看不清男人的面孔,但从模糊的身形可以判断,他并不是自己认识的人。

"你不好奇我是谁?"

"问了你就会回答么?"

"不会。"

夏桐沉默了片刻,害怕的感觉姗姗来迟,现在只要张开嘴就能感到嘴唇在颤抖。

她尽量平复心情,让呼吸平静下来。

"你想要什么?"

男人将台灯压下,没有那么刺眼了,夏桐眨了眨眼,光线的刺激使眼角流下一滴泪水。

孟焦沓自认为不是变态，但是看到被绑架的女性反应这么平淡，不由得觉得无趣，他为了防止她大叫还特地把绑架场所放在了南岸烂尾楼的二楼南侧，自从警方封锁这里以后，这个烂尾楼就一个流浪汉都没有了。

烂尾楼北侧还有一条单行道，南侧除了泥地就是一片树林，树林以非常陡峭的下坡路向南延伸，理论上没有人会从那里通过。

"那我也不绕弯子了，告诉我你的视频网站账号和密码。"

"什么？"夏桐怀疑自己听错了，穷凶极恶的绑匪不要钱不要命，反而要自己的账号和密码。

"就是你发熊猫骑士相关视频的账号和密码。"

"要那种东西干吗？"夏桐无法不对此感到好奇。

"删掉。"

"删哪一个视频？"

夏桐推测，应该是某一期视频拍到了对这个男人不利的证据，因此想要绑架自己删除证据。

"所有。"

"所有？"

"我还以为你脑子很好使，刚刚那么冷静，"男人失望地叹息，"把你账号里所有的视频都删掉，然后再把账号注销。"

"啊？"

夏桐猜想，虽然这个男人有想要删掉的视频，但是又不想让自己知道是哪一个，所以才要求全部删掉。

男人冷笑一声："你不想删？"

"一般人叫我删我肯定不会删，但现在这个情况……"夏桐看了看绑住自己的绳索，再抬眼看着男人。

不论多么有意义的视频，和生命比起来又算什么？

"别想耍把戏！"男人突然起身，瞪着夏桐。

男人突然生气让夏桐不知所措，她明明没有打算耍任何把戏，现在只能一言不发地看着男人那张可怕的脸。

孟焦沓逐渐冷静下来，双手离开桌面，打开笔记本电脑坐下："把账号密码告诉我，我来删。"

"删了就放了我？"

"是的。"

他在骗人，夏桐想。

不论他的目的是什么，光删除那些视频不可能达成他的目的。因为那些视频自己还有原片，就算把这些视频删了、账号注销了，自己还能再注册一个账号，重新上传视频。至于那些视频的原版，保存在自己家中的电脑里。所以，只删掉上传的视频并不能完全消除自己对这个男人的威胁。

"就算你删掉了，我还有备份。"

夏桐既不想违抗男人的要求，也不想让自己太快丧失价值，于是把有原视频的事情告诉他。

"是吗？"男人看起来并不在乎。

夏桐开始思考，若真的是自己的视频对这个男人有威胁，他为什么会对视频有备份的事满不在乎？就算他打算删掉上传的视频之后杀掉自己，那些备份视频也会被警察发现，警察一定会找到对这个男人不利的证据，再将其锁定为嫌疑人。

"那些备份，被警察发现了也没关系么？"夏桐把重音落在了"警察"二字上。

"没关系，反正你也不能再上传了。"对孟焦沓来说，视频的内容都是些无关紧要的东西，关键点是"已经被传播的熊猫骑士的视频"以及"会传播熊猫骑士的人"。只要消灭这两个关键点，熊猫骑士就会逐渐失去热度，尤其是后者。前者的话，由于视频已经传播了很久，肯定有别的网友做了备份，但只要消除掉泉水中肮脏的源头，泉水自然会逐渐变清。

果然他没有打算让自己活着。恐惧瞬间笼罩了夏桐的大脑，她无法再去思考男人为什么要删除这些视频。

她脑子里只有一件事：不能说出账号密码，这是自己唯一的底牌。

"怎么，不说？"男人抬眼看向夏桐。

"说了你也不会放了我。"

男人把电脑合上，带着椅子坐到了夏桐面前。

"连脸都不遮……你从一开始就没打算让我活着！"夏桐从牙缝里挤出这句话。

"知道你账号密码的方式有很多，"男人将手深入夏桐的衣服口袋，从中拿出了她的手机，"甚至不用将病毒植入你的手机，直接破解就能知道你所有的密码。"

男人把手机装入自己的口袋："我只是想，如果你知道自己是个杀人犯，也许就会愧疚地删掉这些东西。"

"杀人犯？"夏桐不解为何男人如此称呼自己，"我……不是什么杀人犯。"

"你这样的杀人犯都是这么认为的。"

"你到底在说什么？"

面前的这个男人说话太过跳跃，夏桐跟不上他的思路。

"我找了很久才发现，掀起熊猫骑士这个暴风的蝴蝶翅膀就是你——莫夏桐!"男人点亮夏桐的手机,"密码我以后再慢慢破解。"

夏桐害怕不已,无法控制自己颤抖的身体。

男人又坐回到她面前的那把椅子上。

"你这么推崇这个熊猫骑士,但你有没有想过,你传播的这个英雄形象实际上是一个卑劣的犯罪者?"

"犯罪者?不可能,熊猫骑士是惩恶扬善的英雄。"

"果然是个傻白甜。我和你明说好了,我的妹妹就是被熊猫骑士害死的。"

"怎么可能?"

"自称熊猫骑士的人骗了她,拍了不雅照并在网上传播,接着就是你们这些熊猫骑士的拥趸,不断对我妹妹施加网络暴力,才害死了她。"

"我不知道这些……"

"你能知道什么?你能知道的不过是熊猫骑士又做了哪些好事,帮助了哪些人。坏事你是不会相信的,不,你根本不在乎!你这种人实在是太愚蠢,蠢到只相信自己愿意相信的!"

"我……"

"而像你这么蠢的人,在世界上比比皆是,我不能再放任你们这样下去!"

"你想怎么样?"

"怎么样?"孟焦沓双手合十,"莫夏桐。"

他突然喊出她的名字。

"你口中的都市英雄熊猫骑士,根本就不存在,熊猫骑士是大家幻想出的形象罢了!"

夏桐脑海中骑着黑白色摩托车的骑士身影逐渐变得模糊。

7

韩一应将自己的黑白色英式 Bobber 摩托车停在路边，拍了拍身上的雪，他解开头盔的卡扣，把双手放在头盔两边，突然犹豫要不要摘下头盔。

倒不是害怕一会儿在烂尾楼里会有什么危险，只是觉得用头盔挡住面部比较安心。透过深色镜片能够看到外面的人，外面的人却无法透过镜片看清自己的表情，好像活在暗处，隐身了一样。

自从韩一应的父亲去世之后，就一直是这样。

他不再与人交际，不再喜形于色，甚至有些不苟言笑。

他看了一些心理学的书籍，书上说那是人们建立的心理防御机制，防止自己本就伤痕累累的内心再次受伤——既然是防御机制，那应该不是什么坏东西，就姑且这么留着吧。

如今那层防御机制，正在出现裂痕。

离开工地告别李堀之后，韩一应在不知不觉间成了猴子和虎子的大哥——由于他们抉择能力欠缺，只好暂且领导二人。但是，他认为自己并不是做大哥的性格，也没有那种能力。自己也是一个不擅长做抉择的人，否则人生不会沦落到这般田地。

他本以为靠着不苟言笑的大哥人设就能维持此前的防卫机制，没想到如今看着猴子和虎子日常打闹，他也会不自觉地笑出声。这是三人关系愈发亲昵的证明，与他不再与人交善的想法背道而驰。

很难说韩一应到底是对这种冷漠的人设乐在其中，还是他早就厌倦了严肃的面具。他害怕在两人面前展现出真实的自我，那无异于承认自己是一个失败的大哥。

直到熊猫骑士的流言出现。

他对这个不露面的骑士抱有莫名的好感——源于他对罪恶天然的厌恶。

他一直努力否定这一点，否定自己如此幼稚地将世界认知为非黑即白。但是他做不到，他心里比谁都清楚，从父亲身上继承的正义感影响了自己的一生。父亲死后，他开始否定父亲，否定那份正义感，并且将其视为耻辱。他叛逆地做了许多非正义的事，当起了小混混，那都是对此前自己信仰的否定——直到今天，他依旧没有停止否定，只有在网上讨论熊猫骑士时，他才敢将心中残存的正义感挤出来一点，和 Smile 分享。

一旦回归现实，他又不得不装成混混们的大哥，不得不强迫自己做一些非正义的事，为此他一直戴着面具。

当这张面具戴得太久，强行摘下反而会撕扯下一层皮肤，所以，又何必否认面具是自我的一部分呢？

最终，他没有摘下头盔，踏过泥地走向烂尾楼。

烂尾楼的一层有两个出入口，一个是靠路边的北侧出入口，还有一个在南侧，中间隔着很多承重柱，站在一侧无法看见另一侧的出入口。每侧出入口旁边就是楼梯。

楼里自然没有灯光，在这样的夜里伸手不见五指。

一道强光射出，打在韩一应脸上，韩一应将头盔的镜片放下来，可以起到一些遮光的作用，但还是只能勉强眯着眼。

"你就是熊猫骑士么？"

李笑缓步走到灯前，挡住了摩托车的大半灯光。

韩一应勉强能看出面前男人的身姿，比自己要矮小一些，虽然看不清脸，但能确认他不是王毅朗。

"王毅朗派你来的？"

"王毅朗？"这是小笑从来没听过的名字。

"算了，他知道自己不来的后果是什么。"

韩一应手里没有底牌，他在虚张声势。他猜测面前这个男人是王毅朗叫来对付自己的，他早就想到可能是这样的结果，但只能放手一搏，用不存在的证据诈一诈他，如果他上套，自己说不定还有机会，若是派人来，那一切都是徒劳。

只靠一封威胁信果然没办法骗到王毅朗么？

"我不知道你在说什么。"

小笑向前两步，靠近韩一应，随着他的靠近，韩一应渐渐能看清他的脸。

是在网吧时见到的像是流浪汉一样的人。

"是你？"

"认出我了？"小笑苦笑，"对，因为你看过我小时候的照片嘛。"

小笑说的是挂在摩托车钥匙挂件上的照片，那是小时候的小笑。

"小时候？你在说什么？"

"说什么不重要，我有一个问题想问你。"小笑冷冰冰地说。

韩一应没有回答，等着对方出招。

"熊猫骑士，你自诩是正义的都市英雄……"

"什么？"

"那你为什么要杀我的父亲？"小笑冷冷地发问。

韩一应说不出话，一方面是他不理解面前这个男人在说什么，一

202.

方面是他想到了自己被杀死的父亲。

"还想狡辩啊？二十五号圣诞节的雨夜，你在这栋烂尾楼杀死了我的父亲，随后将他的尸体烧掉，我说的对么？"

案件相关的信息不难找，但是要全部整合起来就没那么简单了。为此，小笑从网络上搜集了许多零碎的资料，结合新闻知晓了案件的大部分信息。

"恐怕有什么误会，我没有杀人。"

说完，韩一应有些后悔，单纯地回答问题只会让对方牵着鼻子走，当开始否认杀人的时候，对话的走向就已经被对方掌握了。

"还在狡辩么？那晚雨夜，有许多住在楼里的流浪汉看见你与我父亲发生争执。然后你烧了尸体，将车骑上了那条单行道，还有人目击你骑车逃走，这些证据已经足够证明你的罪孽。"

"你想做什么？"

要把话题转回来。他所说的凶杀案韩一应根本不感兴趣，他更想知道这个男人——或者说王毅朗的目的到底是什么。

"我特地在网上发帖，谎称你——熊猫骑士会在今夜返回案发现场。当然，这不过是引诱你现身的陷阱。本来我还想着会不会有你的模仿者也出现在烂尾楼，到时候可能会分辨不出谁才是真正的凶手，没想到除了你之外，那些模仿者都惜命得很，这种杀人现场没一个人敢来。"

小笑强忍着颤抖的嗓音，说出了自己的计划。

他不擅长当这么强硬的角色，但现在他必须装成强硬的样子。杀父凶手就在眼前，这可能是此生唯——次能够报仇的机会，他不想因为自己的懦弱而错过。

"原来如此，你弄错了，我不是熊猫骑士。"韩一应理解了现状，他既不是王毅朗的人，也和自己的威胁信没有关系，只是把自己误认为熊猫骑士以及杀人凶手而已。

"你以为现在说这种话我会信吗？"

"我约了别人，只是碰巧在这里遇到你。"

"碰巧？"

这怎么可能是碰巧呢？自己能够出现在这里，能够发现父亲死亡的线索，难道都是碰巧？

他只是碰巧捡到了邻座丢的浴场入场券而选择去泡澡，碰巧在花盆后面发现了没人用的洗浴手牌，碰巧在手牌的柜子里发现了父亲的衣服和摩托车钥匙以及自己的相片。没人知道他那时候震惊的心情，他怀着隐隐的不安疯狂查找烂尾楼杀人案的信息，最终，他不得不确认，死者就是他的父亲李堀。

他没有报警——从租房纠纷之后，他就不相信他们，他想自己解决这件事。于是他发布了那个帖子，本以为会有许多骑士来到烂尾楼，他能在其中找到线索再从长计议，但似乎老天都在帮自己，只有一个骑士来了，那他毫无疑问就是真凶。

刚刚韩一应停车时，小笑就在暗中观察他。根据网络上的最新爆料，目击者称熊猫骑士的座驾就是一款英式 Bobber，况且他下车后还不摘下头盔。谁都知道这种全盔有多闷，谁家正经骑士大半夜骑车来烂尾楼还不摘头盔的？

综上，小笑确定了面前的这个男人就是熊猫骑士。

"那你要怎么才相信我不是熊猫骑士？"韩一应有些无奈。

"没法相信，你一定就是熊猫骑士。"

说不通，面前这个男人不会听自己说道理，既然如此，只能用他的逻辑打败他自己了。

"好，就算我是熊猫骑士！那么请问，你为什么断定熊猫骑士是杀人犯？"

"我说了，有目击证言……"

"我问你，熊猫骑士杀人的时间和天气是？"

"二十五日，雨天。"

"下雨天熊猫骑士要如何焚尸？"

"焚尸？"

现在很黑看不清现场，但韩一应庆幸自己前几天来的时候仔细观察过："这里每一层天花板都没有焦黑的痕迹，说明焚烧尸体是在外面进行的，"韩一应指了指烂尾楼的外面，"但是露天的雨夜，怎么焚烧尸体呢？"

"这还不简单，等雨停了就行了。"

韩一应微微笑了笑："你调查了很多啊，那你肯定也知道，这外面都是泥土地，雨后软烂的地上并没有留下脚印，对吧？"

"当然。"

"既然你认定熊猫骑士就是凶手，告诉我，这是如何做到的？"

小笑看向漆黑的天花板心想，熊猫骑士真差劲。他本以为熊猫骑士至少是城市的英雄，要么否认犯罪，要么干脆承认，并与自己展开搏斗。没想到面前的这个男人竟然先是否认自己是熊猫骑士，还向自己提了这么简单的问题。小笑不解，如此简单的诡计，难道熊猫骑士真的以为能够骗过自己？不，与其说是简单，不如说是低劣，正是由于这个诡计，暴露了熊猫骑士才是凶手的事实。

他想在事情结束后告诉"有求无应"，他见到了熊猫骑士，真正的熊猫骑士根本不值得"有求无应"袒护，是一个又笨又低劣的男人。

"根本就不需要思考为什么没有脚印。"小笑说道。

"什么？"

"因为没有脚印这件事对凶手而言没有任何意义。制造一个这种密室，难道凶手想要将嫌疑甩给大楼里的流浪汉么？不，因为凶手根本就不知道大楼里除了自己和死者还有别人，否则就不会选择在大楼杀人焚尸。既然不是为了甩锅，那究竟为什么要抹去脚印？是为了不让警察发现自己的身高体重么？那只需要用力踩在泥地上，或者踮着脚走路，都能隐藏自己的身高体重。"

韩一应皱眉，静静听着李笑的发言。

"没有脚印这件事，不但没有隐藏凶手的身份，反而证明了熊猫骑士就是凶手。"

"为什么？"

"就像我说的，凶手没必要抹去脚印，但是依旧没有留下脚印，这是为什么呢？这是因为凶手根本就没有想着'抹去脚印'。'没有脚印'只是凶手诡计的附属品。"

"什么意思？没有脚印凶手是怎么离开的？"

"我都说到这个份上了，你竟然还在装。太令我失望了，熊猫骑士竟然是傻子！"

"都说了我不是……"

"凶手不是用脚离开的。"

"荒唐！不用脚还能用什么？"

"凶手是骑着摩托车离开的，为了能够不留下车辙印，凶手将长条状的木板铺在泥地上，然后骑车离开，随后将木板丢在单行道周边的树林里。我想应该丢在树林深处了，所以警方到现在都没有找到。但是，这也让凶手的时间被耽误，所以才会在单行道的路口被目击。"

韩一应回想起来，那天从单行道骑出来的时候，确实有很多学生在路边看到了自己。

"脚印是可以作假的，但是车辙很难作假。一旦查到了车辙就会查到车的型号——改装的轮胎也能从车行里查到，不管怎样，暴露了车辙，自己的身份很快就会暴露，因此凶手不得不想办法掩盖车辙，便使用了木板的诡计。"

"当晚被目击的人明明有两个——某个男人和骑车而来的熊猫骑士。姑且不论你说的木板诡计是否是真的，仅从凶手身份的角度出发：尸体和衣服全部都被烧焦，不能断定是熊猫骑士杀了另一个男人，还是另一个男人杀了熊猫骑士。"

如果能够将结论引导向"熊猫骑士才是被害者"，那么自己的嫌疑就可以洗清，并且也能证明自己并非熊猫骑士。这么想着，韩一应提出质疑。

摩托车前的小笑嗤笑道："正是因为你使用了那种诡计，我才断定你——熊猫骑士就是凶手。好，我们不妨先假设被害人是熊猫骑士。根据目前已知的线索和我以上的推断，凶手会有以下两种行动。"他竖起一根手指："一，凶手没有骑摩托而来，于是凶手换上了熊猫骑士的衣服，骑着熊猫骑士的车离开了现场，请问这个假设中，凶手有必要隐藏车辙么？没有，因为这个车是熊猫骑士的车，查不到凶手头上，只要中途把车丢了就好了。"小笑竖起第二根手指："二，凶手自己也骑车来了，所以他换上了熊猫骑士的衣服，骑着自己的车离开后，又回来骑走了熊猫骑士的摩托。很奇怪对不对，为什么要回来骑走熊猫骑士的车？退一步说，如果凶手真的回来把熊猫骑士的车骑走了，自己的车又该怎么办，停在路边还是先安置好自己的车再徒步回来骑走熊猫骑士的车？未免有些太耗时间，风险太高。因此，这个假设也不成立，熊猫骑士不可能是被害者。答案只有一个，被害人是熊猫骑士之外的那个男人，就是我的父亲。而凶手是为了隐藏车辙才使用这种拙劣的诡计，最后又因为这种白痴似的诡计暴露了自己的身份——熊猫骑士，凶手就是你！"

韩一应沉默片刻，想不出反驳的理由。

"或许真的和你说的一样，熊猫骑士就是凶手。"

"你这是承认了？"

"但是，我必须再重申一遍，我不是什么熊猫骑士，不管你信不信……"

小笑深深地叹息："我没空听你拙劣的辩解，我只想知道，你既然自诩是正义的英雄，为什么要杀害我的父亲？"

"自诩？"韩一应不满地冷笑，"虽然我不是熊猫骑士，但是你说'自诩'，未免是你先入为主了吧？"

小笑皱眉，将手伸入怀里。

"熊猫骑士只是被外界认为是正义的都市英雄，但他自己说过自己是英雄么？无非有些人将自身的希望、自身的误解强加到熊猫骑士身上，一旦熊猫骑士做出什么不符合自己预期的事情，那这些人就会否认那是'熊猫骑士'，他们宁愿相信一个完美的、虚假的骑士，也不愿意相信一个真实的人物。"

"不论人们怎么认为，也无法掩盖你犯下的罪。除了我父亲之外，还有人也因你而死。"

"什么？"

"装傻？那个被你拍摄不雅照的女孩，就是被你那些颠倒是非的粉丝们网暴、传播不雅照，最终自杀了。就因为她指出了你的虚伪，所以你就指使你的粉丝传播那些照片，这难道不是你——熊猫骑士的错吗?"

"这不是熊猫骑士做的!"

"好事都是熊猫骑士做的,坏事都不是熊猫骑士做的?"

韩一应无法反驳,他有些后悔,这么激动地为熊猫骑士辩解,对方肯定会更加坚信自己就是熊猫骑士吧。

他突然想到了"Smile"。

如果能活过今天,他想着要把"Smile"约出来,和他好好聊一下熊猫骑士。

"算了,和你说不通,我走了。"

韩一应决定不再和面前这个男人理论。

"站住!"

小笑从怀中掏出了手枪,指着韩一应。他不想再做任何辩驳,只是不想让面前的这个熊猫骑士离开。

韩一应停住脚步,回头看见了指着自己的枪。

第一次被枪指着,韩一应没有什么实感。他只是想到了猴子和虎子。

如果自己不在了,他们也许会过得更好。

8

猴子和虎子在单行道旁的树林中藏着,眼看着一辆黑色奔驰商务车开向烂尾楼的方向,等车走远后两人才回到路上,把身上的雪拍干净。

"怎么这么晚还有人要去那个烂尾楼啊？"虎子抱怨道。

猴子看着虎子："那我们是去哪里？"

"虽然我们也是去那个烂尾楼，但是事出有因！是为了找回账款！"

两人一路跟着掳走少女的男人，还要和他保持距离不被发现。改装后的鬼火灯光太过显眼，很难不被发现。在闹市区和大桥上倒是还好，一旦进入这种偏僻的小路，要想不被发现简直是痴人说梦。

于是，在远远看到男人骑着虎子的车拐入这条通往烂尾楼的单行道后，猴子决定将车停在外面，再徒步从单行道走过去。

反正这条单行道只通往烂尾楼，路边都是树林，想来骑着车的绑匪也不会有烂尾楼以外的其他去处。

"我现在觉得，烂尾楼那边可能有很多人。"猴子隐隐感到不妙。

"很多吗？几个？几十个？几百个？"

"我咋知道？我就随口一说。"

"那咋个办！都是那个绑匪的同伙吗？我们就两个人，不然我们撤吧！"

"不是，你看刚刚过去的那个车，很高端对不对？"

"不晓得。"

"我告诉你，那种样子的车叫商务车！那个标志是奔驰！奔驰的商务车！你说高端不高端？"

"那确实高端。"

"你觉得那么高端的人物，会和那个骑着鬼火的绑匪有关系？"

"你说话就说话，不要歧视鬼火！我们不也骑着鬼火？老子和你说，鬼火才帅嘞。"

"行了。我的意思是可能不止一股势力今晚会去那个烂尾楼。"

"势力？是个啥子？"

猴子白了虎子一眼，不想再回答缺乏常识的提问。

"总之，就是人越多我们反而越有机会！"

"为啥子？"

"你想啊，如果就那个绑匪一个人，他会不会很小心？时时刻刻警戒周围？"

虎子想了想："是的。"

猴子又瞟了眼虎子，他觉得虎子如果是绑匪，绝对不会小心地警戒周围，他连个账款都能弄丢两次，猴子甚至怀疑他是不是故意的。

"刚刚过去的那个车，恐怕就是被掳走的女娃的家属。"

"家属？"

"你想，绑架图什么？无非就是图钱！绑匪绑架那个女娃后，肯定会联系她的家属要赎金。而既然被绑架了，说明女娃的家庭背景肯定不简单。所以我大胆推断，刚刚那辆高端豪华商务车，就是女娃的家属来交赎金了。"

"猴子，你咋个不去演侦探电影呢？"

"别废话，到时候场面肯定十分紧张混乱，我们就趁机夺回账款！当然，还有你的破鬼火。"

"我突然觉得，还是演谍战片比较好。"

"那你说咋个办！现在我们就回去，回家睡觉！然后明天被公司通缉，成为被讨债的对象？"

"我们倒是无所谓，不能让我们的失误连累了应哥！"

"总算听见一句人话了，那走嘛！"

两人迈步走向烂尾楼。

他们失算了，通往烂尾楼的道路上没有灯，一片漆黑中两人连彼此的脸都看不清，就算拿出手机打开手电筒功能，也因为雪势太大几乎看不清十米之外的路面。地面有些湿滑，就这样，两人小心且缓慢地行进着。

夜晚十分安静，只能听到彼此的呼吸声和脚步声，冰冷的雪不断拍在两人的面颊上。

两人越走越觉得害怕，但是谁也没主动提出回头。

"猴子，你咋不说话呢？"虎子撑不住了，再这样安静下去他可能要疯了。

"说啥子？"

"你不怕么？"

"你和老子去港口偷东西的时候不怕，现在怕？"

"那时候越黑越好下手，现在是越黑越吓人……"

"有啥子吓人的？"

"太安静咯！我老觉得有人在跟着我们。"

"你别乱讲话啊！"猴子惊恐地来回看，"没别人！"

猴子听过一些传言，如果不知道有什么东西在黑暗中跟着自己倒还好，一旦意识到甚至说出来了，那不干净的东西就会主动上前和你搭话。

"猴子，你想要拉老子的手吗？"

"拉你个锤子拉！老子连女人的手都没拉过，拉你的？"

"不拉就不拉嘛，骂啥子人啊……"

虎子只能无奈抱着胸，猴子不再说什么，但是刚刚虎子的话已经在他的心中埋下了一颗小小的种子，恐惧缓缓弥漫。

无言，安静的雪夜。

突然，鸣笛声响起。

虎子被吓得失了神，他差点吓晕过去，连惨叫都没发出来，意识化为一片空白。猴子也被吓得一激灵，叫了一声，随后赶紧捂住嘴。

长鸣笛还在持续，似乎和两人的距离非常接近。

猴子看向虎子，这种情况下他竟然面不改色，也不乱叫。

泰山崩于前而色不变，麋鹿兴于左而目不瞬，猴子认为虎子有猛将之姿。他决定以后再也不看不起虎子了，打心底里由衷佩服他。

鸣笛的声音停止了。

"虎子？"

虎子被吓得还没有缓过神。

耳边传来引擎的声音。

"喂，虎子，你听到了么？"

没有回应。

引擎的声音越来越近，猴子忍不住了，用力拍了一下虎子的后背，虎子向前踉跄两步，终于回过神来。

"听见没？"猴子用眼神示意后方的声音。

"你别再胡说了！"好不容易从惊吓中恢复过来的虎子以为猴子又在说什么鬼故事。

"不是，你听！"

虎子竖起耳朵，眉头紧锁，确实听见了引擎声在飞速靠近。

"快躲起来！"两人跳到路南侧，还没来得及钻到树林里，就看见风雪之中一只熊猫骑着车冲了过来。

向大庆把油门拧到底，也不管雪天的地面多么湿滑，他一心只想着夏桐。这条通往烂尾楼的单行路上没有路灯，又下着雪，踏板摩托车的大灯并不够亮，就算开了远光灯，也只能勉强看清前方的道路。

就算是这样，他还是看见了猴子和虎子。

猴子和虎子惊恐地看着这只熊猫从自己的身边驶过，绝望地对视一眼。

怎么又被熊猫盯上了？

两人不约而同地以为这只熊猫是为了之前拦路抢包的事而追上自己，根本没有细想熊猫是怎么也不可能从巷子一直追他们到烂尾楼的。但紧绷的神经无法让他们思考这么多，他们出于本能地逃跑，一头钻进了树林之中。

大庆从两人身边开过，急忙刹车，雪天路滑差点摔倒，他勉强控制住车身，利用打滑的路面漂移掉头。

他们就是绑架夏桐的人！大庆如此判断。

犹豫了不到一秒，他判断树林之间的缝隙很大，可以骑车穿过。自己的手机已经没电了，没办法当照明，如果盲目扎进黑暗的树林中，自己迷不迷路都是一个问题，更不要说抓到那两个绑匪了，只能骑车进去，利用车灯照明。

大庆拧动油门，将摩托车骑进了路南侧的树林之中。

猴子和虎子在拼命地逃跑，甚至没有时间思考自己为什么要逃跑。

"疯子，哪有人骑车进树林的？"猴子气喘吁吁地说道。

虎子平时缺乏锻炼，只顾着喘气，没空说话。

引擎声不断接近，像一只无形的怪物追逐着两人。

似乎在跑马拉松，两人的体力早就见底。

林中的土地上没有积雪，树干和残存的树叶遮住了大部分的落雪，不过地面还是有些潮湿，猴子一脚打滑，一屁股坐在地上，顺着下坡往前滑了几米。虎子连忙上前搀扶起猴子。猴子捂着屁股满脸痛苦，摔了一跤反而让他清醒了。他冷静下来，仔细听了听，摩托车的引擎声没有传来。

"没追来？"

原本对两人紧追不舍的向大庆，骑着摩托在湿滑的泥地上打滑失速，一头撞在了树上，幸好戴着头盔保住了性命，但强烈的冲击也使他暂时失去了意识。

"太好了。"虎子放下心来，大口喘息着。

"好个屁啊，你看看这里是哪里？"

两人环顾四周，除了树什么都看不到。

"这下连回都回不去了。"猴子靠在一棵树上，失去了所有力气。

"怎么了，走啊！"

"走去哪里？都不知道方向，乱走吗？"

"难道傻坐在这里？"

"那咋个办吗？"猴子不满地抱怨道。

树上的积雪落下一些，掉在猴子的头上，他不满地拍了拍头顶，生气地踹了下树干，又落下更多的积雪。猴子被积雪砸中，郁闷至极。

虎子坚定地转过身。

"猴子，你知道你与我的区别么？"虎子挺胸。

"啥子？"

"就是做事之前，你总在思考，如果没有一个高成功率的选择，你就不会行动。"

"你在说啥子？"

"而我就不同，"虎子眼神坚定，向着某个方向迈出了一步，"如果不迈开步子的话，就永远不会前进。"

"你从哪个电影里看的台词哦?"

"别废话,跟老子走!"没有给猴子回答的机会,虎子一把抓住猴子的衣领,拉着他前进。

"你莫要乱走哦,这林子里搞不好有什么凶猛动物。"

"这里最凶猛的动物就是老子!"水汽从虎子的鼻孔喷出。

其实虎子比谁都胆小,他说这种话其实是给胆小的自己壮胆。

猴子无奈地拖着沉重的步伐,跟着虎子前进。

似乎是被幸运女神眷顾,两人离树林出口不远,虎子奇迹般地走对了方向,他们真的顺利从林子里钻了出来。

豁然开朗,烂尾楼映入眼帘。

"竟然真的走出来了……"

"老子都说了,要迈开步子,才能前进!"虎子笑道。

"原来如此!我们从单行道的南边绕到烂尾楼的南边了!"由于昨天才来过这个烂尾楼,所以猴子很快就做出判断。

两人猫着腰缓步走近烂尾楼。

按照猴子的推测,烂尾楼里现在要么是已经爆发冲突,要么还在暗潮涌动,不过,烂尾楼里面的事情两人都不在乎,他们只在乎鬼火里的账款。

由于单行道在楼北侧,且由东向西,路西边的尽头是山墙,无法通过。因此从单行道来烂尾楼的人,一般都会把车停在烂尾楼的东北侧。两人决定从烂尾楼的西边绕着走,能避免从东边来的各方势力。

刚刚绕过拐角,虎子的鬼火就停在眼前。

"太好了,果然在这里!"虎子惊呼。

"嘘!"

"不好意思,接下来咋个整?"

猴子走到鬼火旁边，观察了一下有些失望，钥匙没有留在上面。不过也是，不是什么人都和虎子一样是个白痴。

"没钥匙啊，那打不开坐垫了。"虎子有些失望地说道。

"那只能把车一起带走了。"

"没有钥匙怎么带走？"

"这两个轮子是长你头上了吗？没发动机不会推吗？"猴子扶着鬼火的龙头把手，虎子推着车屁股，打起脚撑，推动鬼火。

车虽然没有钥匙，但是也没有上锁，更没有警报，两人合力推着车子，顺着烂尾楼西边的墙往北边的单行道走去。他们没有选从南边的树林离开的原因很简单，林子里面都是湿滑的泥土，肯定没办法推着车子前进。

将车推到烂尾楼的西北侧拐角，猴子先探出头，看到前方是一个砖堆，刚好砖堆高过两人，两人就把车推到砖堆后面，暂时停下。

猴子需要观察一下现在烂尾楼的北侧和单行道上有没有人或者障碍物。他从砖堆探出头，果然有人在，而且是他们见过的人。

在自福巷见过的女交警，正在和黑色商务车前的三个男人对峙。

其中一个男人缓缓开了口："瞳晓……小姐？"

9

最终还是选择了追向大庆的方向，瞳晓把有关师傅的不安思考暂时抛诸脑后。

大庆说，那个女孩叫夏桐。

这个名字自己应该是在哪里看到过，或许是网络上，但她一时有些想不起来。如果真的是被绑匪掳走，瞳晓觉得刻不容缓。

也许应该拜托前同事好好调查一下，但瞳晓没办法通过大庆的一面之词判断绑架案是否真的发生。为了以防万一，她决定自己先亲自调查一番。

"烂尾楼……"寒风穿过头盔的缝隙吹在她的皮肤上，她喃喃自语。

为什么又是烂尾楼？难道那两个骑着鬼火的家伙和烂尾楼杀人案有关系？不，这样有些太想当然了，如今烂尾楼里的流浪汉都被清走，那个烂尾楼确实是绑匪非常好的根据地。目前瞳晓能断定的是，大庆不是目击者所看到的那个熊猫骑士，否则目击者一定会提到熊猫骑士穿着熊猫玩偶服这种明显的特征。她通过自己的"木板推测"判断出了烂尾楼杀人事件的凶手就是熊猫骑士，但目前暂时无法通过"熊猫骑士"这个单一的线索将绑架案和烂尾楼杀人事件联系起来。

雪越下越大，她用手套擦去头盔镜片上的雪水。

她又回想起了师傅的提问：为什么要把尸体烧了呢？

大脑一团乱，瞳晓将车从大桥上驶下，眼看就要到通往烂尾楼的单行道了。

车拐入单行道的瞬间，瞳晓刹车，远处传来鸣笛的声音，与此同时和师傅的对话如走马灯般跃入脑中。

——我先去泡了个澡，再去南岸那个被烧了的仓库……内部天花板没有发现任何被熏黑……烂尾楼的四周没有脚印……

瞳晓恍然大悟。

没错，这次绝对不会错。她对自己的推论有自信。

　　虽然还有一些没有弄清楚的事情，但关键的问题已经想通了。

　　瞳晓停下车，拍了拍自己身上的雪。没有时间为自己想到解答而欣喜，瞳晓已经行驶到了烂尾楼旁边。

　　烂尾楼在黑暗中隐隐可见，更显眼的是停在门口的黑色商务奔驰车。

　　坐在驾驶座的傅绅义看见了停在路边的交警摩托车以及逐渐靠近的交警，他示意身边的两个同伴不要轻举妄动，自己打开车门，下了车。

　　从大桥下来后，傅绅义接到了那两个负责"葬花"的，他们都与自己一样穿着黑色的西装，这是王毅朗的特殊情况处理专员。

　　自此之后，王毅朗就一言不发。直到车开到烂尾楼后，他才开口说，按喇叭，一直按。傅绅义没有问为什么。

　　王毅朗不打算傻乎乎地走进敌人的领地，然后被打一个措手不及。他的考量是，反正自己开着这种车来到烂尾楼附近，肯定早就被发现，既然如此不如高调宣布自己到了。一方面是壮壮气势，一方面也算是将本就在明处的自己放到更显眼的地方，若对方是正经人，那一定会来明处和自己对峙，这样的话，总比不知道对方在哪里好。

　　但是没有回应。

　　王毅朗叹了口气，将傅绅义给他的纸袋子打开，里面还有一个盒子，他拿起盒子装入口袋。傅绅义问，要我们一起进去么？王毅朗不打算让他们知道自己和韩律师的事情，拒绝了傅绅义。他对盒子里的东西有信心。

　　最后王毅朗说，不论发生什么都别让任何人进来，便下车走进烂尾楼。

　　傅绅义和另外两个黑衣男面面相觑，他们以为今天的脏活都会被交到自己手上，没想到王毅朗想亲自解决这事。他们只能干巴巴地坐在车子里，无聊地待机，看着雪逐渐积在车窗之上，直到女交警到来，傅绅义才开门下车。

不过是一个交警而已，他觉得自己能打发走，于是缓缓走向交警。

"这么晚在这干什么?"女交警问道。

"不好意思，我们车没油了，能麻烦警察同志帮我们去……"

傅绅义缓缓靠近，看清了她的脸。

"瞳晓……小姐?"

对方也瞪大了眼睛，随后上下打量着傅绅义，抿起嘴唇。

傅绅义松了口气："原来是你，那就好说了。"他笑了笑。

瞳晓紧锁眉头，缓缓开口："傅绅义?"

"嗯?"

"你就是凶手。"

飘落的雪愈发绵密，突然刮起一阵寒风，随风飘摇的雪花落在瞳晓的睫毛上，她伸手拂去。

傅绅义怔住了。

为什么难得的再见，却在说这种事?

他强装镇定："什么凶手?"

"不要装了。"

"你是说这个烂尾楼发生的杀人案么?我还以为是都市传说呢，原来是真的啊!"

"是真的，而且你就是凶手。"

一滴冷汗从傅绅义的额头上渗出："不要再开玩笑了，我只是恰好车没油了才停在这里。你怎么能因为我碰巧在这就把我当成凶手。"

瞳晓摇了摇头："不仅仅是这个原因。"瞳晓冷冷地盯着傅绅义。

傅绅义不再说话，咽了口口水，等着瞳晓说出指认自己的理由。

"暴露你身份的，是'焚尸'的理由。"

"焚尸的理由？焚尸要什么理由啊，无非就是想拖延警方的调查时间……"傅绅义心跳加速。

"我怎么也想不到凶手将尸体焚烧的理由，不过就在刚刚，我想到了——既然没有烧尸体的理由，会不会是要烧掉别的什么东西呢？"

瞳晓见傅绅义没有反驳，她继续说下去："焚尸的桶里，除了尸体之外，只有衣服。"

"你是想说，凶手是想要烧掉衣服？为什么？"

"我原先以为，是衣服上沾染了能够显示出凶手身份的线索，所以凶手必须要毁掉衣服。"

傅绅义冷笑一声，暗自松了口气："既然如此，直接把衣服烧了不就行了？没有必要连尸体一起烧。就算给尸体脱下衣服很麻烦，但是只要用剪刀之类的东西剪烂衣服脱下就行。退一步说，即使没有剪刀之类的锋利工具，用火把衣服烧烂拿下来也可以。"

瞳晓露出微笑："没错，把衣服从尸体上弄下来容易，但如果是给尸体穿上衣服呢？"

傅绅义说不出话。

"受害者死的时候并没有穿衣服——凶手之所以焚尸，是因为没办法给尸体穿上衣服，只能把衣服和尸体放在一起焚烧，目的是做出尸体生前穿着衣服的假象。"

"那又如何？"

"为什么死者死时没有穿衣服？我想到了两种情况——

"第一种：死者是死在床上的。这其中分为死在睡梦中以及死在性行为之中。如果是前者，凶手并没有焚烧尸体的动机；如果是后者，凶手确实可能为了隐藏自己留在死者身上的体液等痕迹而焚烧尸体，但是，凶手应该不会将死者的衣服与尸体放在一起焚烧——毕竟那些衣服也可能留下凶手的痕迹。就算衣服要处理，也应该分开处理，衣服和尸体一起焚烧，等于让警方省去了一部分搜查的工作，一旦衣服没有烧干净，那对凶手来说就是自投罗网。

"那么应该就是第二种可能了，死者是在洗澡时被杀的。但是，就算警方发现了一具裸体的尸体并且判断出他是死在洗澡时，这难道足以直接锁定凶手的身份么？警方应该只能推测出死者死在某个浴室——不论死者是死在凶手家的浴室亦或是酒店浴室、自家浴室，都不足以通过死者没有穿衣服这个线索而直接锁定凶手身份。既然如此，凶手依旧没有烧掉尸体的理由。

"除非，死者洗澡的地方是一个特殊的地方，特殊到可以锁定凶手的身份，凶手才会冒险烧掉死者的尸体隐藏死者没有穿衣服这件事。"

傅绅义逐渐平静下来，他闭上眼长舒一口气。

"我记得你曾经告诉我，你是在澡堂打下手的。"

直到刚刚瞳晓才反应过来，师傅并不是去泡澡的，而是去查案的。

死者是在公共浴池里遇害的！

"这座城市没有泡澡文化，澡堂浴池并不多。因此为了隐藏死者是在公共浴池遇害而焚烧尸体，也不奇怪。

"那么，凶手和公共浴池一定有紧密的关系——如果焚尸者和浴池这个杀人场所无关，那他自然也不用隐藏尸体是裸体。焚尸者下意识地认为不能放任尸体裸体状态不管，一方面是焚尸者做贼心虚地认为裸体的尸体会成为指向"公共浴池"的关键线索，另一方面是焚尸者和浴池关系紧密，焚尸者不想让警方通过浴池联想到自己。

"最近有传言，有人在某个澡堂后面的暗巷中看到了萤火虫。这大冬天的城市里，怎么可能见得到萤火虫？那人看见的应该是焚烧尸体时的火星子，误认成了萤火虫。

"傅绅义，正是由于你的过于小心，聪明反被聪明误，我才能推断出死者死在浴池，才会锁定你就是凶手。"

说完，瞳晓紧紧地盯着傅绅义。

傅绅义低下头，无法直视她的双眼，但他还是做了最后的挣扎："这不过都是你的推测而已。摆在面前的事实是，当晚泥地上没有留下脚印，这证明杀人案不可能是烂尾楼之外的人干的。这可是密室！"

"你还没有明白啊，傅绅义。"

"什么？"

"你所谓的密室，根本就不存在。"

"不存在？"

"不如说，在得出了死者其实是死在公共浴池这个结论之后，密室就不存在了。

"在原本的假设中，地上一定会留下脚印的前提是凶手在下雨后才离开烂尾楼。而做出这个推断的原因是，烂尾楼的内部天花板上没有被熏黑的痕迹，所以推定凶手是在烂尾楼外焚烧的尸体，那样就一定要等到雨停，否则大雨会浇灭火焰。现在的前提变了，焚尸是在别的地方进行，那么只需要先把尸体焚烧，在雨停之前将焚烧尸体的桶放到烂尾楼外，大雨就会冲刷掉凶手的脚印，形成没有脚印的现场。

"是流浪汉和学生的证言误导了警方的判断——两方的证言令警方陷入了惯性思维。

"流浪汉说看到熊猫骑士与某个男人发生争执，警方自然误以为案发现场就是烂尾楼里。但还有一种情况：在两人发生争执后，他们都曾一度离开烂尾楼。

"至于为何两人一度离开，"瞳晓看着傅绅义头上的伤，"因为两人发生打斗，其中一个人将另一个人打伤，逃离了现场。"

傅绅义下意识地摸了摸头上的伤，随后很快收回手。

这些都被瞳晓看在眼里，她更加坚定地说："你们两人离开烂尾楼的时候应该还在下雨，也就不会留下脚印。或许是偶然，被害者并不知道你工作的地方，他淋了一身雨，自然想要去泡个澡，于是他来到你所工作的浴池，而你正好也回到浴池。"

这一部分虽然没有实证支撑，但从傅绅义受伤的脑袋和反应来看，她觉得自己的结论是正确的。

"你杀人焚尸之后，雨依旧没停，你把被焚烧的尸体运送到了烂尾楼外后离开。等雨水彻底冲干净了脚印，才离开现场。大雨在那之后才彻底停下。"

而那条有关熊猫骑士的证言——学生们的证言让警方误以为熊猫骑士离开的时间是雨后一个小时，学生看到的"熊猫骑士"与流浪汉看到的"熊猫骑士"真的是同一人物么？

不一定。

在描述中虽然都是骑着摩托戴着头盔的骑士，但谁也不能断定他们就是同一个人。

或许只是某个路人摩托车司机骑车到了烂尾楼前，发现是条单行道就掉头出来了。那个摩托车司机没有踏入过泥地里，自然也不会留下脚印。

"说了这么多，你还是没有证据。"傅绅义的眼神变得冷漠——在瞳晓得出死者是在浴池遇害这条结论之后，她就不能再活在世上了。

"是的，的确没有。但你不觉得太巧了么？案件发生在浴池，你在浴池打工；凶手很可能受伤，你也受伤了；以及，你现在就十分可疑地出现在弃尸的地方——这些虽然不足以证明你就是凶手，但是警方已经可以将你列为嫌疑人，要求你协助调查。"

"哦？若我不配合呢？"

瞳晓很吃惊竟然有人敢这么对警察说话。

"你说什么？"

傅绅义抬头，略带遗憾地看着瞳晓："搞不懂你是聪明还是愚蠢。"他的手向前挥了挥，车上的两个男人收到信号，下车小跑到傅绅义身后。

瞳晓想，从扮相上来看，这两个人至少不是什么模范市民。

"你想要做什么？"

傅绅义上前，突然伸手按在了她的肩膀上。

"对不起了。"

傅绅义稍微用了点力，瞳晓不满地皱眉，抓住了他的手，反关节扭动他的手臂。傅绅义只能用力地推开瞳晓，暂时拉开距离。

身后的两个男人向前一步，感觉随时就要冲向瞳晓。

瞳晓揉了揉被推的肩膀："你们知不知道袭警是什么罪？"

三个男人都不说话。

"傅绅义，你知道的，你不是我的对手。"瞳晓甩了甩手。

傅绅义叹息，自己确实不是瞳晓的对手，但是自己身边还有两个男人，他们不认识瞳晓，动起手来绝不会留情。

"我真的不想这么做，但没有办法。"

傅绅义缓步向前，两个黑衣人甩开甩棍。

躲在砖堆后的虎子和猴子不知道发生了什么，只是看到这几个人突然就打了起来，一时有些不知所措。

"猴子，他们竟然三个男人打一个女人！"

"所以呢？"

"这世上怎么有那么不要脸的人！不行，我看不下去！"虎子从砖堆露出半个身子，被猴子拉住。

"你脑壳又坏了吗？那个警察就是巷子里要抓你的那个交警啊！"

"是吗？"虎子又仔细看了看，"好像还真是！"

对话间，四个人又打了起来，虽然女交警看起来出招更有章法，但是明显三个持械男人占据了绝对的上风，好几棍子打在了女交警的身上。如果不是冬天穿得厚，她恐怕早就皮开肉绽了。

"不行，老子看不得男人打女人！"虎子冲了出去，猴子没能拉住他。

"虎……哎！"猴子也追了出去。

瞳晓跳开，暂时离开三人的攻击范围，她自以为接甩棍时已经卸了力，却还是很疼，不管怎样一个女人面对三个持械男人太不明智了，她不打算再硬闯，后退几步，摸了摸口袋里的手机，打算呼叫支援。

傅绅义站在原地。但是另外两个人好像没有停手的意思，拿着甩棍缓缓靠近瞳晓。

就算现在逃跑，也跑不过两个男人。

有那么一瞬间，她为自己之前的鲁莽行动感到一丝懊悔。

"你们三个男人打一个女人，脸都不要了吗？"

还有人？瞳晓吃惊地看向声音传来的方向，一个胖子跑了出来，身后跟着一个瘦子，瞳晓一眼就认出了他们。

"你们是……那时候的鬼火二人组？"

10

"看来，只能骑那辆鬼火逃走了。"孟焦沓看了眼一楼正在鸣笛的奔驰车，喃喃地说。

"什么?"

"没什么。"他看向夏桐，犹豫着是现在就把她杀了，还是带着一起走。

"你不会就是烂尾楼杀人案的凶手吧?"

孟焦沓吃惊地看着夏桐："为什么这么说?"

"感觉。"

孟焦沓笑了，她说中了。

"外面是什么声音?"见对方不回答，夏桐又问了别的问题。

"鸣笛。"

"鸣笛? 为什么?"

大概是来抓自己的，孟焦沓想。

他清楚王毅朗的为人，自己无非就是他用完即弃的棋子罢了，因此他留了一手以防王毅朗过河拆桥。

在孟焦沓看来，两人是在互相利用，王毅朗想借刀杀人，而自己确实也需要解决和熊猫骑士有关的人。

圣诞节的那一夜，他应王毅朗的邀约，在澡堂遇到了那个浑身淤青，还有些擦伤的男人。对话之后他意识到了，这就是自己一直在找的人。一切的悲剧都是这个男人引起的，那一瞬间，他又想起了死去的妹妹和她颤抖的嗓音。

他没有一丝犹豫。

当晚澡堂里还有很多顾客，他是将对方约到没什么人的桑拿房里动的手。男人没有任何防备，加上本来身上就有伤，孟焦沓用毛巾缠在他的脖子上，没有花多少功夫就结束了他的生命，随后拿着他的洗浴手牌离开了。

那个手牌就是他的底牌。

由于当晚还有别的客人，所以就算是澡堂老板王毅朗也无法找到男人的衣服，一旦人们发现尸体裸体，自然就会想到他是在洗澡时遇害，案发场地不是家中浴室就是浴场，这座城市的浴场不多，王毅朗很快就会被盯上。

这是孟焦沓原本的计划。

不过，通过洗浴手牌他还有意外收获。

孟焦沓找到男人的衣物，知道了他有一个儿子。孟焦沓发现他儿子常居在某个网吧中，于是就去他儿子身边上网。离开时，他将口袋里的澡堂入场券故意落在了椅子上，以诱导男人的儿子去王毅朗的浴场。孟焦沓暗下监视男人的儿子，等到他捡到入场券决定去泡澡时，故意移开更衣室一旁的花盆，让他发现自己父亲的洗浴手牌。

果然，捡到洗浴手牌的儿子找到了父亲的遗物。

后续的事，他决定不再干涉。

自己已经做得够多了，再插手可能会暴露。他预测此后事情发展的方向是男人的儿子会通过这个浴场锁定王毅朗就是杀父仇人，再对他复仇。

虽然事情不如预想，但他并不在乎，无非就是想让男人的儿子牵制住王毅朗，自己好在这几天的时间内找到莫夏桐，处理掉她。

再之后，自己的死活也不太重要了。

刚刚通过窗口看了看外面的鸣笛，那辆车明显是王毅朗的车，孟焦沓判断，王毅朗是来找自己麻烦的，那声鸣笛就是警告。

已经没有时间了，必须马上跑路，面前这个少女还是先解决掉好了。

他看向夏桐。

"你要干吗？"

孟焦沓什么都不说，缓步走向夏桐。

"你要是敢对我动手，我就大叫了！"

孟焦沓停下脚步。

若真的放任她大叫，恐怕会引起楼下王毅朗的注意。

"你要是乱叫我就杀了你。"

"你当我傻么？我不叫才会被你杀好吗？楼下是不是来人了？你要是敢对我出手，我可就大叫了！"

"嘘！"

夏桐自以为掌握了主动权："你最好别动，否则我就大叫！"

面前的这个少女比自己想象中麻烦很多："你听我说，现在楼下来的人也不是来救你的，他不是什么好人。"

"说的好像你是好人一样。"

"你到底有没有危机感，现在是我绑架了你，你再这么贫嘴，我们一起死好了！"孟焦沓有些不耐烦了。

"哦，那你要怎么样？"

"我把你从椅子上松绑，但是你不能大叫，我会带你离开这里。"

"我不要。"

"什么?!"

"你带我离开这里不就是想到没人的地方把我杀了,我又不傻,我们就在这里耗着,至少还能活着。"

孟焦沓快步上前,给了夏桐一巴掌,夏桐被这一巴掌打得有点蒙,一时间说不出话。

"别蹬鼻子上脸,现在不是给你做选择题,你要是敢叫一声我现在就把你头拧下来!"

夏桐脸颊隐隐作痛,眼里泪水打转,不敢再说话。

孟焦沓来到夏桐后面,解开绳子。夏桐的双手还被捆着,他抓起她的衣服,把她拎起来。

"跟我走,敢叫一声你就死定了!"

夏桐害怕地点点头。

孟焦沓抓着被捆住双手的夏桐,从烂尾楼南侧的楼梯缓缓下去。下到一半,他蹲下身子看向一楼的北侧,勉强能看见摩托车的灯光,以及正在对峙的三人。

"楼下什么时候来了这么多人?"他喃喃自语,但现在不是管这种事的时候,他抓着夏桐下到一楼,还好有柱子挡着,那三个人看不见他,他们从南侧的门溜了出去。

虽然不知道发生了什么,但是离开这栋烂尾楼肯定没错。烂尾楼北侧停着刚刚鸣笛的商务车,以王毅朗的性格,肯定会派人驻守在里面,徒步肯定不行,他想骑着自己刚刚偷来的鬼火逃走。

他带着夏桐来到了楼西侧,原本停着鬼火的地方,却没有看到那辆鬼火。

"被偷了?"

这年头真是什么人都有,竟然有人偷车,孟焦沓一阵懊恼。

怎么办，这下没办法逃了。

他环顾四周，只看到南边泥地之外的树林。他下定决心，拽着夏桐一头钻进了树林。

夏桐终于缓过神来，她原本天真地以为孟焦沓不敢对自己怎么样，直到那一巴掌打碎了她的幻想。自己一定会被带到没有人的地方杀掉，她感到绝望，身体已经没有力气，几乎是被孟焦沓拖着前进。

进入林子，孟焦沓一手抓着夏桐，一手拿出手机照明，向着下坡路前进。孟焦沓此前研究过这里的地形，从这个坡下去就是一片平地，他就能暂时摆脱王毅朗的追杀。

手机的灯光扫过了一旁的树林，夏桐隐隐看到某棵树下躺着一个黑白色的人。

"熊猫?"她脱口而出。

"你出现幻觉了么? 这地方怎么可能有熊猫?"孟焦沓没有理会夏桐，继续前进。

为什么会看见熊猫呢?

夏桐突然想到了自己落下的熊猫先生，她觉得又悲伤又可笑，悲伤的是她最喜欢的熊猫先生被丢在路边，不知道会不会被保洁人员当成垃圾扔掉。可笑的是，在生死关头，她竟然会去担心一个玩偶。

但就是这个玩偶陪伴了她几千个日夜，已经成了她的精神支柱。

韩律师把玩偶送给自己时，说它是拯救公主的骑士。好像这么说，就能给那时候的自己一些勇气。

但是，为什么不能自己保护自己呢? 为什么要妄想一个精神支柱?

对熊猫骑士的妄想也是如此。

又不是小孩子了。

妄想的英雄能够拯救的是妄想中的自己，而非现实中的自己。

夏桐突然停下脚步，孟焦沓本来一手抓着她一手用手机打光有些手忙脚乱，突然停下导致他有些没站稳。

"你干什么？"

下一秒夏桐竟然突然弯腰冲向孟焦沓，一头撞在了他的胸口，两人都失去平衡，跌倒在地。树林里的下坡路湿滑不已，摔倒的两人迅速滚下山坡。

滚了不知道多少圈，一直从树林里滚到了一片空地上，两人才停下。身上的关节发出哀嚎，孟焦沓痛苦地缓缓起身。

他又痛又怒，下定决心马上把夏桐解决掉

孟焦沓拖着疼痛的四肢，缓步走到夏桐的面前，将她拉起："你敢耍老子！"

夏桐摔得不轻，发出痛苦的呜咽声。

孟焦沓抓着夏桐的领口，瞪大眼睛怒视着她。

"喂！"

孟焦沓抬眼，看向声音传来的方向。

蓝色棚子的招牌写的是"无解的夜宵麻辣烫"，棚子里飘着麻辣烫的热气，而坐在棚子里椅子上对自己大叫的是——一对情侣？

11

由于电瓶亏电，冉康的 CC110 打不着火。正当他打算打车的时候，白兔让他拿着头盔跟自己来。

冉康狐疑地将头盔拿在手里，跟着白兔。白兔带着冉康走到了离酒吧几百米外的路边，停下脚步。

"我们怎么去？"

"骑车去。"白兔顺手把一辆黑白色摩托车上的头盔拿下，戴在自己头上。

"你怎么偷别人的头盔啊？"

"这是我的。"

"那这车……"冉康看向停在白兔面前的黑白色 390ADV，满脸疑惑，"也是你的？"

"嗯。"

"为什么不把车停在酒吧门口？而且，今天还假装快迟到了来蹭我的车？"

"哎呀，你别管这么多了！"

白兔不愿意让冉康发现自己也骑机车是有特殊原因的，这和她骑上车的状态有关系。不过今天她实在是太饿了，不打算再为了这种小事隐瞒自己会骑车的事。

"而且这个车就是视频里那一辆吧，难道是你？"冉康半张着嘴，瞪大眼睛看着白兔。在他的印象里，白兔虽不是什么柔弱的女性，但也绝不可能是视频里那个暴力的骑士。

"别废话了，快上车！"

"你还没解释呢。"

白兔跨上摩托车，没有回答冉康的问题："不要和我搭话，我是新手，和我搭话我会分神的。"

即使决定不隐瞒骑摩托车的事，她还是尽量不想在冉康面前暴露自己在摩托车上的状态。

"你知道在哪里么？我把定位发给你。"

看到白兔不打算解释，冉康也没办法多问，他把定位发给白兔，然后坐上了后座。

"你是什么时候……"

"闭嘴！"白兔看了眼定位，收起手机。

不知道为何，她的语气像是变了个人一样。

没等冉康做出回应，白兔突然启动了摩托车，冲上马路，冉康差点掉了下去，紧紧扶着坐垫后方的扶手。

白兔没有按照自己发过去的导航行驶。那家麻辣烫在南岸，按理来说应该先绕几公里的路，从桥上过江。但是此刻行驶的方向与大桥是反方向。

"是不是走错了？"

白兔没有回答，进一步加速。

冉康总觉得气氛有点奇怪。

白兔的骑行方式非常暴力，不论是加速还是减速，亦或是超车全都毫无铺垫。她不仅没有把路上的司机放在眼里，更没有把后座的冉康放在心上。每一次急停都让冉康冷汗直流，无数的汽车司机对着白兔叫骂着，她好像完全没有听见一样，在车缝之中穿梭而过。

不论怎么看她都不是新手。

车开到了江边，一座窄桥出现在眼前，冉康吃惊地抬头，头顶驶过轻轨，而轻轨的上方就是连接江北和南岸的大桥。原来桥下还有这种路，比起绕远路从桥上走，从下方过江近了不少。

白兔没有任何停顿，丝滑地驶入窄桥。虽然冉康不知道原本这座桥的用途，但可以肯定的是，这绝不是给摩托车走的，路面窄到骑自行车行驶在上面都显得有些危险，可能只有徒步才能让冉康觉得安心。

白兔没有管这么多，依旧快速地在窄桥上行驶。

还好桥上一个人都没有，不然冉康怀疑白兔会直接从人身上压过去。

冉康真的很想问白兔，为什么她骑车如此暴力？

突然，白兔捏下刹车，急停。冉康撞到白兔的后背上，下意识地搂住了她的腰。

马上就要下桥了，有三个青年挡在车前。

三人看起来也是往南岸的方向前进，只是他们并肩而行，挡住了白兔的路。白兔按了按喇叭，三个青年回过头来，一脸不满地看着白兔。

"啊？"

白兔继续按了按喇叭。

"你按什么呢？"

面色难看的青年皱了皱眉，冉康从白兔的身后探出半个头，看到了三人的脸。他们看起来很年轻，可能还是学生，但是他们的脸色也表明了糟糕的心情，可能此前遇到了许多不愉快的事情，如果白兔继续挑衅，他们可能会把怒火倾泻到白兔和自己身上。

"不好意思啊，我们赶时间。"冉康企图打圆场。

"哼……"带头的青年冷笑一声，"老子第一次见机车有男人坐在女人身后的。"

"小白脸啊你！"

三个青年相视而笑，冉康脸色沉下来。

"给老子让开，不然老子从你们头上压过去。"白兔冷冷地开口。

冉康大吃一惊，一是白兔竟然会说这样的话，二是白兔竟然对着三个面色如此糟糕的男人说这样的话。

"你压一个试试？"

"老子正愁今晚没地方发泄！"三个青年仗着自己人多以及白兔是个看起来没有威胁的女孩，开始肆意挑衅。

当然，他们不觉得白兔真的敢撞自己。

可惜他们误判了面前的这个女孩——摩托车上的白兔，不仅是铁板一块，更是长了刺的铁板。

白兔二话不说拧动油门，冲向三人。

要说她预判到三人会惊慌地跳下水，那肯定是谎言，她确实是打算从三个人头上压过去的。

一旦骑上车，白兔的性格也会变得暴躁。用冉康的话来说，像一只发了疯的兔子。

那天在烧烤摊上，骑着车的白兔也是这样，丝毫不经过大脑思考就撞向中年男人，最后人仰马翻，她才满意地在众人的注视中骑车离去。没想到被拍成视频在网上传播。

后来，白兔看到这个视频后感到非常羞耻，发誓不再做这种冲动的事情，但她根本控制不了骑车的自己。所以，在冉康拿出这个视频时，白兔感到一丝慌张，她强装镇定，不肯搭茬。

冉康回过头，看着落水的三人。还好已经到了岸边，江滩边的水不深，不然这三个青年说不定会淹死在江里。他们从浅水滩站起身，浑身湿透，指着白兔骂着脏话。

"你疯了？"冉康再也忍不住。

"闭嘴。"白兔的口气依旧很差。

"好的。"

冉康怕自己再多嘴就要被白兔丢下车，然后从自己头上压过去，于是只能闭上嘴巴。

原来白兔是这样的女孩子。

过了江，白兔依旧没有按照导航行驶，冉康拿出手机看了看，越走越远，他不由得担心是不是走错了路。

"没走错吧?"

白兔在某条路的尽头停车，冉康心里一惊。

"对不起! 我不是有意质疑你，不要从我头上……"冉康抱头道歉。

"老子晓得。"

"什么?"

"老子晓得一条近路。"

"近路?"冉康有一种不详的预感，这条路已经走到尽头，再往前就是土路，而且是一个很大的上坡，像是一面墙挡在两人面前。

"难道……"

下一个瞬间，冉康差点从车上掉下去，还好他紧紧搂住了白兔的腰。

这一天，冉康知道了，人在极端害怕的情况下不一定会尖叫，可能从嗓子里发出声音都做不到。

390ADV变魔术般驶上了土墙似的陡坡。

这么大的雪，地上全是泥巴和雪的混合物。白兔凭借惊人的操纵力，强行将车骑上了陡坡，不仅如此，车轮看似在失控打滑，实际全在白兔的掌控之中。雪和泥巴溅到冉康的头盔上，冉康闭着眼，害怕地紧紧抱着白兔。

和这段上坡比起来，刚刚在马路上的行驶简直可以说是在骑三轮车。

　　陡坡开了好几分钟，白兔停下车。冉康的心脏简直快要从嘴巴里跳出来了，只能大口喘息着，他感到胃里一阵翻涌，慌忙跳下车摘下头盔，在路边呕吐起来。

　　"到了。"白兔下车。

　　冉康擦了擦嘴，抬头看到了面前的蓝色棚子，棚子里传出迷人的香味，但他丝毫没有食欲。

　　"无解的夜宵麻辣烫？"

　　网友果然不会骗人，冉康还以为那是什么形容麻辣烫很好吃的比喻，没想到店名就是"无解的夜宵麻辣烫"。

　　白兔小跑到店里拿起菜篮，兴致勃勃地挑选起菜。冉康看了看自己的衣服和书包，上面粘了很多泥巴，但是白兔身上却干净得很。看来她骑车的时候是把自己当成了挡泥板。

　　冉康走到了白兔身边。

　　好像什么都没发生似的，白兔低头挑选烫菜。桌面上摆着无数的菜品，丸子、肉、蔬菜和很多豆制品，菜品旁边有一口大锅，热气和香味都是从这口大锅里传出来的。

　　老板是一个中年阿姨，坐在锅后面，双手放在袖子里，笑眯眯地看着两人。

　　"吃什么自己拿啊。"自始至终，她只说了这么一句话。

　　冉康偷偷瞄了眼白兔，不知道她现在是什么状态，至少白兔已经恢复成原来的白兔了。冉康松了口气，随便拿了几个菜，交给面前的阿姨。阿姨把菜下锅，两人移步到座位上。

　　白兔把手放在嘴前呵气，刚刚的骑行让她手脚冰凉。

　　冉康抬眼看向白兔被冻得通红的脸蛋和双手，倒了杯热水递给她。

虽然好奇，但是他并不打算问白兔为什么骑上车就像变了个人似的，他觉得如果白兔想说，自然会告诉他。

"谢谢。"白兔把热水捧在手里。

"刚刚那几个混混简直和我以前一样。"冉康说。

白兔笑了笑："你以前剃个光头，和那个叫什么韩一应的不良少年天天混在一起……"

两人闲聊起往事，棚外的雪落下，白兔没见过这么大的雪，她看着落雪不自觉地笑了。

雪从漆黑的天空落下，像是无数绽放在黑夜的昙花。

"哦对，生日礼物，谢谢了。"冉康拍了拍自己的包。

"你还没打开吧，快打开看看!"

"是什么?"

"嘿嘿，不知道你喜不喜欢。"

"我来看看。"冉康打开背包，从里面拿出了包装袋。

咕咚、咕咚。

黑暗中，隐隐可见什么人从棚外的山坡上滚下，掉在了平地上。

白兔和冉康被声音吸引视线，疑惑地看向那两个人，其中一人缓缓站起身，是一个男人。那男人起身后一边怒吼着，一边走到与他一同掉下来的少女身边拉起她。

那个少女是自己不久前才在手机上见过的视频博主，冉康认出了她。

少女露出痛苦的表情，男人似乎是要勒死少女。

白兔震惊得说不出话。

冉康瞬间站起身，他的手上还拿着白兔送他的礼物。

"喂!"

面目狰狞的孟焦沓缓缓抬眼,看到了冉康,手上不再使劲,夏桐呼吸到新鲜空气,咳嗽了几声,开始大喘气。

"你在干什么?"冉康下意识地往前一步。

"别过来!"孟焦沓勒住夏桐的脖子,"你过来我就杀了她。"

"冷静一点!"冉康作出冷静的手势。

"别过来!"愤怒早就冲上了孟焦沓的大脑,他不再冷静思考,如果冉康再靠近一步,他下一秒就会扭断夏桐的脖子。

冉康不敢贸然出击,这个男人离自己有好几米,如果冲上去,被他勒住的少女可能会有危险。

雪落在夏桐和孟焦沓的头发上,夏桐逐渐意识模糊,从山坡上滚下来让她断了几根肋骨,她感到痛得难以忍受。

孟焦沓的脑子也逐渐冷静了下来,双方都不敢轻举妄动。

怎么办?冉康感觉少女的呼吸越来越沉重,再这样对峙下去也不是办法,他握紧拳头。

突然,夏桐的头奋力后仰,撞在了孟焦沓的鼻子上,孟焦沓痛得闭上眼睛。冉康看准了时机,没有思考就把手上的东西扔向孟焦沓,等到出手了才意识到那是白兔送给自己的礼物。

丢出礼物的瞬间,他冲向孟焦沓。写着"Lotsip"的纸盒从袋子中飞了出来,砸在孟焦沓的头上,孟焦沓松手摸头,夏桐瘫倒在地,冉康扶起她。

砸在孟焦沓头顶的盒子落地摔开,里面一个黑色的东西掉在孟焦沓的脚边。

白兔看到那个黑色的东西,突然跳起来,跑向冉康。

有哪里不对。

白兔回忆起来——在酒吧时，王毅朗拿着写着"Lotsip"的纸袋走进厕所。

是那时候！

孟焦沓蹲下身，捡起那个黑色的东西。

冉康抬头，吃惊地看着孟焦沓手中的东西。

那是什么东西？仿真枪形状的打火机？自己不抽烟啊，为什么白兔会送自己打火机？

白兔心头一紧，那根本不是自己准备的礼物，而是一把货真价实的手枪！虽然不知道具体发生了什么，但是白兔可以断定，是醉酒的王毅朗在厕所里把自己准备的礼物拿错了！那把枪，是王毅朗的东西！

孟焦沓举枪对着冉康。

"去死吧。"

白兔用尽所有的力气，冲向冉康挡在枪口前。

枪口对着白兔的心脏。

孟焦沓的手指扣下扳机。

砰——

12

口袋里的盒子很轻，但王毅朗没有起任何疑心，他以为傅绅义给自己弄了一把轻型的袖珍手枪——如果此时他彻底酒醒的话，就会知道自己的想法很可笑。他带着醉意，缓步走进了烂尾楼。

鸣笛声响起之后，小笑和韩一应面面相觑，都不敢轻举妄动。等到鸣笛声结束，一个穿着西服的平头男子走进了烂尾楼，出现在两人的视线之内。韩一应一眼就认出了他是王毅朗。小笑并不认识他，他猜想这个人是熊猫骑士的同伙。

"你们就是熊猫骑士团么？"王毅朗的目光扫过两人，从一人用枪指着另一人的状态中猜测是同伴之间起了内讧。

"王毅朗……"

"你们是同伙？"

三个人都在自说自话。

"你们想要什么？"王毅朗单刀直入地提问。

韩一应摸了摸口袋里的老式手机，又看了看王毅朗旁边的那个承重柱，皱了皱眉。

还不是时候。

"喂！"韩一应对着小笑叫了一声，小笑紧张地把枪对准韩一应，韩一应指着王毅朗，"这个人才是杀死你父亲的人。"

这三个人中，只有韩一应分析出了彼此的关系——用枪指着自己的男人是来寻仇的，将自己误解成了杀父仇人；王毅朗是自己叫来的，自己的目的是向他复仇。既然如此，为何不从中作梗，让拿着枪的男人杀了王毅朗，还省得自己动手。

小笑迟疑片刻，看向王毅朗。

"原来如此。这就是你们勾结在一起的理由么？"王毅朗喃喃自语，他认为这两个人组成熊猫骑士团的动机是对自己的仇恨。

"是你杀的？"小笑发问。

"不是。"

通过简短的对话，王毅朗已经隐隐猜到了面前两人的身份。举枪的男人是李堀的儿子，而那个戴着头盔的挑事男人则与当年被杀的韩律师有关。当然，除了这两人以外，熊猫骑士团至少还有一个孟焦沓。

"骗人！"小笑的枪口对准了王毅朗。

在李堀的事情上，王毅朗没有撒谎，他没有亲自动手，而是把这事交给了孟焦沓。他的人抢在其他客人发现尸体之前找到了尸体，避免了暴露。只是，他没想到那个孟焦沓还留了一手，他将李堀的洗浴手牌带走了。那晚客人不少，王毅朗没办法找到李堀的衣柜，只能将尸体和一些没人穿过的衣服一起烧掉，这么做是为了隐藏李堀死在浴场里。

在焚烧之前，他让傅绅义切下一根李堀的手指，打算以此威胁孟焦沓。今天早些时候，在查到了孟焦沓的住址后，他让傅绅义买了块蛋糕，将手指压在蛋糕底部，送到了孟焦沓家门口，表示对他的警告。

没想到最后那块蛋糕被送到了自己面前。

王毅朗认为，孟焦沓虽然还没有露面，但现在肯定在烂尾楼的某个地方。

"杀死你父亲的人，叫孟焦沓。"王毅朗冷静地回答，企图分裂他自己妄想的熊猫骑士团。

"谁？"

王毅朗皱眉，难道是自己想错了？

不，应该是孟焦沓没有用真名和这两人合作。

"你们骑士团应该还有别人吧。"

"什么骑士团？"

王毅朗的发问让韩一应也摸不着头脑。

"别装了，我都知道了，你们熊猫骑士团是一个组织！告诉我，你们的目的是什么？"

"你为什么杀了我父亲？"

"都说了不是我动的手。"

牛头不对马嘴的对话。

"是他指使的！"韩一应张嘴就来，"你要是不承认，我就把你当年杀人的证据公之于众！"

完全是虚张声势。

王毅朗不满地看向戴着头盔的韩一应，不敢赌他到底有没有证据，只能选择沉默。

"你默认了。"小笑说。

"开枪吧！他就是幕后黑手！"韩一应继续拱火，期待小笑能够帮自己解决掉王毅朗。

小笑面色难堪，手指在扳机上游动，却迟迟不肯开枪。

王毅朗皱眉看向小笑，不做任何回应。

"他已经默认了！你为什么还不开枪？"

王毅朗笑了笑："果然。"

小笑的表情变得更加复杂，抬着枪的手臂也开始颤抖起来。

"你那把不是真枪吧？"

被看穿了？

小笑震惊地看着王毅朗——他怎么知道自己拿着的只是打火机而并非真的手枪？

"这年头，枪哪里是那么好弄的。"自己都得来不易，面前的这个男人怎么可能弄到那么精致的一把手枪？从一开始，他就断定那不是真枪。

小笑颤抖着放下手。

"是假枪?"韩一应吃惊地问道。

小笑抿着嘴,无法反驳。

"再给你们一次机会,说出你们的目的。"王毅朗掏出装在口袋里的盒子。

攻守之势异也,一切尽在掌握,王毅朗觉得大可以陪他们再玩一会儿。

韩一应和小笑都闭起嘴,事情向两个人都没有预料到的方向发展。

沉默笼罩在三个男人的头上。

"不说么?那我说说吧!"人在喝多了的情况下总是会多嘴,之前一直在应付森琦,什么话都不能说,他早就憋得难受,现在对着两个将死之人,王毅朗决定让自己畅所欲言,"李堀找我,想和我商量赔付此前的工资。"

突然听到李堀的名字,韩一应一惊。

"我是觉得无所谓,也没多少钱,但是他却让我把所有人的工资都赔了,就是那些住在这个楼里的流浪汉。这不是搞笑么?你们知道更可笑的是什么吗?是李堀为了这些流浪汉来找我,但这些流浪汉却很讨厌李堀,理由是他们认为李堀找我谈判,会影响他们住在烂尾楼里,我这辈子没见过这么可笑的事情。

"那晚,李堀和我手下在这里谈判,李堀以为那些流浪汉是站在他那边的,谁料没人想和他扯上关系。我本想让手下解决他,但不得不承认,李堀确实很能打,他打晕了我的手下后跑了。

"可命运就是如此奇妙,最终他还是落在了我的手里。或许是搏斗时受了伤，身上也弄脏了，他决定去洗个澡，而他泡澡的地方，竟然就是我名下的浴场。我本以为煮熟的鸭子飞了，没想到他却自己送上门来。于是我马上联系了一直想要找熊猫骑士的孟焦沓。也不能说是我指使了孟焦沓，杀人是他自己选择的，我只是把他要找的人的位置告诉了他而已。

"知道最精彩的是什么吗？李堀为了给流浪汉维权丢了性命；流浪汉认为李堀的行为会让自己不能再住在烂尾楼里，在李堀和我手下打起来的时候选择了旁观，间接促成他的死亡。然后我……"王毅朗忍不住笑了，"我利用李堀的尸体，把那些流浪汉统统从烂尾楼赶走了！明年这楼要拆了重建，我还正愁赶不走这些流浪汉呢！我都没花一分钱，是不是很妙？"

王毅朗的喉咙里发出瘆人的笑声。

将烧焦的尸体运到烂尾楼，目的就是赶走这些流浪汉，好让来年的重建工作能顺利进行。连王毅朗都没想到，事情会进展得这么顺利，至于那些流浪汉现在在哪里，是死了还是活着，他并不在乎。

"你真够无耻的！"

韩一应咬牙切齿地看着王毅朗，没想到烂尾楼的尸体是李堀，他回想起和李堀在一起的日子。在韩一应的印象中李堀是帮大家讨薪的善人，他怎么也没想到，李堀会被自己想要帮助的对象背刺，简直和父亲一样——韩一应认为那时候的钉子户一定目击了王毅朗的行凶过程，但是他们竟然为了不惹上麻烦而选择沉默。

这个世界既不缺多管闲事的人，也不缺自私自利的人。

韩一应无法接受李堀的死，现在，他对王毅朗的恨意翻了个倍，他拿出了口袋里的老式手机。

小笑面无表情地看着王毅朗。

他知道，父亲失踪这么多年是因为欠了债，只要他回家，就会把债务引到自己身上，因此他只能避开自己。至于欠债的原因，应该是一直被王毅朗拖欠工资，他只能借钱给自己寄钱。说他是一个好父亲，他竟然抛下自己不管不顾，一次也不来见自己；说他是一个坏父亲，他又为了自己而去借钱。

听了王毅朗的发言，小笑甚至都没有觉得悲凉，那一刻他理解了自己为什么一直看不上熊猫骑士。因为父亲就是一个"熊猫骑士"式的人物。一个愚蠢的善人。

如果不去否定这样的善人，不去否定父亲的为人，就是对父亲所作所为的肯定。那自己沦落到这种地步，又该去向谁问责呢？

"你为什么要告诉我们这些？"韩一应冷静地问道。

王毅朗缓缓打开手中的盒子："和你们说了这么多，是因为你们都活不过今晚了。"

盒子打开，里面躺着一个可爱的领结，上面印着熊猫的图案。

王毅朗呆呆地看着领结，没能理解发生了什么。

为什么是熊猫？这也是熊猫骑士团的计划么？难道是傅绅义背叛了自己？他也是熊猫骑士团的一员？无数假设在脑中盘旋，他下意识地后退两步。

王毅朗很靠近那个柱子了，韩一应打开老式手机的翻盖。

他曾经什么也做不到，年幼时的韩一应做不到，没钱需要工作的韩一应也做不到。对于父亲的死，韩一应认为自己是有复仇的责任的。

几年前仓库起火爆炸，一般来说就算起火也不会发展到那种程度，后来他得知，因为仓库里的货物就是"火药"。

那时起，一根长长的引信就已经被点燃。

也许，火药能做到。

他悄悄潜入被烧毁的仓库并理所当然地占领，从中搜集残留的材料。他开始自研炸弹。

年中，他终于做出了令自己满意的炸弹，准备行动。但是他放心不下虎子和猴子，他准备带着他俩找一份正经的工作，结果却没有想象中那么好。今晚之后，他们或许就只能靠自己了。

晚上，他还联系了瞳晓，想和她看江北的烟花，或许，他想让她看的，是这场烟花吧——自己辛辛苦苦做成的烟花，总希望有观众。他希望那个观众是瞳晓，因为他还欠着瞳晓一次最酷的烟花。

但是，韩一应依旧没有意识到，即使炸掉这栋大楼，即使将自己苦涩的过往一同炸掉，过去也不会改变。

他第一次骑车来考察地形，是圣诞节的雨夜，他骑车来到烂尾楼，发现地上都是泥巴，他不想留下太多痕迹，于是掉头离开，决定过两天再来安装炸弹。没想到回程遇到了正在抓蜗牛的学生，被误认成熊猫骑士，也因此给警方的调查带来了很多麻烦。

当然，这些事他都不知道。

安装完炸弹后，他发现这些炸弹是怎么也无法炸掉整栋大楼的，但是炸死个人还是可以做到的。所以他把炸弹安装在烂尾楼的某根柱子上，然后约来了王毅朗。

韩一应闭上眼睛。

不知道会不会波及自己，不知道会不会波及李堀的儿子，但顾不上这么多了，他一心只想要炸死王毅朗。

为了父亲、为了李堀、为了自己可悲的复仇。

现在，王毅朗离那个柱子——那个放着炸弹的柱子很近。

韩一应睁开眼睛。

那根长长的引信是从何时被点燃的呢？或许是他开始制作炸弹的那天；或许是他决定对付王毅朗的那天；或许是他父亲死的那天。

现在，这根引信已经燃烧到了末端。

只要这台老式手机的信号传递到另一台他提前改装好的手机引爆器上，被改装成引爆器的老式手机铃声响起的瞬间，一切就能画上句号。

韩一应长舒一口气，看向王毅朗。

王毅朗满脸愁容地看着手中的盒子。

韩一应按下拨号键。

被拨通的老式手机亮屏，显示来电。

"我要开花!"

第四章　　　　唐突，

夜中昙花一现　　　　完

1

闹市区的江北街是一条步行街，街道的中间有一座纪念碑，每逢跨年或者春节，这里就会聚集许多人。由于今年江北街附近有一场烟花秀，步行街正中的纪念碑位置是欣赏烟花的最佳位置，因此今年聚集的人比往年更多，整条街水泄不通。

李承航一直无法理解这些年轻人，这么多人挤在一起，就为了看烟花。明明还有许多其他观看烟花的地方，年轻人非要跟风聚集在一起，给城市的交通带来很大麻烦。

他现在只能骑着自行车，绕开江北街而行。

李承航判断那位记者手机中的录音，是电话录音的片段，只有一个女声，没有和她对话的人声。不过，从女声多次提到的"哥"来看，通话的两人应该是一对兄妹。李承航想到了韩一应，他曾听韩一应提过自己有一个妹妹。

由此，多年前的律师被杀案、烂尾楼杀人案、熊猫骑士、目击者的证言、录音中的女声在李承航的脑中串联——他判断，这段录音是韩一应的妹妹与韩一应通话时留下的。

他通过焚尸的理由这一条线索分析出了死者可能是在公共澡堂之类的地方遇害。为了调查市内的澡堂，他一天泡了好几次澡，泡到皮肤发白。

调查并不顺利，原因很简单，澡堂这种地方，每天都会被水冲刷无数次，要想在这里查到什么线索无异于痴人说梦。即便如此，他依旧判断死者可能在澡堂遇害。最终，他还是发现了一条可能有用的线索：今晚去的最后一家澡堂里，所有的毛巾都是新的。

这家澡堂翻新开业的时间不算短，毛巾自然也不可能全是崭新的。特别高档的浴场毛巾更换率极高，基本上不会用太旧的毛巾，而这种中等档次澡堂的毛巾都是经历千锤百炼的。商家会反复将毛巾清洗消毒再投入使用。即使有损耗，也是分批补充，新旧毛巾会掺在一起。

李承航以前也来过这个澡堂，那时候毛巾确实是既有新的也有旧的。但今天，澡堂里所有的毛巾都是新的。

这家澡堂最近将所有毛巾都换新了。

在李承航的想法中，死者是在澡堂遇害的，那么最顺手的凶器有可能是浴巾，趁人不备将其勒死。澡堂更换了所有毛巾这件事，虽然十分可疑，但要是把这个线索作为推演的基准点，未免有些轻浮——若凶手真的用毛巾杀人，在行凶后将毛巾丢掉或者销毁即可，没有必要把澡堂内所有的毛巾全都换新。

关于这点，李承航认为，也许凶手和将毛巾换新的不是一个人。

凶手行凶后将毛巾随手丢在脏毛巾篓子里就离开了，所有脏毛巾混在一起。而换毛巾的是另一人物，此人既知道凶手行凶，又不想被人发现杀人现场是这个澡堂。

不过仔细想来，毛巾明明会被清洗又会被消毒，不见得能留下什么线索，这个换新毛巾的人未免有些小题大做。这种过分小心的做派，正和李承航所构建的凶手人物肖像一致——此前的推理中，他推测此人小题大做地焚烧尸体，仅仅是为了隐藏死者没有穿衣服的事实。不论是换新毛巾还是焚烧尸体，理由都同样是不想被警方察觉澡堂就是杀人现场。

综合以上分析，李承航判断处理毛巾的人和焚烧尸体的人是同一人物，嫌疑最大的就是这个澡堂的老板。此人行事风格极度小心，不在乎成本，只在乎处理得干净不干净。

虽然都是些没有证据的猜测，但他还是姑且把这个线索告诉了自己的前同事老刘，后面的调查工作，就交给他们这些专业人士了。

现在唯一的问题就是凶手的身份。

澡堂不可能装摄像头，李承航没有找到任何有关凶手身份的线索，直到今晚，他得知目击者所说的 Bobber 风格的摩托车就怀疑起了韩一应。

听了电话录音后，一个极具戏剧性的剧情盘旋在李承航的脑海中——若韩一应真的是熊猫骑士，而妹妹则被假冒熊猫骑士的人害死，他是否会认为是自己间接害死了妹妹？在这种假设下，韩一应的内心开始扭曲，他戴上熊猫头套给王毅朗送去威胁信，打算和杀父仇人同归于尽。

李承航蹬着自行车的脚踏，顾不得雪落在脸上引起的不适感，骑向大桥的方向。与江北街背道而驰，行人越来越少。一辆出租车从对面转向，李承航抢在出租车前拐入大桥。出租车差点撞到他，急刹停下，司机愤怒地打开窗骂了两句。李承航并不在意，他脑中只有一个想法，赶快到南岸的烂尾楼里，不管韩一应要做什么，都要阻止他。

出租车在路口停了片刻，随后拐了个方向，没有驶入大桥，而是走向大路。

"不好意思啊，师傅，我们突然想再去耍会儿，还好没拐上桥。"后座的女孩说道。

"没得事。"任思记笑了笑。

"刚刚那桥上一辆车都没有。"

"毕竟南岸完全没有夜生活，除了回家没有人会在这个点走这座桥。这大雪纷飞的，也不会有人在桥上停留看什么夜景。"

后座的另一个女孩说："哎，听说江北的烟花秀也取消了！"

"没办法啊，说是雪太大了，这时候放烟花会很危险。"

"能有什么危险？"

任思记看向窗外，想象远处江北街乌泱泱的人群四散去别处。

2

车里太闷，任思记下车点燃一支香烟。他用手擦了擦车上的积雪，靠在门上吸了口烟，抬起头。

在这个城市生活了几十年，这么大的雪他还是第一次见。

把两个女孩送到目的地后，他在附近又转了两圈，没有接到新的生意，于是他打算休息一会儿。

雪中，一个女性扶着男性的身影映入他的眼帘，他把还剩半支香烟丢在地上，踩灭，又钻进了车中，启动车子，特地把车往前开了开，是为了让刚刚的那对男女看到自己，并选择乘坐自己的车。

如他所料，后座的车门被打开，充满酒臭味的男人被放置到后座。男人的身体如同一摊烂泥，瞬间占满了整个后座。女人好像对此不太满意，重重地关上车门，坐到了前排。

"到哪里？"

女人系上安全带："不知道，你问他。"

任思记觉得这个声音有些耳熟，转过头看向女人，一眼就认出了她。

"咋个是你呢?"

Panbar 老板转过头，看到了任思记。下一秒，她解开安全带，打开车门，车门半开之际，后座传来模糊的声音。

"自……自福……"后座的森琦似乎终于酒醒，嘴里喃喃地念叨着。

"啥子?"

"自……自福巷……"

"你把他送到目的地吧。"老板半个脚已经迈出了车门。

"他那个情况，就算送到目的地，我也不可能把他抬到家里。"

"是啊，老板你就送佛送到西嘛!"

老板转过头，森琦脸上挂着微笑，但是眼睛还没有睁开，似乎依旧是在说酒话。

"话说在前，要是到了你不醒，我也不会把你抬到家的。"

"知道了。"说完森琦又甜甜地睡去。

老板把迈出去的脚收回来，重新系上安全带，冷漠地说："走吧。"

任思记踩下油门。

经过颠簸的减速带，车内后视镜上的挂件玉珠和护身符撞击在一起，发出声响。老板抬眼看着那个护身符。

"还是你送的。"任思记的视线没有离开前方。

"为什么还留着?"

"为啥子留着?"任思记自嘲地笑了笑，"你看我这衣服，这外套，这裤子……全是你送的，不也都留着。"

"你自己不会买新的?"

"男人嘛，没有女人，怎么可能会自己买新衣服。这些衣服都没坏，我不就一直穿着了?"

"你送我的东西，我倒是一个不剩全扔了。"

"哦。"

老板的话让任思记无言以对，他不再说话，对方也没有再向他搭话，车中安静不已。

"太无聊了，放点歌嘛!"躺在后座的森琦突然开口，老板侧过脸看了看他，无法确定他到底是醒了还是在说梦话。

任思记打开电台。

"相爱是失误，结婚是错误! 离婚是醒悟吗? 再婚执迷不悟……"
任思记关掉了电台。

"怎么，唱到你心坎里了?"

"要是你不在意，我也没什么所谓。"

他再次打开电台，电台里响起音乐。

"一个人孤独，两个人幸福。三个人可以致青春，都是寂寞殊途。"

"后面那个，你男人?"

"酒客。"

"你那么好心送酒客回家?"

"那怎么办? 打烊了他在那装死，我又不能把他丢在店里。"

"是吗?"

"你是在意他，还是在意他和我的关系?"

"都不在意。"

"你们的关系，不简单啊。"森琦又幽幽地开了口。

老板回过头，森琦已经睁开了眼，半靠着车门，笑眯眯地看着老板。这下，老板可以断定他真的酒醒了。

"你们认识？"森琦又问。

"不认识。"老板回过头。

"哎呀，这有什么不好意思说的？我是她前夫。"

森琦饶有兴致地点点头，老板撇嘴看向窗外。

电台里的乐队主唱情绪饱满，歌曲进入了副歌部分。

"我要开花！我要发芽！我要快乐的时候忘记她！"

飘雪的夜空，可见度不高，闪亮的烟花突然点亮一整片天空。

"烟花？"森琦迷迷糊糊地指着天上绽放的烟花。比他以往见过的更大，更色彩缤纷。

老板转过视线，看到了天空中的烟花。

"江北街？"

"那里的烟花秀取消了，你咋个看的方向啊？"

"那个方向是南岸吗？"

又一朵烟花绽放在高空，颜色与前一朵迥异，烟花映在车窗之上，森琦朦胧的眼神逐渐恢复清澈，他静静地看着绽放的烟花。

"如果那个女孩活着的话，也能看到这么美的烟花……"森琦喃喃自语，随后在身上摸索着。

"在外套右手边口袋里。"

手机是老板塞到醉醺醺的森琦口袋里的。森骑拿出手机，点到录音界面。"嗯？今晚的录音没录上么？早知道不喝这么多了，"他不满地咂嘴，接着问道，"你听了这个录音吧？"

"没啊……"老板暗暗抱怨起了李承航。

"没关系，我本来就是打算让更多人听见的，"他坐起身，将窗子打开了一条缝，冷风扑面而来，他感到清醒了许多，"不过，主编拒绝了这个选题。他觉得这种录音会降低人们对熊猫骑士的崇拜程度。他说，在熊猫骑士人气正盛的时候不要逆风而行。"

"那个女孩最后怎么样了？"

"这段录音是经过剪辑的，把和他对话人的声音剪了出去，只剩下女孩的声音。如果光听这个录音，恐怕会以为女孩最后跳江了，不过，事实并非如此。"

老板松了口气，没想到森琦接着说："她是在家里自缢身亡的。"

老板怔住了。

"到最后，她也没有选择投江，也许是担心打捞尸体会给他人添麻烦吧。"

"这些是你通过这段录音调查出来的么？"

"恰恰相反，我是先从流言中得知了某个女孩身亡的消息，才逐步调查出这件事与熊猫骑士有关。"森琦回想起他站在孟焦沓家门口时纠结的心情，那时候的他需要调查此事，却又不想打扰到被害者的家人。最后他依旧没有勇气敲门，正当他准备离开时，孟焦沓推开了门。

"女孩的哥哥并不愿意接受我的采访。他认为我和那些无良媒体一样，是杀死她妹妹的帮凶。"

"你是做媒体工作的？那你们确实容易被误会。"任思记随口说道。

森琦深深地叹了口气，窗户缝隙飘入一片雪花，正好落在他眼睛里，他揉了揉眼："他没误会，我们就是帮凶。"

女孩的不雅照曝光后，起初没有被大范围传播，直到《新宇日报》对这起事件大肆报道。相关文章中引用的照片虽然做了处理，但是有心人还是能够找到女孩的信息。主编大口地吃着"人血馒头"。

任思记和老板都沉默着，不知道该说些什么。

"虽然女孩的哥哥最终也不愿意接受采访，但某天我突然发现，有人往我邮箱里发了这个音频文件。除了女孩的哥哥，不会有人有这种录音。"

森琦不知道，孟焦沓暗地里调查后觉得森琦是一个可信任的记者，就把这份文件发给了他。

"即使他那么信任我，这份录音依旧没有机会见天日。"

森琦撇了撇嘴，十分不满。

"要想让人知道，直接传网上不就好了？"任思记说。

"如果只需要传网上，那为什么女孩的哥哥自己不传，而是发给我呢？"

想了半天，任思记也想不到合理的理由，乖乖闭了嘴。

"可能他不想让别人听到妹妹可怜的声音，不想让别人同情妹妹。"老板说。

"我也是这么想的，"森琦苦笑着，"他不希望人们对妹妹最后的声音指指点点，也许是害怕人们质疑录音作假，再度对妹妹的声音进行污蔑；也可能是害怕那些高高在上的同情。无论如何，他想要的肯定不是人们能够听到这段录音，而是想让我通过这段录音，查清事情的真相。但是，我没能做到……"

森琦对孟焦沓心怀愧疚。即使他已经查出自己的同事和主编真的是杀害孟焦沓妹妹的帮凶，他也没办法说出口——因为他自己就是《新宇日报》的一员，他不能将自己从这份罪恶中摘出去，装作出淤泥而不染。

他不再说话，关上车窗，看着南岸的方向。

现在的森琦，已经从《新宇日报》离职，他已经有所规划：今后会从事自媒体工作，运营自己的账号。他决定，到时候一定要把这个事和王毅朗调查清楚，再公之于众。

森琦看着自己从未看过的华丽烟花，想到离职后从自己身上消失的"记者"身份，又想了想自己接下来即将做的事，突然笑了。

烟花还在持续绽放。

3

砰！

夏桐清晰地看到绚丽的烟花绽放在孟焦沓的头顶。

对着白兔心脏的"手枪"没有如愿射出子弹，枪口前方瞬间被飘雪熄灭的火苗说明了一切。

挡在冉康面前的白兔看着孟焦沓手中的手枪打火机足足愣了半秒，随后她警惕地看向孟焦沓，他似乎还沉迷在震惊的情绪之中，于是，白兔用力地推了一下面前的孟焦沓。

要是平时，这柔弱的一击根本不会起作用，但孟焦沓刚刚从山上落下，腿上有点拉伤，加上他正在愣神，被推了一个出其不意，一屁股坐在地上。

白兔心有余悸地后退两步，数秒前她还以为自己要死了，心脏剧烈地跳动着，似乎随时要从嗓子眼里跳出来。

"能起来么？"冉康问倒地的夏桐。

夏桐摇了摇头。

冉康脱下外套垫在夏桐的头下，站起了身。

终于回过神的孟焦沓丢掉手上的打火机，随手从路边捡了块巴掌大的石头，扔向白兔。冉康快步上前护住白兔。

石头重重地砸在冉康背上，冉康痛苦地"呜"了一声。

孟焦沓趁机起身，手上又拿了块石头，气势汹汹地冲了过来。

4

虎子一个冲撞就把黑衣人撞飞，猴子又惊又怕地看着虎子，完全无法理解他为什么要做这种事。

另一名黑衣人见状向猴子挥棍，猴子一个侧身侥幸躲过一击，他愤怒地指着虎子，对黑衣人说："撞你们的是他啊，你打他啊！"黑衣人并不理睬，继续向猴子发动攻击，猴子无力反抗，只能拔腿就跑，黑衣人也追了上去。

被撞飞倒地的黑衣人缓缓起身，扭了扭脖子，不服气地看着虎子准备还以颜色。虎子笑了笑，挑衅地用下巴指着黑衣人。

"便衣么？"傅绅义面色凝重地问道。

瞳晓知道傅绅义误会了，但是她不打算戳穿。

"这只是最近的支援，后续的支援马上就到，你们最好乖乖投降。"

虽然王毅朗告诉傅绅义不要进去，但是现在情况危急，傅绅义不打算遵守。他必须尽快解决掉这三个警察，然后进到楼里向老大传递警察要来的消息，趁着警方后援赶到之前尽快撤离。

比起那两个便衣，傅绅义认为最大的麻烦是瞳晓，他有些担心自己多余的情感影响判断和行动。

傅绅义紧紧盯着瞳晓，叹息道："你为什么不能乖乖当一个交警？我是真的很不想以这样的方式面对你。"

瞳晓的推论已经威胁到了老大，老大这种做事讲究干净的人，是不会留她活路的。

"那你就乖乖投降吧。"瞳晓上前一步。

"不行。"

虽然对方是自己心仪的女性，但是他不可能出卖自己的老大。

"你从来没有赢过我。"瞳晓摆出架势。

"现在可不是上课。"傅绅义摸了摸腰间的甩棍，最终也没能拿出来，他摆出跆拳道的架势，面对从未赢过的瞳晓。

就在两人对话之际，一旁的虎子已经分出胜负，黑衣人被他打倒在地，暂时站不起身来。

"怎么会这样……"倒地的黑衣人痛苦地发出呻吟。

"你以为胖子就只会用蛮力？老子可是被高人指点过的！"

虎子所说的高人，是李堀。

在被李堀打败后，他就问李堀为什么这么能打，李堀告诉他虽然体重在街头斗殴中能在很大程度上左右胜负，但若是太依赖于此，过重的体重就会在有技巧的对手面前成为劣势。之后，李堀教授了虎子一些打架的技巧，那都是他这么多年街头打架的经验。

"救命啊，那他也交给你了！"

虎子回过头，看到猴子冲自己奔来，身后的黑衣人紧追不舍。

猴子跑到虎子身后，黑衣人停在虎子的面前和虎子对峙。猴子看了眼倒地的黑衣人和地上的甩棍，连忙捡起来指着身前的黑衣人："告诉你，我们现在是二对一，老子还有武器！你最好认输，我饶你不死！"

"我们本来就没打算杀人，杀人还得了？给点教训得了。"虎子轻声说道。

"你不这么说怎么能吓唬住他！"

"你们两个当我是聋子么？"

"闭嘴，还不束手就擒？我们可是警察的人！"猴子指了指一旁的瞳晓，瞳晓默许。

"废话真多！"黑衣人对着两人落棍。

虎子虽然身胖，但是灵活，只要他的脑子不卡壳，这种程度的攻击打不中他，他轻松侧身闪开，却忘记了猴子还站在自己身边。

猴子眼看甩棍就要落到自己的脑袋上……

如口哨般尖锐又修长的鸣叫，随后是"砰"的一声。

黑衣人被天上的那一抹闪光吸引了注意力，落下的棍子微微偏出数厘米，没能砸中猴子的面门，转而砸到了他的肩膀。

与此同时，瞳晓和傅绅义都冲向对方。

瞳晓像上课时一样率先出击，却被对方识破了自己的招式，傅绅义反手抓住她的袖子，伸出一脚，卡在瞳晓的腿后，彻底破坏了瞳晓的身体平衡。

这个场景曾在傅绅义的脑海中循环上演了几百次，他曾无数次想着如何破解比自己速度更快的瞳晓，在他的预想中，比试在此应该已经分出了胜负。

但此刻瞳晓的手抓住了他的领带。

他从来没有想到自己会被抓到领带，因为在今天之前，他从来都不系领带。

抓住了领带的瞳晓也抓住了获胜的希望，她再次伸手，抓到了他的领口。她借助一直勤奋锻炼的核心力量强行以另一只没被绊住的脚为轴，四十五度转身，下一个瞬间，傅绅义的身体在空中画过一道优雅的弧线。

半空中，傅绅义脑中浮现出"Lotsip"的纸袋和盒子——若不是要把枪装到袋子和盒子里，他也不会随手买下这条领带，如果那样，刚刚的那一瞬间也不会被抓到领带，结果也许就会有所不同。

悔意来得太晚，傅绅义已经被瞳晓重重地摔在地上。

瞳晓压在傅绅义身上，擒住了他的双手，顺手在他的腰间摸索了一下，找到了甩棍。

"为什么不用这个？"她把甩棍丢在一边。

傅绅义紧闭双唇，不说话。

瞳晓从口袋里拿出手铐，将傅绅义双手铐上。傅绅义也接受了现实，放弃抵抗。

"啊！"被打中肩膀的猴子发出哀嚎。

"敢打老子兄弟！"虎子趁着黑衣人不备扑向他，轻松将他压倒在地。

虎子先是对着他的面部来了好几拳，鼻血从黑衣人的鼻子流下，沾在他的手上，可他依然不肯收手，抓起黑衣人的头发，把头拎了起来，打算拍死他。猴子惊恐地看着虎子，他觉得虎子真的想杀人，正当虎子准备下死手的时候，烂尾楼里传来"砰"的一声。

这个声音明显有别于天空中绽放的烟花，瞳晓皱眉看向烂尾楼。

她知道，这是枪声。

虎子也恢复理智，把黑衣人的头放下，黑衣人早就失去了意识，倒地不起。

瞳晓站起身，傅绅义双手被反铐，暂时站不起来。

身后传来自行车铃声，瞳晓回过头。

李承航终于骑着车赶到，他把自行车往旁边一丢，喘着大气走向瞳晓。

"师傅，你怎么来了？"

"快去楼里！"他气喘吁吁地说道，却无力再走一步，双手扶膝大口呼吸着冰冷的空气。

师傅看起来非常焦急，瞳晓没有思考他为何这么吩咐自己，转头向烂尾楼奔去。

李承航突然反应过来，刚才路上他听到了枪声，而且韩一应很可能做了炸药，现在让没有配枪的瞳晓去楼里无异于送死，于是他又吼道："等一下，别去楼里！"

"啊？"瞳晓站住，回头看向李承航。

一会儿让去一会儿不让去，到底要怎样？

从楼里冲出一道黑影。

"别跑！"

瞳晓还没来得及回头看向烂尾楼，黑影就撞开了她。她被撞到一旁，只见那个黑影又冲向李承航，撞到他身上，李承航被撞倒。

王毅朗没想到烂尾楼外已经出现了这么多人，再结合倒地的两个黑衣人和傅绅义，他判断是傅绅义出卖了自己。撞倒李承航后，他狠狠地看了眼傅绅义。

"老大？"傅绅义满脸不解，绝望地抿着嘴。

王毅朗迅速扶起倒地的自行车。

现在已经没有任何人能够信任，场面太混乱，当务之急是逃出生天。

"王毅朗，那是老子的车!"倒地的李承航吼道。

王毅朗骑上车，扬长而去。

事情发生得太突然，瞳晓还没有对骑车离开的王毅朗做出反应，就看到一个穿着黑白衣服戴着黑白头盔的骑士从楼里冲了出来。

这次她不像之前毫无心理准备，她快速伸手抓住了那个戴着头盔的骑士。

"站住!"

戴着头盔的骑士看着她，愣住了。

"你们是做什么的? 在里面干吗? 为什么有枪声?"瞳晓连续发问。

骑士的手缓缓放下，瞳晓以为他要乖乖接受盘问，于是松了手。

骑士轻轻"啊"了一声，指向瞳晓后方的天空，瞳晓回过头。

砰! 又一朵烟花绽放在夜空。这朵烟花和之前的烟花都不相同，引爆一次后，又分裂成三个小烟花，三个小烟花同时引爆，缤纷的花火瞬间铺满了夜空。

瞳晓看出了神，等回过神再度回首寻找那个骑士时，他已经不见了踪影。

5

什么都没有发生。

韩一应再度确认了手机，拨号中，信号应该已经传递到了，为什么没有爆炸，他满脸不解地看向一旁的承重柱。

砰！

头顶传来响声，这声音像是烟花爆炸。

"什么情况？"

烟花的爆炸声让王毅朗成了惊弓之鸟，他差点发出惊叫声，抬眼警惕地看了看小笑和韩一应，随后惶恐地左右张望，这幅狼狈的模样和之前的自信姿态截然不同。

或许是太过警惕却没有发现其他的威胁，王毅朗不自觉地笑出声。

"笑什么？"

"你们运气不错，逃过一劫。"

"是你逃过一劫。"韩一应咬牙说道。明明电话已经拨通，然而既没有听到铃声响起，也没有爆炸，虽然不知道原因是什么，但自己的炸弹计划失败了。

烟花爆炸声还在持续。王毅朗后退两步："我没时间再和你们胡闹了。"

既然自己没有致命的武器，王毅朗认定自己暂时不是熊猫骑士团的对手，这种情况下还是走为上策。他没有给两人回话的机会，转过身。

虽然是逃跑，但不能暴露自己慌张的内心，他缓步走向门口。

"你站住！"小笑手中的枪对准了王毅朗。

王毅朗微微侧脸，笑着看向小笑："如果你手上的是真枪，你早就开枪了。"

小笑的手指压在扳机上。

王毅朗露出嘲讽的笑脸，转过脸，走向门口。

韩一应不知道小笑为什么一直不肯开枪，但既然他不愿意开枪的话，那枪也就是个摆设，自己也不必害怕。没了枪的威慑，他快步追上王毅朗，就算今天不能炸死他，也要抓住他让他承认自己的罪行。

"我说了站住！"小笑的手开始颤抖。

不论韩一应还是王毅朗都没有把他放在眼里。

在这个下定决心复仇的夜晚，怎么还是没人愿意听自己的话呢？

至少在今天，至少在现在，他不想被人瞧不起，不想被人忽视，于是，小笑扣下扳机。

砰！

子弹擦过韩一应的左腿，留下一道血痕。

超乎预料的后坐力，枪从小笑的手中弹飞，掉落在地。

小笑和王毅朗都极为震惊——那竟然是把真枪！

不可能，这把枪是自己在教训那三个青年之后从地上捡到的，自己明明在网吧厕所里亲眼看见他们用这把"枪"点燃了香烟，这怎么可能是真枪？

小笑本以为那只是一个普通的打火机，想着能在今晚用来虚张声势，没有一刻怀疑过它是真的。但事实摆在眼前，它确实是真枪。

　　小笑突然想起那三个青年被自己撞倒后在身上摸索着什么，随后又露出窘迫的表情，落荒而逃——原来他们害怕的不是自己，而是掉落在自己车轮下的手枪。

　　韩一应感到一阵刺痛，还好子弹只是擦过皮肤，鲜血从伤口上流下。这下，他不得不怀疑小笑是不是脑子有问题了，刚刚一直不开枪，非要最后关头开枪，既没有击中王毅朗，还误伤了自己。

　　延时的寒意瞬间侵蚀了王毅朗，他想到自己刚刚还挑衅有真枪的家伙，虽然不知道为什么对方一直不开枪，但运气终究还是站在自己这里，这发子弹没有击中自己，枪还因为后坐力落地，短时间内小笑开不出第二枪。他没有任何犹豫，拔腿就跑。

　　"别跑！"韩一应吼道，随后追了上去。

　　冲出了烂尾楼的门，豁然开朗，猴子、虎子、李承航，还有三个倒地的黑衣人，烂尾楼前怎么聚集了这么多人？韩一应还没来得及思考，突然就被抓住，他转头看向抓着自己的人。

　　"你们是做什么的？在里面干吗？为什么有枪声？"

　　他愣住了，即使多年不见，他也一眼就认出了她，是瞳晓。

　　她为什么在这？为什么穿着交警的衣服？有没有给自己回短信？

　　无数的疑问涌现，他却开不了口。

　　天空中，一颗小小的火球迎着大雪冲上云霄。

　　"啊……"他指向那个火球，瞳晓回过头。

　　下一瞬间，火球在半空中分为三颗——就像那时候他买的会分裂成三股的烟花一样。三颗火球同时引爆，闪烁在夜空之中。

　　以韩一应贫瘠的词汇量，他只能在心中默念"好美"。

　　他低下头，看着瞳晓的背影，绽放的烟花映在她的荧光制服上。如果可以的话，他想就这样驻足，摘下头盔，在她身边继续陪她看烟花。

韩一应欣慰地微笑，转身离开。

眼看王毅朗骑着车消失在夜色中，他冲向自己的摩托车，经过虎子猴子身边时心中疑惑他俩怎么在这里。

韩一应骑上摩托车，启动，突然身后被挤了一下。

李承航跳上摩托车。

"Bobber"风格的摩托车只有单人坐垫，没有后座，所以实际上李承航是坐在了单人坐垫的后半部分，把韩一应挤得只能将一半屁股坐在油箱上。

"你干吗?"

"他骑老子自行车走的!"

"快下去，这车坐不了两个人!"

"别废话，给老子冲!"

6

唯一值得庆幸的是李承航算是瘦弱，即使只有半个屁股坐在坐垫上，他也能紧紧抱着韩一应的腰，保持平衡。

韩一应的摩托在单行道上疾驰。

"你这个警察不在刚刚那栋楼前控场，怎么反倒跟我追人?"

"首先老子是片警，那地方不归我管。其次，老子已经通知了老刘，他会派人来烂尾楼控场的。最后，老子不是去追王毅朗的，一是去追我的自行车，二是来追你的！"李承航判断烂尾楼里已经没有人了，瞳晓可以暂时控制住场面等到老刘到来，因此才跳上了韩一应的车。

"追我？"韩一应左脚上挑挡杆换挡，却在发力时感到一阵刺痛，是子弹的擦伤，他不由得眉头紧锁。

"你妹妹……"李承航的语气明显轻了些，韩一应没能听到。

"什么？"

"哎呦！就是知道这段时间你也不容易……"

"你又知道什么了？"

"关于你妹妹的事，我也感到很遗憾。"

"妹妹？遗憾什么？"

这一反问，李承航反而不知道该回答什么了。

除了死亡，还能遗憾什么？难道还要自己说出"抱歉你妹死了"这种话吗？

"虽然不知道你到底是什么意思，但你肯定是误解了。"

"你是不是熊猫骑士？"

"你说什么呢，我怎么可能是熊猫骑士？这身衣服头盔随便买的，只是最近这个颜色比较流行而已。"

"那……"

李承航还想问有关他妹妹的事，却突然被韩一应打断。

"看到了！"从单行道行驶出来，韩一应终于看到了骑着自行车的王毅朗的背影，"往大桥的方向拐了！"

"在大桥这种开阔地形和摩托车比速度？"李承航觉得王毅朗做了一个错误的选择。

韩一应行驶上大桥的瞬间，明白了王毅朗骑上大桥的原因。

大桥的人行道和机动车车道之间有一个护栏，王毅朗仗着自行车灵活的优势，在上桥前就把车抬上了人行道，韩一应则只能在机动车道行驶，这样就算他追上了王毅朗，也没办法第一时间抓到他，除非下车翻过围栏，但那样形势就会发生变化——从原来的摩托车追自行车优势变成徒步追自行车的劣势。

不过那已经是后话，眼下，还是先追上王毅朗才能考虑后续怎么抓住他。

韩一应继续加大油门，车进一步加速。雪天的能见度很差，韩一应终于看到了王毅朗的身影，就在他追到车身齐平的瞬间，排气声突然变得急促，像是一个咳嗽的老人，没几秒，发动机熄火，车速缓缓降了下来，两人眼看王毅朗的身影消失在雪夜中。

"啥子情况？"

韩一应看了看左腿，正是因为左腿受伤，他在换挡的时候出了差错，导致熄火。

"熄火了，等一下。"韩一应尝试打火，但不论怎么按电启动按钮都没办法打着。

"你别按了！用启动杆啊！"

"启动杆？你说脚踩的那个？"

"是啊，你踩啊！"

"你说的是哪年的摩托车？现在车上没有这种东西！"

李承航歪过头，发动机旁确实没有启动杆。

"老子早就说了现在的东西越做越偷工减料！"

韩一应下了车，本来就坐得不舒服。

"那现在咋个办？"

"推起来。"

"啊?"

"就是把车推起来,让车轮跑起来,然后再打火,这样成功率高点。"

李承航看向前路。由于大雪,桥上没有一辆车,路上有很多积雪。

"还看什么?来帮忙啊!"韩一应扶住车的龙头,李承航下车,扶住后座,两人一起向前发力,脚步缓缓动了起来,随后逐渐加速,眼看就要跑起来的时候,韩一应突然滑倒了,车也倒在一边。

"年轻人咋个这么虚啊!"李承航走到韩一应身边,本想再讽刺两句,但是他却看到了韩一应流血的左腿,"咋个搞的?"他的眼神突变。

"没得事,小伤。"韩一应缓缓站起身,却突然感到腿上一阵刺痛,又一屁股坐在地上。

"小伤?你除了嘴硬还会啥子?"

"赶快把车扶起来,不然王毅朗要跑了!"

"哼……"李承航开始脱衣服,先是外套,随后是毛衣,最后露出了里面的衬衣。

韩一应眼睁睁地看着李承航在大雪中把自己的上半身脱到一丝不挂:"你又在发什么疯?"

李承航默默地把脱下的衬衣撕成一条一条的长布,随后绑在韩一应的伤口上:"给你绑个伤口,好心当成驴肝肺!"

韩一应不知道应该做出什么反应,他只是干巴巴地看着李承航为自己包好伤口。完成后他满意地拍了拍手,打了个寒战:"冷死老子了!"

他以极快的速度把毛衣和外套又穿上身子。

韩一应伸了伸腿，舒服多了。他抬眼看了看李承航，李承航已经站起了身，把外套上的积雪拍了个干净："看啥子，赶紧起来推车！"

李承航把车扶了起来，这回他站在前面扶着车把，韩一应起身扶着车座，向前推着摩托车。

"你这个车不是啥子英式鲍勃风的吗？我问了，说你这种车都要十几、二十万，怎么说坏就坏？"

韩一应尴尬地笑了："正版确实要那个价。"

"那你这个多少？"

"两万多。"

"一分价钱一分货啊！"

两人推着车跑了起来，速度越来越快，韩一应感觉自己要追不上李承航的步子了，他的手指轻轻抵着车座，勉勉强强地施加一些微不足道的推力。很快，他的手也搭不上后座了，只有李承航一个人推着车。李承航按下打火按钮，顺利打着，他停下脚步，骑上车，韩一应这才瘸着脚快步走到他的身后。

看着骑在车上的李承航，韩一应问："你干吗？"

"你那腿能骑么？换老子骑！"

韩一应咂嘴，却只能乖乖上车："你再往前去点！"

"老子都坐在油箱上了！"

"都和你说了这车坐不了两个人！"

两人别扭地坐上了车，李承航挂挡、拧动油门，车子顺利启动了。

"怎么这么慢？"

"老子好久没骑了，适应一下。"

李承航并没有摩托车驾驶证，他虽然曾经骑过摩托车，但是那时候对摩托车查得不严，他就一直没有考证。后来，他在派出所的车棚里发现了一辆自行车，车身还有明显的锈迹。那车就孤零零地停在车棚里，从来没有人骑它，他问了同事们，都说不知道是谁的。于是，他顺理成章地把那个车占为己有，还为它除锈——只是买错了喷剂，把除锈剂买成了除漆剂，最终把整个车弄成了没有漆面的金属色，一直骑到今天。

车逐渐加速，李承航很快掌握了技巧。

"你刚刚想问我什么来着?"韩一应主动问道。

"哦，对! 老子想问你，你妹妹真的没事?"

"能有什么事?"

"奇怪了。"李承航不解。如果那段录音并不是韩一应的妹妹，那会是谁?

"估计是我弄错了，因为我之前听你说有一个妹妹来着。"

"哦。"

"咋个样，你和你的那个妹妹，有联系么?"

"算有吧。"

李承航不满地笑了:"啥子叫算有哦! 有就有，没有就没有!"

韩一应沉默了，李承航继续说:"你看，就和你买这个车的时候一样! 只考虑帅不帅，买个单人坐垫! 你就没想过有一天会带人?"

"我不需要带人。"

"你是叛逆期吗? 装孤独耍酷是不是? 老子和你说，就像摩托车，单座的摩托车总归有捉襟见肘的时候，在这个社会里，一个人也是不行的!"

"你又在那装什么哲学家?"

"就是这个道理嘛! 你要多和你妹妹联系，也要多和我联系!"

"和你有啥子好联系的？"

"行，不和老子联系，那你和家人联系嘛！"

韩一应再次沉默，但没过多久就缓缓开了口："那个时候……"

"哪个时候？"

"就是那个时候嘛！那些个所谓的亲人没一个管我，就连和我关系比较好的表妹，也不找我。"

李承航反应过来，他是在说父亲去世之后的事。

"有次我去找她，看到她得意地骑着一辆黑白相间的自行车，我一下子就不开心了。"

"你嫉妒了？"

"破自行车有啥好嫉妒的？我也不晓得我是怎么想的。"韩一应其实知道，自己就是嫉妒她能拥有如此开心的生活，父母健在，所有人都把她当作掌上明珠，而自己却在父亲去世之后被另眼相看。

现在想来，他并非无法理解自己当时的心情，只是感到些许愧疚，不愿再说出口。

"所以我想了个馊主意，目的是毁掉她的快乐。"

"你给她车偷了？"

"抢的。她那个车好像是同学的，我就叫上我的伙伴，把她同学的车抢了。"说完后他感觉心情舒畅了许多。

"这是在遇到我之前的事？"

"嗯。"

"也是，你要是在遇到我之后还敢抢劫，不打死你！"

"你现在打得过谁？"

"打不死你也要打死你！"

李承航的话完全不明所以，韩一应没有理会，他接着说："反正，那之后我就没和她说过话了。"

"你不是说今晚才见了人家么？"

"见是见了，巧合而已。"韩一应叹了口气，不打算再说下去。

"哪有什么巧合，都是命嘛!"

摩托车行驶到了桥的尽头，没有看见王毅朗，李承航停下车。

"刚刚一直没有问你，你追到王毅朗后，打算对他做什么？"李承航的语气听不出他的情绪波动。

韩一应自己也没有想过这个问题，在烂尾楼的时候，他确实想过和他同归于尽，但是现在，也许是因为炸弹哑火了，也许是见到了瞳晓，也许是一路上的寒风把他吹醒了，他似乎没有那么冲动了。

"还能怎样？唠会儿嗑呗。"

"说真的，如果打算杀了他的话，我就不可能带你追他。"

"说啥子哦，有你这个警察在，我还敢杀人？"

李承航笑了笑，看着从人行道延伸出去的自行车车辙，拐向了江北街的方向。

这个清晰的车辙证明，它属于刚刚通过这里的王毅朗。

李承航拧动油门，落下的雪花瞬间被扬起。

7

树枝被压弯，枝上的积雪落下的瞬间，树枝又微微弹起。一团积雪落在了大庆的头盔上。

天空中的烟花爆开，"砰"的一声，大庆猛然睁开眼。他扶着头靠着树缓缓起身，当时就是一头撞在这棵树上才昏迷过去，他打开头盔镜片，揉了揉眼，模糊的视线这才变得清晰，他看见了摔在一旁的熊猫踏板摩托。他颤颤巍巍地走到摩托车前扶了起来，简单检查一下车的受损情况，心痛不已。

　　向大庆从小最喜欢的东西是钱，因为他一直都没钱。小时候没钱买电脑，只能把最便宜的 MP3 播放器给同学孟焦昚，让他回家帮自己从电脑上下歌，两人的友谊就是这么建立起来的。多年来，大庆一直为了金钱奔波，今天也是为了工资而接下这份工作，谁能想到现在这个车的外壳全部撞坏了，考虑到后续的修理费用，他一阵心痛。大庆甚至开始后悔，从一开始就不应该接下这份工作。

　　又一团雪落在了他的头顶。还好戴着头盔，他想。

　　这团落雪让他回过神，他想到自己还有要事，于是立马四处张望，希望找到掳走夏桐的胖子和瘦子二人组。

　　没有看到人，只看到地面上的两道痕迹，向着下坡方向延伸。大庆没有时间确认夏桐的相机有没有摔坏，也没有注意到双肩包的拉链已经划开一个口子，熊猫先生的半个头露在外面。他调整了一下双肩包，又跨上了摩托。

　　启动摩托车，向着下坡路行驶。

　　轮胎突然又打了滑，大庆勉强稳定住车身，前方出现树干，不过他已经有经验，稍微侧过车身躲开。可这一转向，又差点摔倒，好不容易调整过来时，树干接连出现，大庆手忙脚乱，此时再踩刹车必然会打滑摔倒，他只能强行拧动油门，侧过车身，从树干的缝隙中穿梭而过，他无法减速，速度越来越快，他无法控制，冲出了树丛。

　　树丛中窜出一只骑着熊猫踏板摩托车的熊猫，半空之中，他的身影与天空中爆裂的烟花重合。

麻辣烫摊前的瞳晓和白兔震惊地看着这奇特的景象，冉康也抬头看到了飞天熊猫。

孟焦沓被身后的声音吸引了注意力，停了手，回头看去。

半空中的熊猫从孟焦沓的头顶划过，他看到了举着石头的男人，虽然不知道那个胖子和瘦子去了哪里，但是举着石头的人一看就不是什么好人，他如此判断。

从空中划过的同时，双肩包中的熊猫先生被甩了出来。飞翔的熊猫先生在飘雪的夜空中旋转着身子，飞向了孟焦沓，最终它的脚落在了孟焦沓的脸之上，看上去就像狠狠地"踢"了他一脚。

"熊猫先生？"夏桐半张着嘴看着给予孟焦沓"痛击"的玩偶，不知为何眼泪填满了眼眶。

事发突然，孟焦沓怔住了，白兔抓住机会，重重地踢向孟焦沓的下体。真正的沉重一击踢得孟焦沓头皮发麻，手中的石头也掉落在地，他夹起双腿，痛苦地弯下腰来。

从摩托上跌落的大庆迅速起身，撞飞孟焦沓，自己也倒在地上。

冉康快步跑到倒地的孟焦沓身前，骑在他的身上，再次化身为不良少年，向着孟焦沓的面门落下无数重拳。

打了好一阵子，冉康才喘息着停了手，身下的孟焦沓鼻青脸肿。冉康缓缓站起身，看到所有人都对他投来惊恐的视线。

冉康有些不好意思，但还是狡辩道："看我干什么？这是穷凶极恶的歹徒，我是正当防卫。"说完，他捂着受伤的后背走到一边。

麻辣烫老板半个身子躲在棚子后面，她拿着手机走了出来："我报警了，也叫了救护车。"

"有绳子么？"白兔回头问道。

"有，我去拿！"麻辣烫老板转身进到棚子里。

大庆站起身，小跑到夏桐身前蹲下，企图扶起她，夏桐表情痛苦地哀嚎："不行，起不来！"

"哪里伤了？"

"不知道，但是一动就很痛……"

"你不是那个跳舞的熊猫么？"白兔指着大庆，惊讶地说道。

"跳舞的熊猫……"大庆也认出了在 Panbar 里看到的见习酒保二人组。

麻辣烫老板把绳子拿了出来，大庆接过绳子："我去捆吧。"说着，他走到孟焦沓身边，扶起了他。孟焦沓的意识逐渐恢复，但是已经无力反抗，被大庆捆在树上。

孟焦沓虚弱地笑着："向大庆。"

"嗯？"自己戴着头盔，对方明明看不见脸，为什么能够认出自己？他不解地看着孟焦沓，想要回忆起此人是谁，但是孟焦沓的脸上青一块紫一块。

"不记得就算了，"他轻轻地笑了笑，"对了，你摸一下我衣服口袋。"

大庆皱了皱眉，虽然有些担心是什么诡计，但还是照做了。他把手伸入孟焦沓的口袋里，摸到一个冰冷而坚硬的东西。

"这是……"

"送你了。"

大庆看着手中的一元硬币。

白兔凑到了冉康的身边，警惕地看着大庆："要不要抓住他啊？这个熊猫很可能和手指有关系。"

"还是不要多管闲事了，警察会解决的。"

空中的烟花不知道什么时候停下了，不远处传来救护车的声音。大庆准备起身时，孟焦沓又开了口："对了。"

大庆站住。

"她说谢谢你。"

"谁？"

孟焦沓不再回答，闭上了眼睛。

大庆两步一回头看向孟焦沓，最终还是放弃回忆，把一元钱放进了口袋。大庆走到夏桐身边，蹲下身子："到底发生了什么？你是被那个胖子绑架了么？"

"你在说什么？就是这个人绑了我。"夏桐想伸手指向孟焦沓，一阵疼痛令她放下了手。

"怎么伤成这样……"

"说来话长……"

救护车抵达，医生下车。

"伤者在哪里？"

白兔和冉康指了指夏桐。

"他没事么？"医生指着被捆在树上的孟焦沓。

"哦，他是凶恶的歹徒，而且我手下留情了，不会有事的。"

白兔回忆冉康打人的样子，完全不像留情。

"我们已经报警了，警察应该很快就来，这个人就交给警察吧。"

医生狐疑地看着冉康，他尴尬地笑了笑，随后他们来到倒地的夏桐身边，把她缓缓抬上了救护车。大庆跟了上去，半途中突然想起了什么，转过头把地上的熊猫先生捡了起来，带着它一同上了救护车。

8

远方有一辆救护车驶上大桥的方向，任思记皱着眉，把车窗打开一条缝。

"所以我早就说了，天底下怎么有你这样的男人！"老板生气地抱胸，语气尖锐。

任思记也冷笑一声："老子还想说怎么有你这样女人呢！"

森琦缩在后座，不敢说话。

他停止发言之后，车内还没安静多久，Panbar老板和出租车司机就因为开关空调这种小事呛上了。两人积怨已久，争吵的话题越来越离谱，逐渐发展成翻旧账，两人还一直让森琦评理，气氛一度非常尴尬。

森琦想，如果天天都要因为这种琐事吵架，那的确还是离婚比较好。

"你看不上开出租车的？"

"开上出租车都是你命好，我还以为你一辈子只能干摩的呢！"

"啥子摩的？那车不是给偷了么？"

"那叫偷了？不是你拱手送人了？"

"我哪个晓得那个小偷又杀了个回马枪！"

"败事有余！"

"老子真是懒得和你吵，除了翻旧账你还会啥子？"

"你以为我想和你吵？停车，我要下车！"

"下啥子车,都是实线,下不了!再说了,大雪天你能打到别的车?别冻死在路上。"

"冻死在路上和你有什么关系?"

森琦一声也不敢吱,老板咄咄逼人的样子和在工作时不悲不喜的优雅姿态截然相反。他弄不清楚到底哪个才是真实的她。

烟花秀在两人的争吵中停了下来,森琦失落地看着窗外,由于两人的争吵,后半段的烟花他完全没有心情欣赏。不过好在已经快到自福巷,他马上就要下车了。

现在,他无聊地盯着窗外发呆。

他的家在巷子附近,以前他很喜欢"自福"这个名字,后来听别人说,这个自福巷是后来改的名字,原来好像叫什么"自缚巷",附近的人觉得不吉利,所以改了名。在森琦还小的时候,他还听说经常有拾荒者去巷子里面拾荒,大人们让他不要接近。不过随着时间推移,这些人也渐渐消失了——森琦想,人是不会突然消失的,只有可能去了别的地方。

现在,这条巷子还用来招工。每当清晨,天还蒙蒙亮,就会有许多工人聚集在巷子里,等待工头前来挑人。一般这种日结工资的活比较抢手,所以来者不少。

现在这个时间他们应该不在吧,他想。

森琦把思绪拉了回来,看向争吵的两人。大雪天很难打车,老板估计只能坐着这辆出租车回去。到时候,他们爱怎么吵就怎么吵,和自己再无干系。

"赶快停车,我要下车!"

"停什么车,马上就到了,你再等一下不行么?"

"不行!"

"你怎么不讲理?"

"你再不停车我就报警了!"

"你报就……"

"哐当"一声。

伴随着尖锐的刹车声,出租车停了下来。

森琦一头撞在前座靠背上,他捂着头。

老板一脸惊恐地看着前窗:"是不是撞到人了……"

任思记没有回答,瞪大眼睛喘着粗气,他想解开安全带,却因慌张双手颤抖,解了好几次才解开。

森琦从前窗看到下车的任思记,看向车灯所及之处。

老板和森琦也相继下车。

除了被撞到的人,好像还有什么东西。

森琦走近,弯腰看了看,地上的东西似乎是从一旁的自行车上落下的。

引擎声越来越响,逐渐接近的车灯刺痛森琦的双目。

摩托车在他面前停下,骑车的人没有戴头盔,反而是坐在后排的人戴着头盔。森琦正好奇为什么会这样,戴着头盔的人下了车,走到森琦的面前。

9

"那个戴着头盔的,是应哥吧。"

"好像是应哥。"

"搞得和熊猫骑士一样。"

"他上次还找我要熊猫的毛线头套来着。"

"应哥该不会是暗恋熊猫骑士吧?"

"有没有可能他就是熊猫骑士呢?"

猴子捂着肩膀和虎子相视一眼,然后两人都笑了。

"不可能!应哥怎么可能是熊猫骑士呢!"

"也是,他和我们一样是坏人。"

"你才是坏人,老子是好人!"

猴子和虎子对话之际,瞳晓已经走到了烂尾楼的门口。她从烂尾楼的门口探出头,看向烂尾楼的一楼,首先看到的是亮着远光灯的摩托车,车旁站着一个瘦弱的青年,他的脚边有一把手枪。他蹲下身子,想要捡起手枪,瞳晓赶忙跳了出来。

"别动!"

对方看到瞳晓十分惊恐,没有听她的话,迅速捡起手枪,冲向另一边的门。

瞳晓追了上去。

肩膀又传来一阵疼痛,猴子面目狰狞地看向烂尾楼,看见冲入了大楼的瞳晓,立马变了脸:"虎子,我们赶快走!"

虎子抬头,痴迷地看着天空中绽放的烟花。

"真好看啊。"

"你傻了?这烟花不就是我们搬过来的?"

"我们当时搬的是烟花?"

"你以为呢?赶快走!"猴子快步走到鬼火旁,瞟了眼倒地的三个黑衣人,他并不打算管他们:"快点,我肩膀痛推不了,你来推!"

虎子嘬着嘴，推着车子，有些恋恋不舍地回了回头，看了眼烟花。

猴子闷头向前，他早就发现应哥最近一段时间总是沉默寡言，似乎在想着很遥远的事情。本来只是怀疑他有什么事瞒着自己和虎子，直到韩一应带着两人找了这份贷款的工作，工作中，应哥还经常让他们学会独当一面，不要一遇到事就询问自己的意见。

猴子想，应哥看起来是想要把自己和虎子安顿好，他好去干别的事情。可苦思冥想了很久也不知道应哥到底要做什么，猴子心中一直有种不好的预感，最后他偷偷溜进了应哥经常去的废弃仓库，在里面发现了制作中的炸弹。

猴子一眼就看出来那是什么，因为他曾经做过类似的东西。他无法确定这东西威力有多大，但他知道，绝对不能让这东西发挥作用。于是在那些天，他偷偷监视应哥，最终发现应哥把炸弹安装在了烂尾楼的一个承重柱上。

自此之后，烂尾楼轰然倒塌，应哥被埋在废墟中的场景不断出现在自己的梦里。

刚和应哥、虎子相识之时，他没觉得应哥是自己人。因为应哥和虎子先认识，而自己像是一个插足第三者，总觉得没有虎子和应哥之间亲近。即便如此，搭伙过日子还是方便些，他也就一直和两人生活在一起。

三个人的日子很平淡，日复一日，了无生趣。这样的日常渐渐侵蚀着他，直到他发现应哥随时可能会离他们而去，才恍然大悟——原来自己那么喜欢这种日常。

在一次又一次从梦境中惊醒后，他终于做了这个决定——阻止应哥的计划。

就在昨天，他和虎子来到烂尾楼，把炸弹拆除。

那时，他看着手中作为引信的老式手机，一个点子浮现在脑海中。

虎子推着车跟在猴子身后，身后的烟花继续爆炸，前方突然传来警笛声，两人带着车躲进路边的树林，眼看着两辆警车驶向烂尾楼。

警车离开后，两人才探出头。

虎子依旧看着烟花。

"你就这么喜欢?"猴子笑了笑，问道。

"你说这个就是我们昨天搬上去的?"

在察觉到应哥的想法后，猴子就知道，这种日子不可能永远持续，谁也不可能永远都是小混混，每个人都有自己的路要走。

于是他也思考起自己将会走向何处。

所以最近他和虎子经常潜入新港口，偷了一些能够制作烟花的材料。

今天他问虎子，将来想要做什么。虎子看起来憨头憨脑，似乎根本没有想过这个问题。虎子有没有准备好他不清楚，但是他已经认清了自己的道路。

"虎子，还记得你问我，我是什么手艺人么?"

"什么?"

"哥们是造烟花的!"

烟火的光芒，点亮在禚戬毓自信的眼中。

"烟花? 我看你是做麻花的!"

猴子不爽地踢了一脚虎子，两人又打闹起来。

单行道的前路依旧没有灯光，两人就这样一路向前。

充斥着打闹与笑话的夜晚，不知伸向何处。

10

小笑拿着枪，一头钻入树林中，一片漆黑，什么都看不见。

他拼命地向前奔跑，大口地呼吸着，冷风不断刺激他的喉咙，他隐隐感觉一丝铁锈的味道弥漫于口腔，他咽了口黏稠的口水，继续向前奔跑。

身后传来女交警的叫喊声，小笑没有理会。

他只顾着向前，没有目的，无法停止奔跑的双腿，如果就这么停下，仿佛夜晚就会终结。他从没有如此希望夜晚能再长一些，他还有很多事没有弄清楚，还没有复仇，他不希望本应了结一切的夜晚如此草率地结束，于是他加快了脚步。

漫无目的却无法停下来，简直和他迄今的人生一样。

小笑一脚踩空，从树林中摔了出来，倒在地上，面朝夜空。

雪花落于脸庞，他大口喘息着，手枪没有脱手。

"喂。"

小笑微微抬起头，看到一个狼狈的男人被绑在树上。

"哦，这么巧。"

鼻青脸肿的男人笑了笑，小笑坐起身来，认出他就是网吧里坐在自己身边，掉落澡堂入场券的人。

"是你！"

"你是来找我报仇的么？"男人脸上挂着笑意。

小笑缓缓站起身，男人的话仿佛一道闪电。他想到了王毅朗口中那个亲手杀害父亲的人，想到父亲死于澡堂，又想到自己去澡堂绝非偶然。

"你就是孟焦沓？"

"是我。"

面前的这个男人，就是罪魁祸首。

他是杀了自己父亲的人，是用入场券诱导自己发现父亲遗物的人。

小笑缓缓举起枪对准了他。

"为什么要这么做……"小笑这次握紧了枪。

"你那玩意儿，不会也是打火机吧？"

小笑扣动扳机，枪响，没打中。

"我问你为什么？"

"因为熊猫骑士。"

"熊猫骑士？"

"对，都是他的错，都是熊猫骑士的错。"

"你说什么？"

"不仅是熊猫骑士有罪，那些在网上散播熊猫骑士流言的人，那些肆意否定、肯定，哪怕是讨论熊猫骑士的人，都是他们的错。"

"你脑子坏了吗？"

"我被你用枪指着，我可是将死之人，你没听过那句话么？人之将死其言也善。"

"杀人可不是别人的错。"

"哦？那你要是开枪打死我，是不是就是你的错了？"

小笑说不出话。

"还是我的错，因为我杀了你的父亲。而我为什么要杀你的父亲？是因为熊猫骑士，所以一切都是熊猫骑士的错，你明白了吗？"

"你在胡扯什么？"

"就算杀了我，你也不会满意。"

"我……"

"你不仅要杀了我，还要去找那些自称熊猫骑士的人清算，还要去找那些讨论熊猫骑士的人清算，只有这样，才能平息愤怒，不是么？"

"不是。"

"你现在否定，是因为你还没有杀我，等你杀了我之后就会明白，即使我死了，你也不会满意。"

小笑的手臂开始颤抖，他很害怕，害怕孟焦沓说的是事实，害怕完成复仇后自己依旧不会满足。他开始思考自己为什么要复仇，是为了父亲么？他本以为如此，可是，对和自己分离这么久的父亲，他还有感情么？

他不觉得父亲的死足以成为复仇的动力。

他会悲伤，会难过，可为何如此执着于复仇呢？

他想起了"有求无应"的主张——被害者们有着复仇的责任。

现在，他终于明白是责任感将自己推至此。

等杀了孟焦沓之后，这份扭曲的责任是会消失，还是会转移？

"开枪吧，然后你会去找那些熊猫骑士的拥趸……"男人微笑。

小笑的脑海中浮现出父亲的笑脸，至少在他面前，李堀总是笑着。

可李笑却很久没有笑了。

小笑抓着枪深呼一口气，终于露出了发自内心的笑容。一滴泪水从他的脸颊滑落。

他扣下扳机。

这个混乱无序的夜晚如同四散的飘雪，亦如乱七八糟的人生，还将持续缠绕小笑很长时间。

11

枪声响起，瞳晓一惊，她加快了步伐。

手电筒照着前方的道路，她勉强可以跟着小笑刚留下的脚印前进。除此之外，地面上还有一些别的脚印和车辙，可以看出今晚这片树林发生了许多事。

她没有功夫去思考这些事，刚刚的枪声让她觉得前方发生了事件，她必须尽快到场，防止事态进一步扩大。

很快，她就走到了树林的尽头。

瞳晓从树林探出头，看到了刚刚在烂尾楼里的青年，他正举枪对着一个被捆在树上鼻青脸肿的男人。

"开枪吧，然后你会去找那些熊猫骑士的拥趸……"男人说道。

似乎是受到这句话的刺激，青年的手颤抖得更厉害了。

即使受过专业训练，在面对持枪歹徒时，瞳晓也不免觉得紧张。如果是普通的持械歹徒，瞳晓对自己的身手很有自信，且容错率很高。但是持枪歹徒不同，对方根本不需要经过任何训练，在枪支面前所谓的身手不过是花拳绣腿，一旦中枪便意味着失去战斗力，甚至命丧黄泉，所以不可轻举妄动。

瞳晓之所以被调到交警队，就是因为他的局长老父亲不希望女儿面对这样的危险。

小笑的手指微微颤抖。

瞳晓察觉到这微小的动作，判断这是开枪前兆。即使紧张也不会影响她的判断，她毫不犹豫，一跃而出扑向小笑。

枪声响起，青年被瞳晓扑倒在地。

瞳晓压制住小笑，反扭他的关节，手中的枪也脱落在地，她一脚把枪踹到远处。

本以为会迎来激烈的反抗，但是身下的青年似乎完全没有反抗的意思。

瞳晓抬头，看向被绑在树上的男人，没有中枪。

男人撇了撇嘴，似乎有些不满，但也没有再说什么。

她松了口气，想起自己今天唯一带出来的手铐已经铐在了傅绅义手上，于是只能保持姿势压在小笑身上。她环顾四周，看到倒在一旁的熊猫踏板摩托车和一辆停在一边的 390ADV 摩托车。

接着就是蓝色的棚子，似乎是一家麻辣烫店。麻辣烫店的老板正警惕地看着她。

"能麻烦报个警么？"她对着麻辣烫店老板说道。

麻辣烫店的老板指了指她的身后，她这才发现一辆警车正逐渐接近。

这也太有效率了，她想。

也许一会儿还要回答无数问题，这套流程她再熟悉不过。

她再一次感到后悔，在 Panbar 时就应该把那杯"烟花"喝下。

现在，看着逐渐逼近的警车，她身心俱疲。

痛苦的加班之夜，无休无止。

12

白兔很快将麻辣烫全部吃完，放下碗筷，看了一眼被绑在树上的孟焦沓，他一动不动地坐着，完全没有抵抗。

"吃饱了，"她擦了擦嘴，对冉康说，"本来，我给你买的礼物是一个领结。"

"领结?"冉康摸了摸自己的领口，正好想要买一个新的领结。

"我把礼物藏在厕所的墙里，不知道为什么被醉醺醺的王毅朗拿错了。"

"那这个打火机是王毅朗的东西?"

就算弄清了这件事，冉康还是不能理解为什么王毅朗会将一个枪型打火机放在这种纸袋里。

"有钱人的恶趣味我们也不懂，也许他也是给某个人准备的惊喜呢，"挑选了很久的礼物最终没有交到冉康手上，她感到有些难过，"一晚上怎么这么多事啊。"

冉康看着白兔失落的脸庞，突然感到很过意不去。他意识到今天虽然没有排白兔的班，但她还是来上班，并悄悄为自己准备了生日蛋糕和生日礼物，可结果蛋糕没吃上，礼物也没送到，想必比起自己，白兔更加失落。

"其实那个蛋糕很好吃的，领结也很好看。"白兔气鼓鼓地说道。

冉康笑了笑，没有回应。

"你不信？我给你看我买的是哪一款领结，"白兔从口袋里拿出手机，她的表情突然凝固了，"没电了。"

冉康也拿出自己的手机："我也没电了。"

"那你带钱了么？"

"没有，你呢？"

"没有。"

两人再次转过头，看向麻辣烫老板所在的地方，老板向两人投来"善意"的视线。

他们赶忙避开视线。

"怎么办呢？"白兔用一只手挡住自己半张脸。

"还能怎么办，跑路呗。"

"不愧是前不良少年，发言令人震惊。"

"以前这种事我的确没少干，但是现在不怎么干了。"

"你以前真是无恶不作啊。"

"无恶不作也太夸张了，你说说我做了什么坏事？"

"比如抢自行车之类的。"说完这句话，白兔意识到自己说漏了嘴，赶紧捂住嘴巴。

"你怎么知道？"

冉康和那个非主流发型的不良少年总是混在一起后，白兔就非常担心他。她总是在放学后尾随两人，生怕两人做什么出格的事情。某天放学后，她看到两人抢走了一个中学生的自行车。

当时白兔震惊不已，她颤抖地拿出手机查询"拦路抢劫是什么罪"。以当时实际的情况来看，冉康是未成年人，且抢劫的数额并不大，所以并不是什么重罪，但是搜索引擎并不知道这些，只是直愣愣地把"如果数额巨大，处十年以上有期徒刑、无期徒刑或死刑"呈现在白兔的面前。白兔腿脚一软，差点晕倒。

她下定决心，决定阻止王冉康的"死刑"。

白兔来到王冉康经常混迹的便利店，王冉康和韩一应果然坐在店里吃关东煮。而那辆抢来的自行车就停在他们的燃油车旁，没有上锁。白兔趁二人没有注意，偷走了自行车。

那时候的白兔不会骑车，她只能推着自行车在大街上奔跑。因为害怕冉康随时会追上来，她越跑越快，周围的路人对这个推着自行车狂奔的少女投来了怀疑的视线。白兔感到被人指指点点很不舒服，只好跳上了自行车。

比想象中好骑，她似乎天生平衡感过人，几乎不需要学习就能骑自行车。

也是这个时候，白兔发现自己脾气变得暴躁，她一路摇铃，最终在一个派出所的后门下了车。趁着没人，她从后门把车推到派出所的院子里，随后停到了自行车车棚下，再蹑手蹑脚地溜了出去。

白兔扬扬得意，认为自己救了冉康一命。

多年后她才意识到自己有些小题大做，不免羞耻，便不愿意将此事告诉冉康。

"别扯远了！我觉得还是坦白比较好。"

"好吧。"

两人站起身，走到麻辣烫店老板的面前，深深鞠了一躬。

"对不起！我们没带钱！"白兔道歉。

"不过我们不会吃白饭的。"

"没错，我们可以洗碗，这样就能抵账了！"

白兔说完这句话，冉康不解地看向她。

"那正好，今天的碗都没洗，"麻辣烫店老板指向棚子的后面，那里有一个水桶，里面泡着还没有清洗的餐具，"反正也没有多少钱，你们把这些洗完就算抵账了。"

"那么那个绑在树上的……"

"我看着，而且警察马上就来了，你们去洗碗就行。"

"明白了，我们会努力的！"

没有给冉康说话的机会，白兔拉着冉康来到水桶旁。

白兔撸起袖子，刚伸手就缩了回来。

"好冰！"回不了头了，她反复做着心理建设，"看着干吗，赶快帮忙啊！"

"其实我刚刚想说赊一下账，明天晚上就来还……"

"还有这种方法？"

"那这碗？"

"算了，事已至此，洗吧！"

冉康无奈地蹲下身子，撸起袖子，将手插入水中，一阵冰凉。

拿起碗的瞬间，两人的手不小心碰到了一起，白兔下意识躲开。冉康抬头，看着白兔的脸，她低着头装作什么都没有发生的样子。

"我倒是很好奇你的眼光，要不然明天一起去看看你买的领结是什么样的？"

"好啊。"

两人相视而笑。

林白兔的脸颊微微泛红，王冉康想，大概是风吹的吧。

同时他也意识到，这样暧昧不明的夜晚，不知还将上演多少次。

13

救护车里，听完事情的来龙去脉，大庆把熊猫先生递给躺在担架上的夏桐。

夏桐拿着熊猫先生，捏了捏它的鼻子，它依旧桀骜不驯地微笑着，夏桐也笑了笑。

"所以我也在想，熊猫骑士到底是什么？"

"你别想太多了，那个歹徒只是想报复社会。"

"但要是熊猫骑士从来没有出现过，也不会变成这样。"

"虽然我对那个什么熊猫骑士也没什么了解，但如果这么考虑的话，世界上就没有正确的事情了。"

"任何事物都一定有阴影，问题是在熊猫骑士这件事上，谁是谁的影子呢？"

"什么意思？"

"我原来以为熊猫骑士肯定是男人，因为要和歹徒战斗，后来看到了一个视频，我觉得那个视频里的熊猫骑士是女人，最近又思考，也许熊猫骑士既不是男人也不是女人，而是一个团队，有男有女的那种。"

大庆想到了自己看过的超级英雄电影，里面的英雄经常会组成一个团队。

"不过仔细想想，似乎看不出熊猫骑士行事有什么准则和规律，看起来也不像是有组织的样子，也许熊猫骑士根本就不存在。"

"我觉得这个可能性更大一些，熊猫骑士只存在于都市传说之中。"

"我做熊猫骑士相关视频之前，调查了一下熊猫骑士流言的起源，是一个女孩自称有一个穿着黑白衣服骑着黑白摩托车的骑士救了自己，当时她正遭遇抢劫——对了，骑士的衣服背后印着一个大大的熊猫笑脸。"

"就是因为这个源头，熊猫骑士的都市传说开始流行起来。"

"可是为什么会流行起来呢？这一天到晚网络上这么多流言都没有流行起来，只有熊猫骑士流行了？"

"你的意思是有人推波助澜？"

"推波助澜的不就是我么？就算如此，仅仅凭借我一个人的力量也不可能把熊猫骑士弄得人尽皆知。后来我怀疑过，是不是有资本介入了。但至今也没有公司开发熊猫骑士相关 IP，也就是说现在的熊猫骑士并不具备盈利要素。反过来说，熊猫骑士都这么火了，依旧没有任何资本站出来承认熊猫骑士和自己有关，不正说明了这个都市传说无法变现么？无法变现的东西不可能被资本推上风口浪尖。"

大庆关于互联网的知识并不丰富，所以他没法插上嘴："那到底是谁呢？"

"我的想法是——不是任何单独的人，而是人的集合体。"

"什么？"

"人们天生具备对某些事物的喜好和厌恶，即使没有经过社会的规训。有一种心理学认为，这是人们的集体潜意识，这个潜意识是世界上所有人类所共有的，存在于人类的基因之内。熊猫骑士之所以流传开来，是因为出现了很多熊猫骑士的模仿者。"

"确实，最近路上黑白色摩托车变多了。"

"你也是模仿者之一。"

"我？可我根本不在乎什么熊猫骑士。"

"我不是说了么，这是人类的集体潜意识。今天你碰巧因为工作穿了熊猫玩偶服，但见义勇为是主观行为对吧？所以你为什么要这么做呢？"

"当时没想太多。"

"那些穿着黑白衣服的骑士，也不见得一出门就是奔着见义勇为去的，只是在遇到情况时愿意主动出手——一个又一个这样的人出现，最终构建了熊猫骑士的形象。"

"你的意思是熊猫骑士是所有人在无意识的情况下虚构出的英雄角色？"

"没错，熊猫骑士是无意识的集合体，应该可以这样理解。所以我才问，谁是谁的影子？"

"这又是什么意思？"

"人们潜意识里对英雄的向往构建了这个角色，但人的思想并不可能完全统一，既然有穿着黑白衣服的骑士见义勇为，自然也有穿着黑白衣服的骑士做坏事；有人认为熊猫骑士正义，有人认为熊猫骑士邪恶；有人不在乎，有人崇拜。无数的复杂情绪、复杂意识全部集中在这个角色之上。"

"就像调色盘里的颜色全部混在一起了。"

"今天绑架我的那个人让我重新思考起了调色盘里这些颜色混在一起后，会是什么颜色，"夏桐顿了顿，抱紧熊猫先生，"所谓的英雄，会不会其实是负面情绪的阴影？人们的无意识其实是负面的，熊猫骑士只是偶然产生的阴影。这样好像才符合常理一些，英雄本就诞生于罪恶之后。消除了罪恶的人，成了英雄。"

夏桐苦笑着闭上眼睛。

大庆看着苦笑的夏桐，思考了一会儿，坚定地说道："我觉得你错了。"

"什么?"她睁眼看向大庆。

"你想得太复杂了。如果真的有什么无意识的集合体，那熊猫骑士毫无疑问是集合体，而不是什么阴影。"

"为什么?"

"很简单，因为流言是'熊猫骑士'，而不是'熊猫恶徒'。这说明了一件非常简单的事——在潜意识中，人们是将英雄排在恶徒之前的。而你说的英雄诞生于罪恶之后，更立不住脚。那些所谓的罪恶不过是个别现象，人们为了这种稀少的个别现象构建了熊猫骑士的形象，恰恰说明了人们对所谓罪恶和负面情绪的厌恶之情，以及向往能够消除它们的骑士。"

夏桐露出微笑，她不打算反驳大庆。

"总而言之，正因为熊猫骑士是骑士，所以熊猫骑士是众望所归。"大庆下了断言。

夏桐"扑哧"笑出声："你在说什么啊?"

大庆挠了挠头："我也不知道。"

两人相视一笑，但是笑的动静有些大，夏桐感到一阵疼痛，露出痛苦的表情。

"没事吧?"

"没事。"夏桐平复下来。

"你说得也很有道理。我之所以那么喜欢熊猫骑士，也许是因为我曾经见过罪恶，却什么都做不到。"

律师叔叔死的那天，她在家门口的马路对面，看到当时混混的头头——也就是年轻的王毅朗慌张地从她家里冲到路边，手上拿着一把折叠小刀。那时候的夏桐没有理解发生了什么事。

混混头头环顾四周，并没有看到夏桐，确认没人后，他随手拆掉了停在路边的黑白色自行车的车座，把折叠刀塞到了车座的管道下，再将车座安装回去，最后快步跑开。

后来，她将这个线索告知了警方，但警方并没有找到她口中的自行车。

之后，父母很快就带她搬了家。

这被人遗忘的线索却一直刻在她的脑中。

大庆偷偷摸了摸自己的背包，包里的相机好像摔坏了，他不敢去确认，那是他摔倒在地上时弄坏的，罪魁祸首大庆毫无疑问要赔夏桐一大笔钱。

他突然想起自己丢在麻辣烫棚子外破烂不堪的摩托车，出了一身冷汗。

向大庆从口袋里拿出那个鼻青脸肿的男人给他的一元钱，这是他今晚唯一的收入。

这一晚，他亏惨了。

莫夏桐闭上眼睛，这个英雄与恶徒交织的夜晚，她暂时还没想明白它究竟是什么色彩。

14

王毅朗一头钻进了自福巷。

他觉得摩托车在这个巷子不如自行车灵活，自行车脱身的概率更大。

钻入巷子里，他隐隐感觉气氛不对，骑了几米，几个穿着军大衣的流浪汉缓缓回头，他们手里拿着从垃圾堆里翻出来的可回收废品。

王毅朗心中一惊，捏下刹车，他不解这么晚怎么还有这么多流浪汉聚集在这里。他不知道的是，原本这里的确不会聚集这么多流浪汉。只是由于烂尾楼命案，原本住在烂尾楼的流浪汉被赶了出去，那些人无处可去。自福巷一直以来都是招工用工的聚集地，有些人凌晨就会来这里等待招工。

流浪汉回过头，看着与他们格格不入的王毅朗，他们向着王毅朗走了两步，王毅朗害怕地扶着车把后退两步，然后立马调转车头。

王毅朗加速从巷子骑了出去，一束强光突然照射在他的脸上，随后就是急刹车的声音，他被撞飞出去，落地的瞬间，他失去了意识。

自行车被撞得四分五裂，车座从车架上脱落。

出租车上的三人下了车。

"王毅朗?"老板看着倒地的王毅朗喃喃自语。

任思记惊恐不已，他拿出手机拨打120。

森琦刚想弯腰捡起某样东西时，李承航带着韩一应赶到。

"李 Sir，又是你。"老板说。

"什么叫又是我？"

李承航下车，走到任思记和老板面前，看着地上的王毅朗。

"你们干的？"

"是我……"任思记面色凝重。

李承航弯腰摸了摸王毅朗的脉搏："人还活着，打 120 了么？"

任思记点点头。

"喂!"韩一应叫道，李承航回过头，走了过来。

韩一应摘下头盔，和森琦盯着地上的那个东西。李承航缓缓走了过来，也伸头看着地面。

"这是什么？"

"不知道，应该是从自行车上掉下来的。"森琦说。

李承航弯下腰，准备捡起，被韩一应制止。

"干吗？"

"你没戴手套。"

说完，韩一应弯下腰，用戴着骑行手套的手捡起了那个东西。

李承航这才看清，那是一把生了锈、沾染着黑红色不明污渍的折叠小刀。

两人对视一眼，他们隐隐觉得——光明正洒向贯穿数年的长夜。

第五章　　　终归，

长夜落下帷幕　　　　完

用小刀将红线的表皮切开，将露出的线头与黑线的线头相接，正负两极对碰，李堀尝试将这辆 CG125 打火。

在动手之前，他已经确认了周围没有人，但现在他还是紧张地流下汗水

不远处传来对话的声音，李堀装作若无其事的样子，双手插兜移步到了墙边。

穿着短裙的女人走来，她的身后跟着一个吊儿郎当的男人。女人的表情有些为难，脚步不断加速，男人一脸坏笑小跑着跟了上来。

"你到底想干吗?"女人站住脚步。

"我没别的意思，就是看你这个女娃乖得很，想和你认识一下。"

"我没兴趣。"

李堀瞟了两人一眼，希望他们尽快走开，自己好继续干活。

女人转身要走，却被男人抓住手腕："喂! 认识一下，又不会少块肉。"

男人微微用力，女人的表情看起来有些痛苦："你放手。"

"你装啥子，你穿成这样不就是给我们看的么?"

"你放手!"女人尝试甩开男人的手，男人却只是笑着，他的手抓得更紧了。

女人终于忍无可忍，一巴掌甩在男人脸上，男人这才缓缓松手，

用手摸了摸被打的脸颊，脸上的表情也从嬉皮笑脸变成了恶狠狠。

"给你脸不要脸！"

男人恼羞成怒，举起手来，眼看巴掌就要落在女人脸上，女人下意识地闭上眼。

没有动静，女人缓缓睁开眼，男人的手被李堀抓住。

"你干啥子的？"

"她不想认识你。"

"和你有啥子关系，要你多管闲事？"

语罢，男人挥拳打向李堀，李堀单手接住他的拳头。男人的双手被李堀控制住，他尝试发力，却怎么也比不过李堀的力气，李堀握着男人的手腕，微微发力，男人的表情立马狰狞起来。

"疼！松手！松手！"

李堀甩开男人的手："看到没有，别人叫你松手，你就要松手。"

男人揉了揉手腕，不满地看了看李堀和他身后的女人："你小子有种，别让老子再看到你！"

说完，男人啐了口痰，快步离开。

"谢谢你。"

"没事。"

女人鞠躬道谢后快步离开，李堀也缓缓走回 CG125 前。

身后传来"啪啪"的鼓掌声，他回过头，看到一个男人走了过来。

男人名叫任思记，他笑着为李堀鼓掌，李堀不解地看着他。

"没想到一个小偷竟然还见义勇为。"

李堀紧闭着嘴，不说话。

任思记指了指李堀面前的 CG125："这个车，我的。"

李堀明白了，自己这是被逮了个正着，于是他更说不出话，不知道对方是不是已经报警，他警惕地看了眼任思记身后。

"放心吧，我没报警。"

"为什么不报警？"

"人嘛，都会犯错。"任思记拿出一支烟，递给李堀，李堀接下香烟。

"谢谢。"

任思记笑了笑："我看你也不像坏人，可能是生活所迫才来偷东西的。"

"的确。"

任思记点燃香烟，随后为李堀点烟。

"命苦啊，我也命苦，只能用这个破车送送外卖、跑跑摩的，"他吸了一口烟吐了出来，"这次就算了，你走吧。"

李堀不清楚面前这个男人葫芦里在卖什么药，他试探性地向前走了两步，回头看了看任思记，任思记不看他，继续抽着烟。

就当走了好运，李堀快步离开现场。

看着李堀离开的背影，任思记笑了笑，继续抽烟。

"真希望世界上像我这种好心人多一点，"他把烟头丢在地上，踩灭，"不过啊，这人看起来也算是一个好人，我也算行善积德了。"说完，他双手插兜离开，徒步走回家里。

这天夜里，李堀再次来到 CG125 前，撬开车锁，成功打着了摩托车，骑着车离开了作案现场。

李堀骑着黑白色 CG125 穿梭于街道，迎面而来的风将他新买的夹克吹得鼓起，夹克的后背印着一个巨大的熊猫笑脸。